도화연가

윤서하 장편소설

단글

도화연가 1

초판 1쇄 인쇄 2018년 10월 16일
초판 1쇄 발행 2018년 10월 23일

지은이 윤서하
발행인 오영배
기획 박성인
책임편집 박주애, 성하림
디자인 권지연
일러스트 laphet
제작 조하늬

펴낸 곳 (주)삼양출판사 · 단글
주소 서울시 강북구 도봉로 173
대표 전화 02-980-2112 **팩스** / 02-983-0660
편집부 전화 02-980-2116 **팩스** / 02-983-8201
블로그 blog.naver.com/dan_gul
출판등록 1999년 3월 11일 제9-00046호.

ISBN 979-11-283-9566-6 (04810) / 979-11-283-9565-9 (세트)

+ 이 도서의 국립중앙도서관 출판시도서목록(CIP)은 서지정보유통지원시스템홈페이지(http://seoji.nl.go.kr)와 국가자료공동목록시스템(http://www.nl.go.kr/kolisnet)에서 이용하실 수 있습니다. (CIP제어번호: 2018031130)

단글 은 (주)삼양출판사의 로맨스 문학 브랜드입니다.

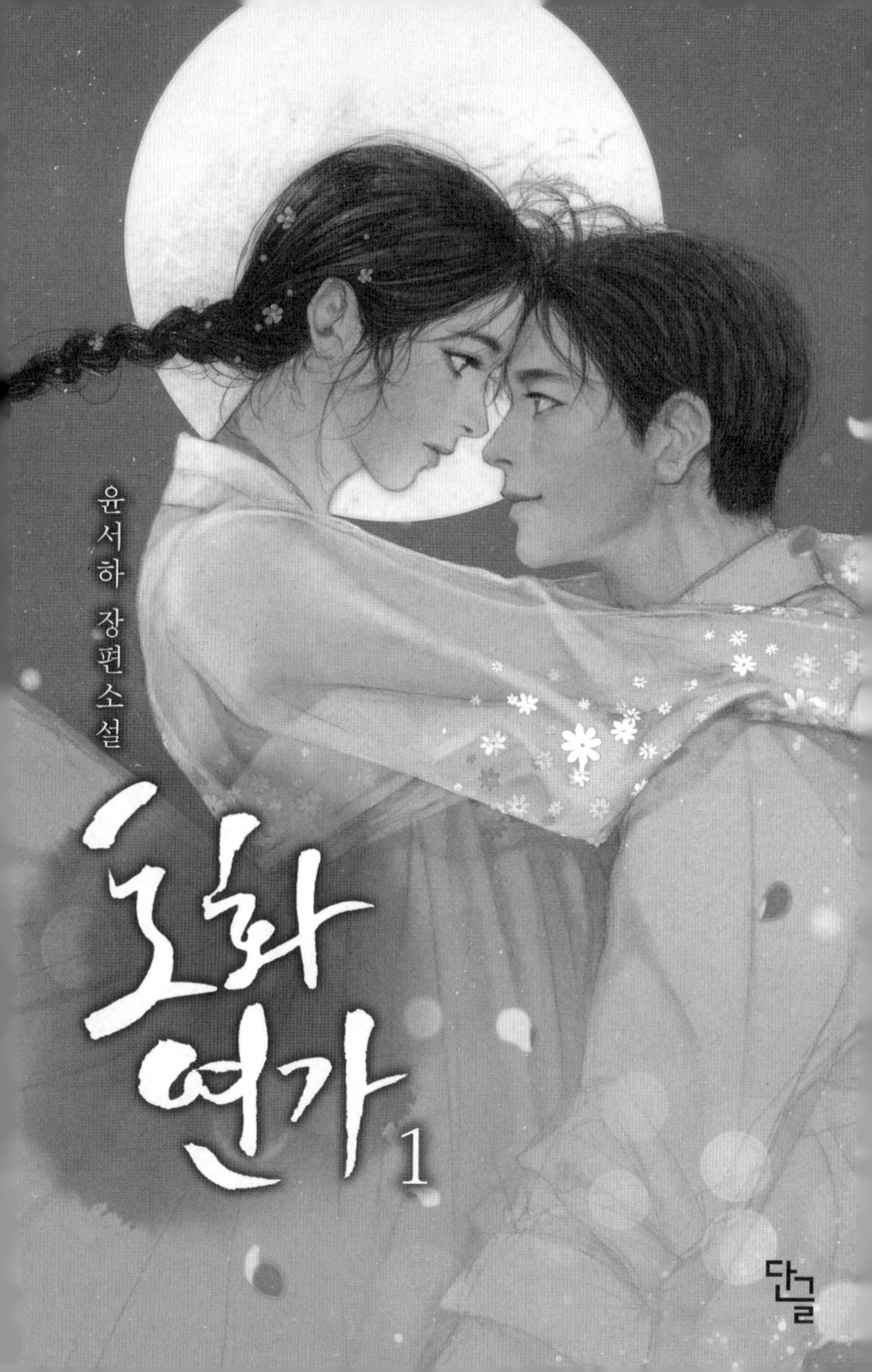
윤서하 장편소설
도화연가 1
단글

| 차 례 |

여는 글

새야 새야, 작은 새야.
어딜 그리 바삐 가니.
고운 꽃가마에 살짝 걸터앉고.
어딜 그리 바삐 가니.

길고 긴 상여와 흩날리는 새하얀 꽃잎들.

봄이라 따뜻한 게 그나마 다행일까요, 늙은 아낙의 울음이 슬펐다. 그리고 그에 함께 울려 퍼지는 노랫가락이 또 슬펐다.

맑은 가사에 퍽 어울리는 음정이 슬펐다.

노랫가락 간간이 곡소리가 섞여 나오는 것이 더 처연했지만 소녀는 그 위에서 새가 팔랑거리듯 다릿짓, 손짓을 하며 말갛게 웃었다. 그렇게 웃으면서 그 노래를 들었다. 다름 아닌 자신을 위한 노래였으니까.

[……좋구나야, 내 노래구나.]

자그마한 소녀는 콧노래를 흥얼거리며 꽃가마에 걸터앉았다.

한 번도 바깥 외출을 해 보지 못한 사람처럼 어여쁘게 즐거이 웃으며 가마 그 위에 앉았지만, 꽃가마를 메고 가는 상여꾼과 그 뒤에서 슬피 울며 따라오는 사람 중 어느 한 사람도 그녀를 알아보는 사람은 없었다.

그저 아무것도 없는 것처럼, 보이지도 들리지도 않는 듯 울음만 토했다. 소녀의 얼굴에 얼핏 고통이 어렸다.

[울지, 말아요들.]

"아이고……. 아이고, 아기씨……!"

맨 앞쪽에서 걷던 아낙이 곡소리조차도 나오지 않는 듯 가슴을 쥐어뜯으며 쉿소리를 내었고, 그 울음소리에 꽃가마에 앉아 있던 소녀의 어깨가 처음으로 살짝 흔들렸다.

하지만 아낙은 그녀를 보지 못했다. 그리고 먼 길의 마지막 순간까지 그녀가 움키고 있던 복숭앗빛 고운 옷을 바들바들 끄집어내어 불에다가 태웠다.

도화색 그 고운 꽃은 곧바로 매캐한 연기와 함께 바스러지듯 타들어 갔고, 아낙은 순식간에 한 줌의 재가 되어 버린, 아직 온기가 남아 있는 그것을 주름진 두 손으로 받아 들어 너른 하늘에다 뿌렸다.

저 앞 강물에 반짝이는 윤슬, 그 잔물결 위에다가 뿌렸다. 눈물과 함께 공중에 희게 흩뿌렸다.

그리고 그 뿌연 재의 일부가 꽃가마에 앉아 있던 소녀의 몸에 닿은 순간, 잿빛 가루는 원래의 그 고운 복숭앗빛이 되어 새하얀 발등에 너울졌다. 꽃가마 그 아래로 아스라이 스치듯 흘러내렸다.

아낙의 뺨에도 새로운 물줄기가 선을 그었다.

“인제 가셔요, 아기씨. 부디 좋은 곳으로 가셔요……. 우리 꽃아기씨.”

가셔요, 그 말이 닿았을까. 꽃가마에 앉아 있던 작은 몸이 새처럼 날아올랐다.

“높이높이 날아올라 더는 괴롭지 않게, 더는 아프지 않게 아주 곱게 사셔요.”

울음 섞인 그 마지막 말을 노래처럼 흘려들으며 소녀는 하늘 위로 날았다.

1장
해오름달

호조판서 댁 외동 따님 이야기는 세간에 아주 유명했다.

비단 신분이 높은 귀한 댁 아기씨여서가 아니라 그녀의 미모 때문이었다.

중국 고사 중에 침어(浸魚)와 낙안(落雁), 폐월(閉月)과 수화(羞花)라는 말이 있다고 한다. 웬만한 미인에게 하나라도 붙으면 호사라고 할 말들인데 그 대감 댁 아기씨는 하나도 아닌 넷이 다 스스로 날아가 철썩 붙을 정도로 뛰어난 미모라고 했다.

그래, 여기에서는 '했다'라는 말이 중요했다. 그 미모를 직접 확인해 본 이가 손에 꼽을 정도로 드물었으니까.

그리고 그 미모를 매일같이 보고 있는 운 좋은 이, 혹은 운 없는 이가 제 앞을 급히 스쳐 가자 새벽 마실을 나와 슬슬 걸어 다니던 김 씨가 슬쩍 말을 건넸다.

"임실댁, 거 꽃 아기씨는 좀 괜찮으신가?"

품에 보따리를 귀히 안고 들어오던 살집 있는 몸이 멈칫하더니 고개를 가만히 내저었다. 그저 고개만 저었을 뿐인데 아래에서 훅하고 올라오는 약재의 쓴 내가 여간 독한 것이 아니라 어두운 얼굴이 깊게 주름졌다.

임실댁은 쯧쯧, 혀를 차는 그이에게 목소리를 낮추어 사근거렸다.

"말도 말어요. 울 아기씨, 어젯밤에는 기침 때문에 한숨도 주무시지 못했어라우. 여 아무리 초봄이라지만 이제 따스운 기운이 슬슬 올라오는데두 계속계속 기침하시니, 몸이 찬 건 아닐까 하구 더운 약재만 이리 잔뜩 받아 왔지. 차라리 퉤 하고 그 속에 들어 있는 것들을 시원히 뱉어내시면 속이라도 풀릴 터인데 것도 아니구 계속 속이 찢기는 것 같다며 마른기침만 콜록이시니……."

그녀가 모습을 보이지 않는 이유는 다름 아닌 몸의 병 때문이었다.

신분이 귀하고 재물이 풍족하면 무엇하고, 물고기와 새를 얼어붙게 만들고 달과 꽃이 스스로 숨을 정도로 미모가 뛰어나면 무엇하나, 그 고운 것을 내보일 수도 없는데.

임실댁은 턱까지 차오르는 깊은 한숨을 삼키며 대문을 닫고, 제 고운 아기씨가 누워 있는 방 쪽을 바라보았다.

'어서 나오셔야 할 터인데…….'

이제 막 꽃을 피울 나이인데, 한참 고우실 나이인데, 좋은 혼처 얻어서 곱고 어여쁘게 시집가셔야 할 나이인데.

'이미 한참 늦기는 했지만서두.'

목에 칼이 들어와도 소리 내어 할 수 없는 말이지만 그것은 사실이기도 했다.

이 댁은 대대로 씨가 귀한 집안이었다.

들어서는 것조차도 오랜 기간과 눈물겨운 노력 덕분이었다. 각종 치성과 셀 수도 없는 공물을 들여 간신히 얻은 귀한 아기님이었다.

그러나 마님 또한 워낙에 가냘픈 몸이셔서 어렵게 들어선 아기님을 쉽게 내보낼 수가 없어 하루 꼬박 진통을 하다가 둘이서 같이 죽을 뻔했더란다.

그러다가 간신히, 아주 간신히 아기님만 어렵게 구해 낸 귀하디귀한 손이었다.

딸이었다. 수만 관리들을 휘어잡고 호령하는 호랑이 같은 호조판서가 어화둥둥 아끼고 귀히 할 정도로 꽃보다도 어여쁘고 억만금을 주어도 내줄 수 없는 목숨 같은 딸이었다. 하지만 하늘은 그마저도 허락하지 않았다.

하나를 주면 하나를 앗는 것이 세상의 이치였다. 하늘은 그 아기님에게 아리따운 외모를 주는 대신 건강을 앗았다. 비단결 같은 심성을 주는 대신에 방 안에만 거하도록 숨을 눌렀다.

그래서 아기님은 아기에서 고운 규수가 될 때까지 제 방을 한 발짝도 나가지 못했다. 찬바람이 들어 고뿔에 걸릴까, 가뜩이나 여린 몸에 열이라도 오를까 염려되어 창문조차도 시원스레 열지 못했다.

아주 괜찮은 날에나 쪽문을 열어 바깥에 피어오른 색색 푸른 것들을 곁눈으로 즐기는 일. 그것이 그녀가 즐길 수 있는 전부였다.

그리고 오늘도 그런 날이었다. 매일매일 똑같은 그런 날.

"아기씨, 기침하셨어요?"

어젯밤 내내 콜록콜록 마른 것만 한껏 쏟아 내던 그녀가 걱정되어, 눈을 뜨자마자 새벽이슬을 밟으며 약방으로 달려가 각종 약을 한 보따리 받아 들고서 부지런히 돌아온 임실댁이었다.

하지만 안에서는 아무런 반응이 없었다. 대답할 힘이 없어도 손가락으로 창호지를 톡톡 건드려 나 여기 있다고 알려 주던 착한 아기씨였는데 그마저도 없는 것이었다.

'설마…….'

순간 머리를 스치는 생각에 조심히 귀를 기울이던 임실댁의 손에서 보따리가 툭 떨어졌다. 순식간에 철렁하고 핏기가 빠져 투실한 얼굴이 핼쑥해졌다.

"세상에, 세상에, 아이고 세상에, 설마!"

드르륵—

"아기씨!"

외마디 비명처럼 나온 말이었다. 아니, 비명이었다. 말이라기보다는 차라리 울음에 가까웠다.

그녀의 아기씨는, 아기 새는, 날갯짓을 하는 모양으로 누워 있었다.

하늘을 날고 싶어 팔을 파닥이는 것이었을까, 아니면 마지막으로라도 홀로 두 발 딛고 서고 싶어 몸을 일으키려던 것이었을까.

그래도 연분홍색 봄빛 이부자리 그 작은 면적마저도 벗어나지 못하고 힘없이 쓰러져 있는 모습에 임실댁은 결례라는 것도 잊고 방 안으로 뛰어 들어가 작은 몸을 제 품 안에 안았다.

이미 차갑게 식어 가는 여린 몸을, 그녀의 어린 주인을 품에 담고 울었다.

그녀의 울음소리가 집 안을 가득 울려 저쪽 대감마님 처소에서 급히 나오는 소리가 요란하였지만 임실댁은 울음을 멈추지 않고 품에 안긴 말간 얼굴에, 서늘한 새하얀 볼에 쉼 없이 흐르는 물줄기를 만들어 내었다.

"이 집이 이리 넓은데, 이리도 큰데 어쩜 누워 계신 방 한 칸도 벗어나질 못하세요, 어쩜."

원통하고 원통했다. 불쌍하고 가련했다. 어쩜, 인생이 어쩜 이럴까. 울음이 새어 나왔다. 원한이 흘러나왔다.

"아이고, 우리 아기씨 불쌍해서 어떡해, 가엾어서 어떡해. 아기씨, 장옷을 한 번은 입어 보고 가셨어야지요. 저 고운 옷 우리 아기씨에게 참말 잘 어울릴 거라 제 말씀드렸잖아요, 좋아하셨잖아요. 아기씨, 아이고 아기씨……!"

어느 색이 가장 좋으냐는 말에 눈이 휘도록 웃으며 '나는, 복숭아색이 세상서 제일로 좋아.' 하던 그 가녀린 목소리가 들리는 것만 같아 임실댁은 울음을 토해 냈다.

해서 도화색으로 만들어 왔는데, 우리 아기씨 저거 보면서 매일매일 좋아하셨는데, 만지면 닳을까 손가락으로 조심조심 쓰다듬기만 했는데.

"아이고, 아이고 아가야. 내 딸아!"

체통은 중요하지 않았다. 양반 가문의 위신은 중요하지 않았다. 이 방 안에는 그저 딸을 잃은 아비, 자식을 먼저 보낸 아버지만 있을 뿐이었다.

임실댁은 홍건히 젖은 얼굴을 손으로 훔쳐 내며 일어나 문을 닫고 나왔다. 영 떨어지지 않는 발 그 뒤로 닫히는 문틈 사이에 언뜻 비쳤던 복숭앗빛 장옷이 참으로 고왔다. 아비 품에 안긴 그 떨어진 꽃처럼 아주 고왔다.

꽃이, 졌다.

* * *

소녀는 커다란 대문밖에 한참 동안이나 오도카니 서 있었다.

숨을 흡 들이마시어도 보고, 힘껏 내뱉어 보기도 하고 고개를 한껏 젖혀 위를 올려다보기도 하고 둘레둘레 사방을 둘러보기도 했다.

한 발 내딛는 그 감촉이 신기해 몇 번이나 제자리걸음을 해 보기도 했다. 모든 것이 새로웠고, 신기했고, 즐거웠다.

걸음을 뗄 때마다 복숭앗빛 그 고운 색이 담뿍 물들어 있는 치맛자락이 나풀거렸다. 그에 나풀거리는 느낌이 제법 마음에 들어 소녀는 제자리에서 폴짝 뛰어 보았다. 그러자 치맛자락도 곱게 팔랑, 날갯짓했다.

"고와라……."

살아 있던 몸일 때 이리 해 봤다면 얼마나 좋았을까, 그런 생각이 언뜻 들기도 했지만 소녀는 고개를 저어 지웠다.

되었다, 죽어서라도 이리 해 보는 것이 다행이겠지.

'한데……, 이상하구나.'

여까지 제 발로 걸음 하여 온 것이 아니었다. 바람을 타고 높이높이 올랐을 뿐인데 그 부드러운 흐름에 취해 눈을 감고 있는 사이 어느덧 이곳에 당도했다.

하여 되돌아갈 방법과 길도 알지 못해 이러지도, 저러지도 못하고 커다란 문 앞에서 제자리걸음만 한 것이 벌써 오래였다.

그러나 그럴 수밖에 없는 것이—

"……어찌하여 아무도 나와 보시지를 않을까?"

그 누구도 밖에 마중 나와 있는 이가 없었기 때문이었다. 소녀의 시선이 저 앞에 우뚝 서 있는 커다란 문을 향해 곧게 꽂혔다.

'혹여 내가 이곳에 왔다는 사실을 안에서는 모르고 계시는 것은 아닐까?'

그래, 워낙 조용히 왔으니 모르실 수도 있을 터. 하면 어떻게 나의 당도를 알려야 할까.

소녀는 가만히 선 채로 고민하기 시작했다.

손을 뻗어 저 커다란 놋쇠 문고리를 잡고 두드릴까, 아니면 여 너른 문을 이 주먹으로 작게 콩콩 두드릴까, 그것도 아니면 일어나 나와 보실 때까지 가만히 여기서 기다려 서 있을까.

한참이나 고민하던 소녀는 결국 결심한 듯 손을 들어 어쩐지 온기가 느껴지는 것만 같은 둥근 문고리를 꼭 잡았다.

그리고 흡 숨을 들이쉬고 문을 두어 번 두드렸다. 죽어서도 쉬운 일은 하나 없구나.

"저, 여보시오."

새가 지저귀는 듯한 소리가 나무 문틈 사이로 짹 들어갔다.

죽어서 왔으니 이곳은 명계이겠지. 그렇다면 제 신분도 이미 다 헌것이 되어 버렸을 터, '이리 오너라'라고 했다가는 지옥으로 곧장 보내질지도 모른다는 생각에 한 말이었다.

게다가 퍽 오랜만에 목을 사용한 탓에 갈라지게 나온 듯한 제 목소리에 소녀는 큼, 뒤늦게 목을 가다듬었다.

그러나 되돌아오는 대답은 없었고, 아무리 귀를 기울여 보아도 누군가 나와 볼 기색이 전혀 없어 보여 소녀는 다시 고민에 빠졌다.

'내가 너무 조그맣게 말했나? 너무 살살 두드렸나? 하나, 생각보다 소리가 크게 나서 이미 멎은 심장이 또 한 번 멎을 뻔했는데.'

다시 두드려야 하나 말아야 하나 갈등하며 제자리걸음을 하는 사이 소녀가 밟은 구름 그 언저리만 잔뜩 회색빛이 되었고, 이내 쏴— 물이 아래로 쏟아졌다.

축축해진 신발 밑창에 놀라 아래를 보니 아무래도 제가 소나기를 만들어 버린 것 같았다.

'이를 어쩌나, 미안해라.'

소녀는 자신도 모르게 물벼락을 내려 버린 것 같아 '미안합니다'라며 아래쪽으로 꾸벅 고개를 숙였고, 그와 동시에 이제껏 그녀가 그토록 두드리던 문이 안쪽으로 벌컥 열렸다.

"거, 누구요?"

아이코, 깜짝이야.

소녀는 다시 한번 제 심장이 멎을까, 가슴팍을 꼭 누르며 얼떨떨하게 그녀를 바라보았다. 어, 내 집안 가문 명을 하문하는 것이 아니실 터인데……

"소녀는 오늘 자로 숨을 거둔 호조……"

"아, 오늘 자 첫 영가구먼. 이리 들어오시우."

"……."

석둑 잘린 제 말보다도 걸린 것은 저를 맞은 사람의 모양이었다. 어딜 봐도 하늘 나라 선녀님으로는 보이지 않았기 때문이었다. 걸친 게 날개옷 같아 보이지도 않구.

소녀의 표정이 미묘해졌다.

'임실댁과 아버님이 가져다준 책들에 쓰여 있기로, 하늘 나라에는 선녀님만 있는 거랬는데. 그렇다고 옥황상제님은…… 아니시겠지.'

하지만 마음에 울리는 그 말을 고대로 전할 수도 없는 터라 소녀는 통통하게 살집 있는 여자가 안내하는 대로 얌전히 그 뒤를 따라 들어갔다. 그리고 감탄했다.

'화아…….'

짧으면 짧다고도 할 수 있고 길면 길다고도 할 수 있는 이십여 년 그 전부를 방 안에서만 보내었고 제집이 사실 그녀가 아는 세상의 전부였던 터라 시선이 닿는 곳곳이, 모든 것이 다 신기했다.

하늘 높은 줄을 모르고 저 위까지 솟아 있는 기둥을 보다가 목이 꼬박 젖혀져 뒤로 넘어가 버릴 뻔도 했고, 저 앞에 끝없이 쭈욱 늘어져 있는 반질반질한 바닥을 보면서 혹여 미끄러지지 않을까 길을 잃진 않을까 걱정도 했다.

그래서 소녀는 이제 한눈은 그만 팔고 여인네 뒤만 바짝 좇기로 마음먹었다. 안 그래도 초행길인 데다가 길눈이 어두운데 명계에서 길을 잃어버린다면 정말 큰일일 테니까.

'……하지만.'

신기한 건 신기한 것이다.

동그란 눈동자가 흰 도화지 위를 또르륵 굴렀다.

구름 위에 나무가 있고, 연못이 있고, 또 하늘이 있었다. 하면 해와 달도 또 있을까? 게다가 구름 위에 이렇게 커다란 집이 있는데 무너지지 않는 게 신기하기만 했다.

예서 힘껏 한 번 꿍 뛰면 저 아래에는 엄청나게 많은 비가 내리겠구나야, 그렇게 생각하면서 부지런히 따라 걷는데 뒤도 안 돌아보고 한참이나 이리저리 길을 꺾던 여자가 커다란 문 앞에서 드디어 멈추어 섰다.

"우리 아기씨는 여기, 예로 들어가면 되우. 뭐 따로 궁금한 것은 없구?"

"……."

계속 보다 보니까 임실댁이 생각나는 것 같기도 하고.

소녀는 벌써부터 그리운 얼굴이 떠올라 여자의 얼굴을 빤히 들여다보았고, 여자가 '응?'하고 다시 묻자 댕기를 팔랑이며 고개를 저었다.

선녀님은 어디 계세요, 라고 물으면 아니 되겠지.

그러자 여자가 푸짐한 얼굴 한가득 사람(?) 좋은 미소를 지으며 문 안쪽으로 손짓했다.

"싱겁기는, 귀여운 영가가 들어왔구먼. 거, 안으로 들어가 보시우. 한창 기다리시고 계실 터이니."

"예."

혼이 육신을 떠난 상태인 모양을 영가라고 하는가 보구나. 스스로의 상태에 바른 정의를 내리며 소녀는 가만가만히 고개를 끄덕였다. 그리고 두 손으로 문을 끙 밀었다.

큰 문은 의외로 전혀 무겁지 않아 안으로 쑥 열렸고, 소녀는 침을 꼴깍 삼킨 다음 조심조심히 그 틈으로 들어섰다.

'예 안에 계신 것은 염라대왕이실까? 옥황상제이실까? 그도 아니면 어여쁘신 선녀님일까?'

내심 선녀님이면 좋겠는데, 라고 생각하며 한 발짝 두 발짝 조심스럽게 안으로 들어서는데 저 안쪽에서 뒤돌아 서 있던 사람이 천천히 고개를 돌렸다.

그리고 소녀는 조금 실망했다. 할머니시네.

그러자 곧바로 웃음기 어린 목소리가 폭, 닿았다.

"아가가 뭔가 실망한 눈치로구나."

"아, 아니옵니다."

사실은 맞지만, 곧이곧대로 실망했다 이르면 어르신께서 서운해하시고 고깝게 들으실까 봐 에둘러 말한 것이었다.

하지만 할머니는 주름진 얼굴 한가득 짓궂은 미소를 지으며 소녀에게 다가오더니 말간 얼굴 바로 앞 허공에서 종이 한 장을 팔랑 낚아채었다.

"어디 보자……. 성은 서요, 이름은 연화라. 나이는 스물……하나?"

"예."

소녀, 연화는 고개를 끄덕였다.

어찌 된 일인지 모르겠지만 허공에서 나온 저 종이에는 자신의 신상이 낱낱이 적혀져 있는 모양이었다.

할머니는 영 마뜩잖은 표정이었다. 주름 가득한 얼굴이 잔뜩 찡그려 있었다.

"아니, 요새 애들은 죄다 길쭉길쭉한 줄 알았더니 이 아가는 왜 그렇게 자그마한 것이야? 보니까 못사는 집도 아니고 으리으리한 부잣집에다가 고운 외동딸이구먼."

거야 제가 원해서 그런 것이 아니오라, 라고 덧붙이고 싶었지만 연화는 그저 입술을 가만히 다물었다. 어른이 얘기하실 때 끼어드는 게 아니라고 배웠기 때문이었다.

할머니는 그녀의 표정이야 어쨌거나 됐다는 듯 계속해서 종이를 읽어 내리고 있었다. 하지만 점점 얼굴이 어두워지고 있어 연화는 내심 걱정이 되었다.

설마 지옥 불에 내려보내신다고 하시는 건 아니겠지? 하지만 난 이제껏 잘못 하나 하지 않았는데.

"스물하나, 스물하나라……. 허, 거참……."

제 나이를 자꾸 말씀하시는 것이 의아했지만 연화는 점점 부끄러워지기 시작했다. 스스로 생각하기에 적은 나이는 아니라고 생각했기 때문이었다. 앓아누운 것 외에 그간 해 온 것이 없는 게 더 부끄럽긴 했지만.

여전히 할머니는 그녀의 얼굴색 사정은 조금도 관심이 없어 보였고, 한참이나 읽던 종이를 뒤로 팔랑 넘겼다. 그러나 그 뒷면에는 아무것도 쓰여 있지 않았다.

앞면에 적힌 것이 전부였던 것이다. 그것까지도 마음에 들지 않는 듯 할머니의 입매가 아래로 깊이 호를 그렸다. 쯧, 백지로구나.

"스물한 살 나이로 숨을 거둘 때까지 집에서 한 발짝도 못 나가고 내내 병만 앓았다고?"

"예."

백지, 라는 말이 무엇인지 여쭈어보려고 했으나 제게 날아온 질문이 우선이라 연화는 고개를 끄덕이며 대답했다.

"하나 그것을 안타까이 여기신 아버님께서 여러 재미난 이야기들과 볼거리들을 많이 가져다주셨습니다. 죽기 전날까지 서책도 다 읽었어요."

덧붙여 사근거리는 말에도 할머니는 영 시원찮은 표정이었다.

"아니, 아무리 그래도 그렇지 외출이라고 나간 곳이 고작 후원이 전부이면 너무 세상을 좁게 산 게 아니냐. 게다가 그 나이 먹고도 사랑 한 번 해 보지 못했다니……. 에잉, 쯧쯧……."

물론 바깥출입을 아예 못 하는 몸이 약한 영가였다는 것을 감안하더라도 그녀는 그 점이 영 마음에 들지 않았다. 그래서 저리도 영이 맑은 걸지도 모르겠다만.

"허어……."

한참이나 종이와 연화를 번갈아 보던 할머니는 손에 들고 있던 종이를 다시 허공으로 집어넣으며 손을 탁탁 털었다. 무언가 결심한 표정이었다.

그리고 덩달아 연화의 표정도 잔뜩 긴장되었다. 앞으로의 갈 길이 지금 이 한 마디에 딸린 것이기 때문이었다. 그리고 말이 뚝 떨어졌다.

"아가, 너는 아래로 다시 되돌아가거라."

순간 침묵이 돌았다.

아래로, 가라고?

"……예에?"

전혀 생각지도 못한 말에 연화의 눈이 동그래졌다. 그녀가 생각한 것은 극락, 혹은 지옥 둘 중 하나였기 때문이었다. 그런데 다시 되돌아가라니?

하지만 할머니의 표정은 몹시 진지했다.

"내 그 나이를 먹고도 이토록 새하얀 영혼은 이제껏 본 적도 없고, 이곳에 받을 생각도 없느니라. 새하얀 도화지 같은 그 밑바탕에다가 네 몸을 옥죄었던 아픔일랑은 빼고 사랑도, 그에 딸려 오는 슬픔도, 기쁨도 모두 다 그려 가지고서 돌아오거라. 그때 너를 다시 마주하겠다."

"하나……."

"그러나 만약 열두 달이라는 기한을 채우고도 사랑을 찾아오지 못한다면 그때에는 매우 혼을 낼 것이야."

하나 그것이 말처럼 쉬운 일이 아니옵니다, 라는 말이 목 끝까지 올라왔지만 연화는 할머니의 서슬 푸른 기세에 눌려 결국 고개를 두어 번 끄덕이고 말았다.

그것이 조금이나마 흡족했는지 할머니의 입가에 슬며시 웃음이 얹혔다. 그리고 잠시 고민에 잠겨 있던 눈빛이 장난스럽게 빛났다.

'그 달빛 노인, 이걸 염두에 두고 말한 거구먼?'

할머니는 며칠 전 붉은 실타래를 감고 또 감던 친구가 슬슬 반달의 때가 되어 간다고 툭 던졌던 말이 문득 생각이 나서, 창밖 하늘을 올려다보았다가 아주 조금 덜 찬 보름달이 뜬 것을 보고서 씨익 웃었다.

하면 어디 내가 그 두 개의 달을 똑 하니 맞추어 볼까?

"착한 아이로고. 그럼 내가 아주 조금 도움을 주련? 영가를 보는 사람은 흔치 않으니 기다란 대나무에다가 붉은 천과 흰 천을 매달아 꽂고 있는 집을 찾거라."

새까만 눈이 깜빡깜빡했다.

"붉은 천과…… 흰 천 말씀이시옵니까?"

대나무에 붉은 천과 흰 천.

그 말을 고대로 되묻자, 할머니가 선선히 고개를 끄덕여 주었다.

"그래, 그것이 서낭기라는 것인데 그게 꽂혀 있는 집에서 너를 도울 사람을 만날 것이다. 그럼 퍼뜩 떠나거라, 어서."

연화는 어서 서두르라는 재촉에 영문도 모른 채 고개를 깊이 숙여 인사를 하고 방에서 걸어 나왔다.

그리고 앗, 하는 소리도 내지 못하고 그대로 대문 밖으로 밀려났다. 그야말로 순식간에 집에서 빠져나온 것이었다.

"이것이 대체……."

좀 전까지만 해도 저 집 제일 안쪽 방에 있었는데, 그 복도를 건너오려면 얼마나 걸어야 할까 고민했던 게 무안할 정도로 이리 문간에 서 있게 될 줄이야.

아직 상황 판단이 되지 않아 얼떨떨한 표정으로 집을 멀거니 올려다보는 연화의 귓가에서 "어서 빨리 가래도!"라는 말이 들렸다. 깜짝 놀란 그녀는 자리에서 펄쩍 뛰었다.

그리고 떨어지지 않는 발걸음을 떼어 놓으려는 순간, 다시 대문이 활짝 열리고 아까 본 그 여자가 고개를 쏙 내밀었다.

"연화 아기씨!"

"예?"

낯선 이가 너무도 자연스럽게 제 이름을 불러 연화도 얼떨결에 대답을 했다.

그러자 여자가 사람 좋게 웃으며 한 마디 하고 문을 닫았다.

"아래에는 좋은 사람도 더러 있지만 나쁜 영가들이 훨씬 더 많다우. 거, 몸조심하시라는구먼."

"……."

그걸 이제야 말씀하시면 어떡해요.

하지만 이미 문은 닫혔고, 연화는 눈앞이 깜깜해지는 것만 같앉다. 죽어서 이리 왔는데 다시 지상으로 되돌아가라는 말을 들었으니 난 이제 어떡하면 좋을까.

앞길이 구만리였다.

"……."

그래도 뭐, 가 보라는 대로 가야지.

대나무에 흰 천과 붉은 천, 서낭기.

하늘 할머니가 해 준 그 말을 잊을세라 연화는 되풀이해서 외웠다.

그리고 같은 시각, 하현은 몸을 부르르 떨고 있었다.

* * *

세상은 넓고, 특이한 사람은 많으며 제정신이 아닌 사람 또한 많다. 그리고 병원에는 하나 더 많은 것이 있다. 바로—

[심심한데 얘나 놀라게 해 볼까?]

"……."

귀신이다. 그것도 심술궂은 잡신.

팔랑팔랑 종이를 넘겨 보던 하현은 걸음을 멈추지 않고, 복도를 걸어가면서 보고 있던 차트를 살짝 흔들었다.

겉보기에는 아주 평범한 행동이었지만 그 결재판은 꼬마 환자의 링거 줄을 흔들려던 영가의 팔을 탁 쳤고, 영가는 얼굴이 거의 잿빛이 되어 저만치 펄쩍 날아갔다.

[뭐, 뭐야, 방금 나 친 거야? 산 사람이? 날?]

"……찬송가를 틀자고 할까, 불경을 틀자고 할까."

어쨌거나 둘 다 성가인 것은 마찬가지인데 연초니까 캐럴이 더 나으려나, 크리스마스는 지나갔으니 해피 뉴이어 쪽으로.

하현은 중얼거리면서 차트를 보다가 아직도 자신을 황당하다는 듯 쳐다보고 있는 영가에게 손을 몇 번 휘휘 내저었다.

나 오늘 많이 바쁘다, 잡힌 수술만 벌써 네 건이야.

"뭐, 귀신 보는 사람 처음 보냐? 여기서 뻘짓 하지 말고 이제 그만 극락왕생하소서."

[……전 기독교인데요?]

"아멘."

[……]

가는 길까지 빌어 줬으니 이제 됐겠지.

몇 걸음 걷다가 뒤를 보니 사라졌는지, 갔는지 아니면 자리를 피했는지 없긴 했다. 오늘로 벌써 세 번째 클리어인가.

하현은 어깨를 으쓱이며 방문을 열었다.

"아무리 그래도 환부가 절개된 채로 돌아다니는 건 심장에 안 좋은데."

재한테나 나한테나.

조용히 닫히는 문 너머 흰 가운 앞에 위치한 명찰에는 푸른 실로 '흉부외과 정하현'이라고 새겨져 있었다.

'선배님, 잠깐만이라도 숙직실 가서 눈 좀 붙이고 오십시오. 완전 시뻘겋게 충혈된 거 아십니까? 좀 있으면 아예 피눈물이 나올 것 같습니다.'

알다마다. 3일 밤낮을 꼬박 샌 탓에 온몸이 뻐근하고 찌뿌둥했다. 게다가 요새 들어 영가들은 왜 이렇게 또 많이 보이는지, 여러모로 몸이 천근만근 무거웠다.

그래서 솔직히 하현은 지금 아주 많이 피곤했고, 불행인지 다행인지 본인 외의 다른 사람도 걱정할 만큼 그가 추레해 보였는지 후배 레지던트들은 조금이라도 눈 좀 붙이시라, 짧고 깊이 푹 주무시고 오시라 그의 등을 떠민 것이었다.

그리고 하현도 그것을 마다하지 않았다. 쪽잠을 잔 게 언제더라 싶을 정도였으니까.

그래서 방으로 들어와 쉬려던 찰나였는데 또 어깃장이 놓인 것이다.

'……잠 못 자게 방해하는 것도 여러 가지다, 진짜.'

하현은 지금 눈을 감고 있었다. 아니, 뜨고 있었다.

이걸 뭐라고 해야 해, 육적으로는 감고 있지만 영적으로는 뜨고 있다? 모르는 사람이 들으면 딱 사이비라고 생각하겠지.

하지만 그것이 사실인 게 눈을 감아도 진짜로 '보였으니까.'

하현은 의자에 몸을 묻은 채 뒤척이는 척하면서 슬쩍 눈을 뜨고 방구석을 바라보았다.

"……."

깊은 한숨이 속에서부터 올라왔지만 하현은 꿀꺽 삼키면서 몸을 모로 틀며 그것들을 외면했다.

정말이지 이제 징글징글하다. 이곳에는 프라이버시라는 게 없어요, 인권이 없어. 백날 인권을 부르짖으면 뭐 하나, 죽은 사람에게는 먹힐 리가 없는데.

……아니 아무리 그래도 남자 방에 여자 귀신들이 들어오는 건 인간적으로 좀 아니지 않나? 남자 귀신, 여자 귀신 두 쪽 다 싫지만 최소한의 예의는 서로 좀 지키자고.

'아, 몰라. 계속 안 보이는 척하지 뭐.'

안 그래도 잠시 뒤에 나가려고 했다. 왠지 오늘 저녁에는 시간을 비워 두어야 할 것 같은 느낌이 강하게 들어서 오프로 올려두었던 것이다.

아직 약속은 없지만 그의 감과 촉이 그렇게 말하고 있었다. 절대, 시간을, 비워야만 할 것 같다는 그런 예감.

그때였다.

"……!"

순간적으로 하현의 뺨에 소름이 오스스 돋아났다. 귀로 바람이 훅 불었기 때문이었다.

정말이지 초인적인 인내로 내색을 하지 않았지만 그의 얼굴에 불쾌감이 엷게 어리기 시작했다.

사람이 말이야, 참는데도 한계가 있는 법인데.

하지만 하현의 속내를 모르는 영가는 그의 귀에 바람을 분 모양 그대로 허공에 둥둥 떠 있었다. 두 다리가 없는 게 아무래도 교통사고로 사망한 모양이었다.

[봐, 이이는 우리를 볼 수 있는 게 틀림없대도?]

"……."

눈을 감은 채로 그들의 대화에 귀를 기울이고 있던 하현은 속으로 한숨을 내쉬었다.

설마 귀신들 사이에 소문이라도 퍼진 건가. 그럴 수도 있겠네. 벌써 몇 년째 이 짓을 하고 있으니.

그러나 하현은 눈썹도 까딱하지 않고 앉은 자리에서 천천히 가운을 벗어 의자 위에다가 걸쳤다. 저들이 쳐다보든 말든 자기가 모른 척하면 그만이었다.

영가를 볼 수 있는 사람 자체가 드무니까 저들도 자신이 자기들을 볼 거라고는 생각하지 못하겠지. 소문은 소문일 뿐이니까.

하지만 그들이 속살거리는 말을 듣자, 하현은 기분이 더더욱 나빠졌다.

[하기야, 저기 저 이마에서 무언가가 느껴지는 것 같기도 하구. 가서 한번 말 걸어 볼까?]

'말해도 대꾸 안 해 줄 건데.'

관심을 주려면 정상적인 맥이 뛰는 인간 여자나 줄 것이지, 웬 영가들이 떼로 달라붙는단 말인가. 게다가 이마라니, 그는 제일 거슬리는 것을 들어 버린 탓에 기분이 더 나빠져 버렸다.

하현은 눈살을 찌푸리며 티셔츠 위에 흰색 와이셔츠를 걸치고 빠르게 단추를 잠그기 시작했다. 여기서 이마를 짚었다가는 제 이야기를 들었다면서 더 좋아하겠지.

저것들을 어떻게 내쫓아 버리는 것이 현명하고 빠를까 고민하며 셔츠의 맨 윗단추까지 잠그는데, 순간 날카로운 전화벨 소리가 방 안을 가득 메웠다.

짜르르릉—

그 소리와 함께 영가들은 순식간에 지워진 것처럼 사라져 버렸고, 마치 방울이 요란하게 흔들리는 것 같은 소리에 하현은 반사적으로 자세를 가다듬으면서 휴대폰을 보았다.

부디, 제발, 아니어라, 신이시여.

"……다행이다."

그분만 아니면 된다, 라는 마음이었는데 아주 다행히 그분은 아니었다. 그래서 하현은 긴장이 풀린 표정으로 액정을 즐겁게 밀어 벨 소리를 멈추게 했다.

얘는 또 오랜만이네. 연초라고 인사차 전화했나.

"어, 미르야."

"형."

그러나 좋은 기분은 그 한 마디에 끝났다. 형, 하는 목소리를 듣는 순간 그가 안부 인사차 전화한 것이 아니라는 게 확 느껴졌기 때문이었다.

"뭔 일이냐."

"그…… 게요."

게다가 녀석답지 않게 말도 선뜻 꺼내지 못하고 머뭇거리는 모양은…… 늘 이럴 때 나오곤 했다. 자신이 제일 싫어하는 곳을 말해야 하는 이런 상황에.

하현은 한숨을 삼키면서 이마를 꾹꾹 눌렀다. 어쩐지, 오늘 약속이 생길 것 같다 했다. 젠장, 오프 신청하지 말걸. 바쁘다고 일 핑계나 댈걸.

"……몇 시까지 갈까?"

백번 다시 물어 무엇 하리, 자신을 소환하는 전화임을 너무나도 잘 알아서 하현은 그냥 질러 물었고, 그러자 수화기 너머에서 눈에 띄게 안심한 목소리가 넘어왔다.

"오늘 밤 열한 시까지 오라고 하셨어요. 근데 형, 본가에 오라고 하는 전화인 줄 어떻게 알았어요? 전화받자마자 딱 촉이 와요?"

"그냥 감이야, 감. 어째 오랫동안 부르지 않으신다 했는데, 어떻게 연초가 되자마자 딱 소환이냐. 이번엔 또 무슨 일인데?"

하현은 어깨와 뺨 사이에 휴대폰을 두고서, 코트에 각각 팔 한 쪽씩을 넣어 대강 추슬러 걸쳤다.

만약 지난번처럼 선 자리를 강요하는 거라면 이번에는 정말로 뒤집어 버릴지도 모르겠다. 아니, 가뜩이나 병원 일로 바빠 죽겠는데 무슨 여자에 무슨 결혼이란 말인가.

게다가 그 상대로 거론되는 여성들 모두가 자기가 제일 기피하는 직종을 업으로 삼고 있다면 안 그래도 없던 마음이 그 바닥을 드러내기 마련이었다.

가까스로 도망 나왔던 몇 달 전을 생각하며 하현은 한숨을 푹 내쉬었다.

선도 싫고, 가업을 잇는 것도 싫다고 누누이 말했는데. 어떻게 보면 내가 집안의 골칫거리일 수도 있겠지만 제발, 연애와 결혼은 제가 알아서 한단 말입니다.

그리고 수화기 너머에서 미르가, 그러니까 그의 가문에서 '수련'을 하고 있는 녀석이 대답했다.

"음……. 사실 저도 잘 모르겠어요. 그런데 좀 분위기가 다르

긴 해요."

"분위기가 다르다고?"

하현은 고개를 갸웃거렸다.

무슨 분위기를 말하는 거지?

집안에서 보통 자신에게 말을 걸 땐 두 가지 중 하나였다. 살살 구슬리거나 아니면 정색하고 협박하거나.

즉, 내 말을 들어라, 아니면 호적에서 파 버리겠다 랄까. 그런데 평소와 다른 모습이라니? 하현은 묘하게 궁금해졌다.

"그게…… 이번은 가주 어른께서 형한테 연락하라며 제게 직접 명령하신 거거든요……."

"……."

망할.

하현의 어깨가 축 늘어졌다. 다른 사람이 소환한 거면 어떻게든 틈을 내어 도망칠 수야 있지만 할머니께서 직접 부르신 이상 내뺄 수도 없었기 때문이었다. 그야말로 고삐를 채운 망아지처럼 얌전히 돌아갈 수밖에 없었다.

그리고 하현은 그제야 미르가 왜 이렇게 자신의 눈치를 보고 있는지 알아채게 되었다. 어쩔 수 없이 명령을 따를 수밖에 없는 자신을 위로하기 위해서겠지.

……아닌가?

그때 똑똑, 노크 소리가 들렸고 하현은 반사적으로 시계를 들여다보았다가 자리에서 벌떡 일어났다. 미쳤다, 미쳤어, 시간이 벌써 이렇게 흘렀네. 잠을 자긴 개뿔, 오히려 더 피곤해졌다.

"알았어, 전화 고맙고 이따 집에서 보자. 끊는다."

"형, 하현 형! 늦으면 안 된대요. 아무리 늦어도 열한 시까지는 꼭 오라고 하셨어요. 알겠죠!"

"어, 어. 그래, 오냐."

하현은 방금 전 자신이 했던 생각을 조금 정정했다.

그냥 말을 꺼낼 시점을 못 잡았던 모양이었다. 미꾸라지 같은 놈 같으니.

*　　*　　*

하현의 본가는 산어귀, 아니 거의 산과 맞닿아 있는 곳에 있었고 가는 길 또한 험했다. 그래서 집에 얼굴 좀 비치라는 말을 들을 때마다 차가 끊긴다느니, 배차 간격이 이상하드니 하는 말을 주된 변명으로 하곤 했다.

물론 그럴 때마다 운전면허 좀 따라는 당연한 타박이 오기도 했고. 하지만…… 아무리 생각해 보려고 해도 따고 싶은 마음 자체가 들지 않는걸.

게다가 역시 연말연시라서 그런지, 한밤중인데도 불구하고 버스 안에는 사람이 많았다. 안에는 사람이, 밖에는 영가가.

'오늘도 교통사고가 많았나 보네.'

버스 손잡이를 잡고 그 흔들거림에 맞춰 균형을 잡고 있던 하현은 흘끗 바깥을 보다가 문득 보이는 전광판으로 눈을 돌렸다.

<오늘 부상자 9명, 사망자 13명.>

하현의 눈이 '사망자 13명', 그 자리에 잠시간 머물렀다.

오늘 하루 동안의 사고인데도 불구하고 붉은 숫자가 두 자리였다. 게다가 팔에서 피가 뚝뚝 흐르고 있는 영가, 깨진 머리를 부여잡고 있는 영가, 아예 도로에 드러누워 있는 영가 등 투명한 인영들이 도로에 즐비했고 흑흑 우는 소리, 중얼중얼거리는 소리, 받아들이지 못한 듯 방향 없는 원한과 고함을 지르는 소리들이 온통 뒤엉켜 있었다. 아직 연초인데 조심들 좀 하시지.

'……그냥 눈을 감고 있어야겠다.'

소리는 이걸로 막으면 되겠지, 라고 중얼거리며 하현은 한쪽 귀에만 이어폰을 꽂았다.

본가에서 전화가 와서 그런가, 오늘 유난히 예민한 기분이었다. 유난히 많이 '보이고', 유난히 많이 '들렸다'.

그리고 사실 이것은 그가 면허를 따지 않는 이유이기도 했다. 시험장에서야 어떻게든 대강 넘어갈 수 있다손 쳐도 도로 주행을 할 때마다 움찔움찔거릴 수는 없으니까. 지금은 많이 무뎌졌다 하더라도.

'수술실은 그나마 없어서 다행이지만.'

그게 수술실에 몰래 붙여 둔 부적 덕분이라는 것은 병원 사람들에겐 곧 죽어도 말하지 못할 사실이었다. 이해하지 못하겠지만 의사인 그들 역시 귀신을 무서워했고, 야간 근무를 겁냈기 때문이었다.

물론 그만큼 귀신들이 병원에 득실득실 차고 넘치긴 했다.

아무튼, 목적지에 도착할 때까지 눈이나 감고 있어야겠다 싶어 전광판에서 눈을 떼려는데 순간적으로 밖에 뭔가가 보인 것 같아서 하현은 급히 창문 쪽으로 고개를 돌렸다.

무슨, 살구색 비슷한 천이 흩날렸는데?

'……내가 기가 허해지긴 했나 보다.'

하기야 매일 보는 게 생피랑 귀신들인데 멀쩡한 게 이상할지도.

보약이라도 한 첩 지어 먹어야 하나 중얼거리며 잠에 빠져들려 했지만 마침 딱 울리는 안내 방송은 그가 내려야 하는 바로 그 정류장이었다.

"……."

실로 정확한 타이밍이었다.

주위와 분위기 자체가 다른 곳이 있다.

묘하게 일그러져 보이는 것 같기도 하고 소름이 돋는 것 같기도 하고 시원한 것 같기도 하고, 아무튼 묘한 그런 곳 말이다.

그리고 이곳은 그 모든 것의 집합체였다. 그가 나고, 자라고 지냈던 곳이지만 매번 올 때마다 온몸에 한기가 가득 밀려드는 곳, 이 대한민국에 몇 없는 정통 당집이자 대대로 무당의 맥을 이어 온 집안, 바로 하현의 본가였다.

하현은 버스 정류장에서 터벅터벅 걸어가다가 엄습하는 한기에 온몸을 부르르 떨었다. 춥고 써늘하고 살벌하네, 진짜.

"어으, 썰렁하다."

오늘이 영하 9도랬나, 낮에는 괜찮더니 밤 되니까 되게 써늘하네.

하현은 괜스레 목이 헛헛해 코트 앞깃을 여미고서 담장을 따라 걸었다. 그러다가 가지에 머리를 긁히고서 인상을 찡그렸다.

"……거, 가지치기 좀 해 주지."

헛소리가 아니었다. 뒷마당에서 뻗어 나온 복숭아나무 가지가 담장을 훨씬 넘어 이 앞까지 나와 있었기 때문이었다.

그러나 그것에 섣불리 손댔다가는 큰일을 치를 수도 있어서 어떻게 보면 헛소리이기도 했다. 복숭아나무는 영가가 밖으로 나가지 못하도록 막는 결계이기도 하니까. 하지만 이렇게 밖에까지 뻗어 있는 건 민폐라고.

'예전에는 저 위에 올라가서 잘도 놀았지. 지금은 하라고 해도 못할 짓인데.'

하현은 따끔따끔한 머리를 문지르며 나뭇가지를 가만히 보다가 문득 고개를 들어 하늘을 올려다보았다.

'그런데 오늘이 올해 첫 보름인가? 달 한 번 환하게 밝네.'

그때였다.

"하현 형!"

"오냐, 용 놈아."

킁, 코 훌쩍이는 소리가 난다 싶더니 훤칠하게 키가 큰 소년, 미르가 반가운 표정으로 달려왔다. 보아하니 이제 오나 저제 오나 밖에서 계속 저를 기다린 모양이었다.

코랑 손이 새빨갛게 얼어 있는 게 오랫동안 밖에서 자신을 기다리고 서 있었던 것 같아서 하현은 조금 미안해졌다. 자식이, 정은 많아 가지고.

"이 추운데 왜 밖에 나와 있냐? 안에 들어가 있지 않고."

"에이, 형이 오는데 어떻게 안 나와 있어요. 이게 얼마 만인데."

"말이나 못 하면. 그렇게 나 좋다는 놈이 오랜만에 하는 연락이 이런 거야?"

그 핀잔에 할 말이 없어졌는지 미르는 머쓱하게 웃으며 앞장서서 걷기 시작했다. 하현보다 나이는 어리면서 키는 거의 비등비등한 게 곧 추월할 것 같은 모양이었다.

어렸을 적부터 크긴 했지만 이렇게 키다리가 될 줄은 몰랐는데. 하현은 흰 머리카락을 팔랑거리며 앞장서서 걷는 미르를 흐뭇하게 바라보았고, 미르는 앞서 걸으며 웃음기 있는 목소리로 말했다.

"나한테 무슨 힘이 있겠어요. 이제 앞으로는 잘할게요, 서운해하지 말아요."

"꺼져."

"진짠데, 진짠데. 형 바쁠까 봐 연락 못 하는 거였다고요."

"어이구, 퍽도."

시답지 않은 애교를 부리며 달라붙는 게 귀여우면서도, 징그러워서 일부러 틱틱거리는데 싱글싱글 웃던 미르가 코를 몇 번 찡긋거리더니 고개를 갸우뚱했다.

"근데 형, 병원에서 잡귀들 많이 보나 봐요. 냄새가 이것저것 다 묻어 있는데?"

"넌 아직도 보이는 게 아니라 맡아지냐?"

신기하게 되돌아온 말에 미르가 "맞구나?"라고 중얼거리며 피식 웃었다.

"응. 보이는 건 좀 흐릿한데 냄새가 확 나요. 지금은 어디 보자……."

"야야, 됐어. 뭐가 좋다고 귀신 냄새까지 설명을 들어. 난 보는 것만으로도 충분하거든?"

"에이, 들어 보라니까……."

드륵—

"하현이 왔으면 신당으로 바로 들어오거라."

농담을 던지며 피식거리던 두 남자의 입술이 딱 멎었다. 담을 넘어 들어온 것과 거의 동시에 미닫이문 너머에서 목소리가 쨍하니 날아왔기 때문이었다.

마치 그가 언제 올지 정확히 알고 있었던 것 같은 모양에 미르는 흘끔 하현의 눈치를 보았고, 하현은 한숨을 작게 내쉬었다.

거의 반년 만에 찾아온 것이건만 참 변한 곳이 없었다. 변하시지도 않았다. 그리고 영원히 변하지도 않을 테지.

하현은 저를 조금 걱정스레 바라보는 미르에게 살짝 고개를 저어 보이고서 코트 깃을 다시 한번 여몄다. 그리고 조심스럽게 미닫이문을 열고 안으로 들어섰다.

사박사박.

걸음 한 번에 향 내음이 피어올랐고, 한 걸음에 등줄기가 뜨끈하게 일렁이는 기분이었다. 추위로 얼어붙었던 체온이 올라가며 몸이 점차 뜨거워지고 있었다. 그것을 느끼며 하현은 입술을 굳게 다물었다.

"……."

이곳은 정말 변한 게 없었다. 매캐한 향 내음도, 사방에 자리한 신상들도, 벽에 붙은 그림들도, 그리고 저 상 위의 신물들도. 문을 닫고 들어온 순간 20년도 훨씬 넘은 과거로 돌아간 것만 같은 기분이었다. 옛날로 되돌아간 듯한, 그런 기분.

하현은 갑자기 드는 그 기시감에 묘한 표정으로 무릎을 꿇고 앉아 깊숙이 고개를 숙여 예를 표한 다음, 천천히 가주를 바라보았다.

"할머님을 뵙습니다."

세월이 수도 없이 흘렀건만 여전히 매섭고 날카로운 얼굴, 조금의 틈도 보이지 않는 예리한 눈빛이었다. 곱게 차려입은 색동

옷과 붉은 치맛자락, 그리고 잔머리 하나 없이 매끄럽게 쓸어 넘겨 쪽을 진 새까만 머리.

한 치의 오차도 없이 예전과 꼭 같은 모습이었다. 그리고 보통 사람 같았으면 이미 예전에 벌써 은퇴를 선언하고 물러날 나이였지만 그녀의 외모는 그 나이대로는 절대로 보이지 않았고, 실력과 신력 또한 조금도 흔들림이 없을 터였다.

그래, 그러니까 이 가문의 가주겠지. 대한민국의 마지막 무당, 이라는 말까지 듣는 분이시니까, 이 나라의 명줄을 읽을 수 있는 유일한 사람이라는 말까지 듣는 대가이니까.

얼마나 대치했을까, 한 마디 말도 없이 시작한 눈싸움은 의외로 싱겁게 끝이 났다. 가주가 천천히 고개를 돌렸기 때문이었다.

이제까지 단 한 번도 그런 적이 없었기에 하현의 눈동자에 의아한 표정이 어렸다.

"그래, 퍽 오랜만이구나."

"……이번엔 어쩐 일로 부르셨습니까."

그래도 그건 그거고 이건 이거다.

빙빙 도는 것 없이 직구로 던진 것이었다. 그리고 그것은 하현의 성격과도 같았다.

뱅뱅 돌고 이리저리 꼬는 것을 그는 못 견뎌 했다. 늘 직접적으로 묻고 직접적으로 답을 얻어야만 속이 시원했다. 그래서 검을 좋아하는 것인지도 몰랐다. 그것이 진검이든 목검이든, 하다못해 메스일지라도.

하현은 반사적으로 자신의 바지 뒷주머니를 만져 보았다. 버릇이라고 해야 할지, 아니면 징크스라고 해야 할지. 검이 함께 있지 않은 날은 항상 무언가 꼬이곤 했다.

그래서 하현은 어떤 형태로든 늘 비수를 갖고 다녔다. 평소에야 메스를 지니고 있지만 지금은 밖이라서 반사적으로 제 뒤춤을 만져 본 것인데 가주는 하현의 뒷주머니에 들어 있는 것이 영 마뜩잖은 표정이었다.

"여전히 그것을 지니고 다니는구나."

"……."

하현은 무표정하게 가주를 바라보았다.

그것, 이라고 하면 역시 날붙이였다. 제 바지 뒷주머니에 들어 있는 작은 단도. 하지만 매일같이 날카롭게 벼려져 있는 '무기'였다. 바로 아버지의 유품인 신검이었다.

가주는 그것을 굉장히 못마땅해 했다. 죽은 이의 물건을 갖고 있는 건 아니다, 부터 시작해서 용도도 마뜩잖아 했다. 그리고 이번 역시 그녀는 불편한 표정으로 천천히 팔짱을 끼었다.

"사람의 목숨을 해하는 것을 지니면 업보를 얻게 되느니."

메스도 칼의 일종일 터, 그러나 그것은 사람을 살리는 칼이다.

그렇게 말하고 싶은 것이 목 끝까지 차올랐지만 하현은 가만히 삼켰다. 말대답할 일도 아니었고, 한다고 해서 해결될 일도 아니었으니까. 그래서 가만히 바닥을 바라보는데 가주가 다시 말했다.

"그것으로 누굴 해하려고 늘 갖고 다니느냐. 이참에 이리 내거라, 내 직접 처리를 해 줄 터이니."

하현의 인상이 찡그려졌다.

왜 갑자기 또 이러실까, 이 물건이 저에게 어떤 의미인지 알면서. 사실, 나이가 나이이고 흐른 시간이 시간인지라 더 이상 아프지도 그립지도 않았다. 다만 이 물건을 몸에서 떼기는 싫었다.

그 사람이 이 세상에 있었다는 유일한 증거 같아서, 자국 같아서. 그래서 하현은 가주를 똑바로 바라보았다.

"이것은 사람의 목숨을 해하는 것이 아니라 그저 지키는 것뿐입니다. 그래도 업보를 얻습니까."

그리고 따지고 보면 영가는 사람이 아닙니다, 라고 덧붙이고 싶었지만 하현은 꾹 참았다. 그 말을 했다간 분명 엄청난 불호령이 떨어질 테니까.

하현은 차오르는 한숨을 삼켰다. 믿을 수 없지만, 아니 믿기 싫지만 가주가 걱정하는 것은 '사람'이 아닌 '영가'였다. 즉, 자신이 이 칼로 영가를 벨까 봐 염려하는 것이었다.

정말이지 기가 막혔다. 그럴 일도 없을뿐더러 솔직히 영가가 무슨 사람이겠는가, 죽어 떠도는 형체 없는 혼일 뿐이지. 하지만 그 말을 했다간 가주에게 무슨 불호령을 들을지 너무 잘 알아서 하현은 그냥 속으로만 중얼거렸다.

하지만 가주의 반응은 그가 생각한 것과는 아주 달랐다. 호탕한 웃음소리가 터져 나온 것이었다. 하현이 그런 대꾸를 할 거라고는 생각하지 못했다는 듯 아주 시원한 웃음소리였다.

어디 고개를 빳빳이 들고 언성을 높이냐고 불호령이 떨어졌으면 떨어졌지, 웃을 거라고는 조금도 예상하지 못해 어안이 벙벙해져 있는데 한참이나 웃던 가주는 가까스로 웃음을 삼키고서 만족스럽게 손자를 바라보았다.

"네 입에서 누군가를 지킨다는 말이 나오다니, 꽤 의외구나. 이제껏 너밖에 모르는 모난 성격인 줄로만 알았건만."

"……."

여기다가는 뭐라고 해야 할까.

'그냥 한 말입니다'라고 대답하자니 제 성격이 모난 거라는 것을 스스로 인정하는 꼴이 되고, 그렇다고 아니라고 항변하자니 그럼 그 지키는 대상이 누구인지 말해 보라며 꼬치꼬치 물을 것 같고.

또한 만약 대상이 없다고 하면 지난번에 이어 다시 이상한 선자리를 마련하는 게 아닐까 싶어 하현은 이리 대답하지도, 저리 대답하지도 못하고 그저 무표정한 얼굴로 입만 굳게 다물고 있었고 그런 그를 어떻게 생각했을까, 웃음을 거둔 가주가 천천히 입을 열었다.

"그리고 여전히 가업을 잇기 싫어하는구나. 내 말이 맞느냐?"

"……그렇습니다."

하현은 수백 번은 말한 그 말을 다시 되풀이하며 살짝 한숨을 쉬었다.

'역시, 또다시 이 이야기인가.'

대대로 하현의 집안은 무당이었다.

아버지, 어머니는 물론이고 할머니, 증조할머니, 고조할머니까지 아주 오래전부터 지금까지 내리 무당 집안이었다.

유서 깊은 정통 무당 가문이랄까. 그리고 하현은 자신에게도 그 능력이 대물림된 것을 뼈저리게 알고 있었다.

어렸을 적부터 인간이 아닌 것들이 보였고, 남들이 못 듣는 것을 들었다. 뒤뜰에서 나풀거리는 혼이랑 같이 날고 싶다며 뒷마당 저 복숭아나무 위에서 펄쩍 뛰었던 네 살의 기억이 첫 시작이었다.

그때 마당에 세워져 있던 신 돌에 이마를 제대로 박고 기절한 이후 그의 세상은 더 넓어졌다. 보고 싶지 않고 듣고 싶지 않은 것들이 쉴 새 없이 보였고, 들려왔고, 제 주위를 뱅뱅 돌았다.

'쟤 귀신 보인대. 무당 집 아들이래!'

'우리 엄마가 너랑 같이 있음 귀신 들린다고 같이 놀지 말랬어.'

하지만 평범하게 살고 싶었다. 태어날 때부터 평범하지는 않았으나 적어도 살다가 죽는 것만큼은 남들처럼 만큼 평범해지고 싶었다. 그래서 계속 거부하고 도망쳐 왔던 것이었다.

그리고 그 '도망'은 부모님이 한날한시에 사고로 돌아가신 다음에 더 격해졌다. 제 미래도 보지 못하면서, 죽음도 막지 못하면서 무슨 무당 짓일까. 남의 앞날을 잘만 읽으면 무엇 하나, 본인들은 그리 목숨을 잃었는데.

그래서 하현은 자신이 도망칠 수 있는 한도 내에서 최선을 다해 도망쳤다. 가문에 손 벌리기 싫어서, 또한 꼬투리 잡히기 싫어서 어릴 때부터 차곡차곡 모은 돈으로 집을 나가 독립을 했고, 철저한 자신만의 생각과 계산으로 진학해서 직업까지 완벽히 자리 잡았다.

무녀독남 삼대독자 외동아들이라 집안에서 자신에게 거는 기대가 크다는 것도, 자신이 거부하면 가업이 끊긴다는 것도 아주 알았지만 하현은 결코 굽힐 생각이 없었다.

그랬더니 그러면 며느리라도 무당인 아가를 데려와야겠다면서 가주가 선 자리를 모조리 다 무당들만 데리고 오기 시작한 탓에 하현으로서는 최근 몇 년간 정말이지 미치고 팔짝 뛸 지경이었다.

이 나이와 이 시대, 이 상황에서 선 자리가 말이 되냐고. 그것도…… 무당이랑!

'차라리 독신이 낫지.'

그런데 왜 그 이야기를 다시 꺼내는 것일까.

혹여 또 다른 선 자리를 내놓는 게 아닌가 싶어 하현은 조금 경계 어린 눈으로 가주를 바라보았다.

무당은 절대 싫습니다. 아니, 거부합니다.

그러나 가주가 한 말은 그의 예상과는 전혀 다른 말이었다.

"하면 어디 오늘 밤만 버텨 보거라."

"……예?"

밤이라고?

하현은 눈을 깜빡였다. 갑자기 뜬금없이 오늘 밤만 버텨 보라니, 그게 무슨 말인가 싶어서였다. 하지만 가주는 뭔가 자신 있는 모양으로 그를 바라보고 있었다.

"오늘 밤, 이곳에 네 인연이 찾아올 것인데 만약 네가 오늘만 무사히 넘긴다면 다시는 네게 가업을 이으라고 부탁하지 않겠다는 말이다."

"……."

이제까지는 뭐 부탁이었습니까, 라는 말이 목 끝까지 올라왔지만 하현은 꾹 참았다. 그리 나쁜 제안은 아니었기 때문이었다.

영가의 목소리와 모습이 보이는 것이 하루 이틀 있었던 일도 아니고 태어나서부터 지금까지 쭈욱 그래 왔는데 뭐가 더 특별하겠냐 싶었다.

가주가 언급한 '인연'이라는 게 조금 걸렸지만 인연이든 사연이든, 영가가 보이든 말든 들리든 말든 상관하지 않고 무시하면 되겠지. 그래서 하현은 가주가 제안한 것을 받아들이기로 했다.

하룻밤, 단 하룻밤이면 앞으로 평생이 자유다 이거지.

"좋습니다. 만약 제가 오늘 밤을 버틴다면 다시는 제게 강요하지 마시지요."

단단한 대꾸에 가주가 픽 웃었다. 마치 벌써부터 본인이 이겼다는 듯한 웃음이었다.

"오냐, 너야말로 없던 일로 하자고 무르지나 말거라."

"……."

뭔가 묘하게 호승심과 자존심을 자극해 오는 모양에 하현의 눈썹이 꿈틀했다.

하현은 절대 그럴 일이 없을 거라고 대답했고, 가주는 픽 입매를 무너뜨리며 자리에서 천천히 일어났다. 그리고 반질반질하도록 길이 든 방울과 거울, 그리고 도화 나뭇가지를 그에게 쑥 내밀었다.

"자, 받거라."

"그게 뭡니까?"

하현은 미심쩍은 표정으로 그녀를 바라보았지만 가주는 오히려 역성을 내며 그것을 그의 손에 강제로 떠넘기듯 쥐여 주었다.

"오늘 하룻밤은 무당 일을 하겠다고 네가 받아들인 것이니 그 도구를 받아라 이른 것이다. 자, 어서 받거라."

……딱히 무당 일을 하겠다고 한 적은 없습니다만.

하지만 이곳에서 하룻밤을 버티겠다고 한 것은 사실이었기에 하현은 떨떠름한 얼굴로 가주가 내미는 물건들을 받았다.

'절대로 쥘 일이 없을 거라고 생각했는데 이렇게 손을 댈 줄이야.'

굉장히 마뜩잖았지만 평안하고 자유로울, 오늘 이후의 날들을 생각하면 지금 잠깐 껄끄러운 것이 나을 것 같기도 했다. 하현은 도화 나뭇가지를 받아 들 때 묘하게 찌릿하긴 했지만 기분 탓이라고 넘겼다.

그리고 가주는 후후 웃으면서 그의 곁을 스치고 지나갔다. 그녀가 걸음을 뗄 때마다 붉은 한복 치맛자락 아래로 흰 버선코가 보였다.

"자, 그럼 어디 잘 맞아 보거라."

보내 보거라, 가 아닌 '맞아 보거라' 라는 말이 조금 걸렸지만 하현은 크게 신경 쓰지 않았다.

이리 들으나 저리 들으나 매한가지니까. 그래서 하현은 고개를 살짝 숙이며 그녀를 배웅했다.

"……살펴 가십시오."

그리고 실로 그의 앞날이 걸린 대망의 하룻밤이 시작되었다.

* * *

하현에게 신당은 늘 어려운 곳이었다.

어렸을 적 늘 그에게 호통을 치며 혼만 내던 할머니가 항상 머무시는 곳이기도 했고, 무섭고 괴상하게 생긴 그림들과 불상들이 가득한 방이었기에 가까이에 가는 것도 무서웠다.

늘 피워져 있어서 방 안에 배어 버린 매캐한 향냄새도 싫었고, 무엇보다도 말이 아닌 요상한 사근거림이 항상 주위에서 들렸는데 특히 그게 너무나도 싫었다.

그래서 아예 발길을 뚝 끊었었는데 이렇게 야밤에 이 방 안에서 홀로 앉아 있게 될 줄이야.

"……엄청 조용하네……."

가주의 엄명 때문인지 아니면 원래 이런 분위기인지 신당에는 그 누구도, 심지어는 개미 한 마리도 얼씬거리지 않았고 밤마다 들리던 나직한 벌레 우는 소리도 들리지 않아 그저 고요하기만 했다.

밝은 낮에도 혼자 있으면 썰렁할 텐데 깊은 밤에 이렇게 앉아 있자니 등골이 제법 써늘했다.

사실 하현은 공포 영화라든가 귀신의 집이라든가 이런 건 단 한 번도 본 적도, 간 적도 없었다. 매일 생활에서 듣고 보고 겪는 게 영가인데 굳이 볼 필요가 없었기 때문이었다.

그러나 오늘, 이곳은 좀 달랐다. 늘 항상 눈에 띄던 영가들은 코빼기도 보이지 않았고, 속살거리는 그 사근거림도 아예 들리지 않았다. 너무 고요해서 오히려 이상하게 느껴질 정도였다.

그리고 흘끗 시선을 던진 창밖 하늘에는 아까 보았던 그 보름달이 유난히 크게 걸려 있었다.

"……."

이거 은근 긴장되네.

그냥 평소처럼 사근거리거나 벽에서 불쑥 머리가 나오거나 하면 차라리 덜할 텐데 고요한 와중에 '기다리는' 입장이 되어 버리니 생각처럼 마음이 다스려지질 않았다.

게다가 '인연'이라며 묘하게 웃던 가주의 표정도 걸렸고. 하지만 하현은 곧 생각을 접었다.

'영가가 인연이라고 해 봤자, 도망쳐도 넌 무당 운명이라는 말을 에둘러 한 것뿐이겠지.'

그래서 하현은 그 생각은 집어치우기로 하고, 어떻게 해야 이 밤을 빨리 보낼 수 있을지 생각하기 시작했다. 그리고 제일 먼저 떠오른 것은, 아무래도 그 역시 사람인지라 자연스레 밀려오는 생리 현상이었다. 정확하게 말하면 생존을 위한 현상이랄까.

"……오랜만에 오프인데 잠이나 실컷 잘 걸 그랬네."

생각이 말이 되어 입 밖으로 튀어나왔다.

하지만 그도 그럴 게, 어젯밤에 당직이었던 데다가 오늘 들어간 수술실만 해도 손가락을 여럿 접어야 했기 때문이었다.

'하지만 이곳에서 자면 백 퍼센트 가위 당첨이겠지.'

그래서 하현은 하품만 연거푸 하면서 기지개를 켰다. 시계를 보니 어느덧 열두 시……가 되기 몇 분 전.

이제 겨우 30분 정도 지났는데 저 긴 새벽을 어떻게 보내야 하나. 지루함으로 가득한 두 눈에 문득 방 안쪽 구석에 세워져 있는 장도(長刀)가 들어왔다.

"……."

저걸로 놀고 있을까? 길이도 보아하니 딱 괜찮아 보이는데.

하지만 하현은 곧바로 생각을 지웠다. 휘둘렀다가 검무를 추는 줄 알고 온갖 영가들이 다 모여들면 어떡하려고.

신당에서 검무라니, 게다가 혹여나 무심코 휘두른 날에 영가라도 맞는다면 엄청 매우 몹시 귀찮은 일이 생길 수도 있었다.

그래서 결론적으로 어느 것 하나 하지 못하고 다시 제자리에 앉은 하현은 불만이 가득한 표정으로 앞에 놓인 방울을 괜히 툭 건드렸다. 이게 다 뭐라고.

찌릉—

……깜짝이야.

하현은 내심 놀란 표정으로 방울을 쳐다보았다. 그냥 툭 한 번 건드렸을 뿐인데 거 소리 한 번 되게 요란하네.

"시끄럽네요."

"내 말이."

하현은 제 속내와 비슷한 말을 하는 목소리에 별생각 없이 흘끗 그쪽을 바라보았다가 그대로 굳어졌다. 언제 들어왔는지 모를 영가가 바로 코앞에 앉아 있었다.

하현의 얼굴이 순식간에 딱딱하게 굳었다. 기척도 못 느꼈는데 대체 어느 사이에?

"누구냐!"

하현은 웬만한 일에는 놀라지 않을 자신이 있었다. 아니, 놀라지 않았다.

형태가 온전한 귀신만 있는 게 아니라서 온갖 흉측한 모습의 귀신들을 아주 많이 봐 온 데다, 귀신보다 사람이 더 무섭다고 사건 사고는 물론이거니와 각종 범죄에 휘말려 중상을 입고 응급실로 실려 온 환자들의 참혹한 자상들도 많이도 보았기 때문이었다.

하지만 지금은 정말 놀랐다. 귀신, 즉 영가라 하더라도 기척이라는 게 없을 수가 없는데 좀 전에는 정말이지 아무런 느낌도 없었다.

정말, 조금도 못 느꼈다. 당대 최고의 무당이 인정한 그 후계가 그 어느 것도 느끼지 못한 것이다. 이건 보통 일이 아니었다.

그러나 그에게 이런 심각한 문제를 남긴 그 영가는 그저 고개를 귀엽게 갸웃거릴 뿐이었다.

"기다란 대나무에 흰 천과 붉은 천이 매달려 있는 것, 서낭기라고 불리는 것이 꽂혀 있는 장소가 혹 이곳이 아닙니까?"

"맞는데."

하현은 어이없는 표정으로 그녀를 바라보다가 대답을 종용하는 듯한 빤한 시선에 떨떠름하게 대답했다.

그도 그럴 것이, 무당집 마당에 필수로 꽂혀 있는 것이 바로 서낭기였다. 그것을 보고 사람들이 이곳이 당집이라는 것을 알기도 하고, 영가들이 알아서 피하기도 했다.

한데 이 영가는 알아서 이 집 안으로 들어온 것이었다.

'보통은 당집에 있는 신이나 다른 영가들의 낯을 피해서 걸음하지 않는 법인데.'

하현은 새삼스러운 눈으로 영가를 바라보았다.

그러고 보니 일반 영가와는 달라 보이는 것 같기도 했다. 일반적으로는 몸이 투명하여 건너편의 모습이 그대로 다 투영되는데 이 영가는 일반 사람이랑 똑같이 '보였기' 때문이었다. 일단은.

그가 물끄러미 바라보기만 하자 영가의 표정이 살짝 난감해졌다.

'……이제 어쩌지…….'

영가, 연화는 난처한 표정으로 앞의 사내를 바라보았다.

분명 하늘 할머니가 일러 주신 대로 흰 천과 붉은 천이 매달린 대나무, 서낭기를 찾아왔지만 아무래도 잘못 짚은 모양이었다. 그도 그럴 게……

'앞에 앉은 이 사내가 남자인 것은 맞지만 이이는 살아 있는 사람이잖아요.'

연화는 중얼거리고서 멈칫했다.

잠깐만, 설마 이 사내에게 혼인하지 못하고 죽은 총각 귀신을 엮어 달라고, 혼 중매라도 서 달라고 부탁하라는 말인가? 연화의 표정이 아연해졌다.

'아니, 잠깐만……!'

영가와 인간이 만날 수도 없지만, 아니 그렇다고 해서 총각 귀신을 붙여 달라는 건, 아니 그게 아니라!

연화는 머릿속이 혼란스러워졌다. 분명 가라는 대로 잘 찾아오기야 했는데 여기에서 뭘 더 어떻게 해야 할지는 생각해 본 적이 없었다.

그저 찾아오기만 하면 다 해결될 줄로만 알았는데……. 그 생각을 아는지 모르는지 계속 날카롭게 그녀를 주시하던 하현이 천천히 입을 열었다.

"원한이나 억울함을 풀어 달라고 찾아온 것 같지도 않고."

연화는 생각에 잠겨 있다가 문득 고개를 들어 묘한 색 눈동자와 똑, 마주쳤다.

갈색 같기도 하고 진한 주황색 같기도 한 묘한 색 눈동자가 빤히 자신을 바라보고 있었고, 연화는 홀린 듯 그 눈동자를 보다가 깜빡이는 그것에 문득 정신을 차리고서 선선히 고개를 끄덕였다.

솔직히 말해서 아쉬움은 조금 있었지만 억울함은 없었다. 원한도 일절 없고.

그러자 하현이 고개를 갸웃거리며 턱을 괴었다.

"그런데 사극 찍다가 사고를 당했나? 옷이 한복이네. 머리도 땋고 있고. 무슨 대하 사극인 것 같은데."

요즘 촬영 중인 게 있나? 없는 것 같은데. 그럼 사전 제작이려나.

하현은 연화의 얼굴을 흘끗 보고서 내심 맞을 것 같다고 생각했다. 언뜻 보기만 해도 굉장히 눈에 뜨이는 외모였기 때문이었다.

영가는 예쁘장하다는 말보다는 아름답다는 말이 어울리는 얼굴이었다. 굳이 말하자면 여배우상이랄까. 그런데도 알려지지 않은 걸 보면 아무래도 쌩 신인인 모양이었다.

하현의 표정이 약간 측은하게 변했다. 이제야 꽃 좀 피려고 하는데 젊은 나이에 어쩌다가…….

"아쉽겠네."

"……예?"

"거기까지 올라간 것도 힘들었을 텐데 한순간에 이렇게 내려왔잖아."

그 말이 제 말입니다.

연화는 진지하게 고개를 끄덕였다. 아니, 정말이지 지금도 이해가 가지 않았다. 명계 문 바로 앞에서 이리 되돌아올 줄이야. 그것도 사람 몸도 아닌 영혼 상태로.

처음으로 제 마음을 알아주는 사람을 만난 것 같아 연화의 눈이 울망해졌다. 그리고 그 표정을 본 하현이 쯧쯧 혀를 차며 고개를 저었다.

"그런데 원한도 없다면서 왜 여길 찾아왔어? 난 해 줄 수 있는 것도 없는데."

"……."

연화는 울상을 지었다. 이를 어떻게 말을 해야 하지, 뭐라고 답을 드려야 하지.

한편, 하현은 울 듯한 표정으로 입을 꾹 다물고 있는 소녀를 신기하게 보고 있었다.

이렇게 보기만 하면 영가가 아니라 꼭 사람 같은 모습인데 어떻게 이럴 수가 있지? 태어나서부터 20여 년 훌쩍 넘게 여러 모양의 영가를 봐 왔지만 이 소녀 같은 영가는 그로서도 처음이라 어떻게 대해야 할지 알 수가 없었다.

지상을 떠도는 영가들은 기본적으로 억울함과 원한, 그도 아니면 미련을 가지고 있기 마련이었다. 그런데 이 영가에게서는 그런 진득한 감정을 조금도 느낄 수 없었다. 오히려 본인이 얼떨떨해 보이는 것 같은 게 꼭 길을 잃은 강아지 같은 모양이었다. 게다가—

"……흑……."

"……."

이렇게 울어 버리면 어쩌라는 건지.

하현은 만약 내쉬었으면 적어도 방바닥 한구석은 족히 꺼졌을 만한 한숨을 가까스로 삼킨 다음에 이마를 짚었다. 그리고 손에 집히는 대로 천을 가져다가 소녀에게 내밀었다. 자신의 주머니에 있던 손수건이었다.

"감사, 흡, 합니다."

"아니, 됐……"

—어, 라는 말은 채 하지 못하고 다시 제 머리를 감싸 쥔 하현이었다.

영가의 눈물은 형체 없는 허상일 텐데 무엇 때문에 닦을 천이 필요하단 말인가. 하지만 연화는 자연스럽게 그것을 '건네받아 눈물을 닦았고', 하현은 지금 제가 마주하고 있는 여인이 혹여 영가인 척하는 인간은 아닌가 의심하기 시작했다.

"……넌 누구지?"

그러자 훌쩍이는 와중에도 영가가 타박하는 듯한 표정으로 그를 흘낏 바라보았다.

"흠, 무릇, 아녀자의 이름을 묻기 이전에 본인의 신분부터 밝히는 것이 옳은 법도인 줄 아오나, 소녀가 이곳의 방문객이기에 대답해 드립니다. 훌쩍, 저는 호조판서 서진한의 여식으로 이름은 연화라 하옵니다. 오늘 자, 아니 어제 자로 숨을, 흑, 거두었지요."

"……판사요?"

"판서입니다."

하현은 입을 다물었다. 판서…… 판서?

잠깐만, 호조판서라니. 그 조선 시대 육조 중 하나인 호조판서? 역사에 나오는 그런 거?

하현은 도저히 믿기지 않는다는 듯 연화를 바라보았지만 연화는 조금도 흔들림 없이 두 손을 모으고 앉아 있었다. 그리고 그제야 눈에 들어오는 고운 복숭아색 옷과 단정한 댕기, 자연스러운 예법에 하현은 쉽게 입을 떼지 못하고 자신의 이마를 콱 감싸 쥐었다.

'아니, 아니 잠깐만. 이제 현대 영가뿐만 아니라 조상님 영가도 오는 거야?'

한편, 그가 고민에 빠지든지 말든지 연화는 하현을 물끄러미 바라보기만 했고, 그 시선이 몹시도 예의 없는 사람을 바라보는 듯한 따끔따끔한 시선이라 하현도 결국 입을 열고 말았다.

"……저는 정하현, 이 집안의 대를 이을 사람입니다."

하현은 말을 꺼내 놓고 아차 싶었다.

대를 이을 사람이라고 하면 보통 이 가업을 이을 사람이라는 말이 되지 않는가. 하지만 그럴 생각은 전혀 없는데……

그러나 이미 연화는 고개를 가만가만히 끄덕이고 있었고, 하현은 뭐라 덧붙이려다가 말았다. 어차피 한 번 보고 말 텐데 뭐.

외모로 봐선 자신보다 한참 어려 보여서 자연스럽게 말을 놓았던 거지만, 조선 시대 사람이면 자신보다 한참이나 나이가 많은 걸 넘어 까마득히 높은 윗대의 조상님이다.

아무리 자신이라고 해도 조상님에게 말을 낮출 수는 없어서 어정쩡하게 올린 말투였다. 하지만 연화는 별로 신경 쓰지 않는 듯했고 하현은 끙, 작게 중얼거리며 손가락으로 뺨을 긁었다.

"……"

"……"

아, 진짜 난감하네.

하현은 몇 번인지 모를 한숨을 삼켰다. 차라리 당직을 하루 더 서고 말지 이게 대체 뭐 하는 짓이람.

이제껏 그를 따라다니는 여자는 많았지만 하현은 여자와 엮이는 걸 그리 좋아하지 않았다. 그렇다고 남자 취향은 절대로 아니었지만 가주가 매일같이 무당 여자를 엮어 버릇해서 아예 학을 뗀 것이다.

그래서 하현은 지금 이 상황이 정말 어색하고 불편했다. 할 말도 없고 물을 말도 없는데 이 이상 뭘 어떻게 하란 말인가.

시계를 보니 이제 겨우 한 시쯤, 간신히 한 시간이 지났다는 말이다. 남은 시간들은 어쩌나, 하현은 차오르는 한숨을 간신히 삼켰다.

그리고 그것은 연화도 마찬가지였다. 첫 질문인 '왜 왔냐'라는 것부터가 턱 막혀 버리니 다음에는 뭐라 말을 꺼내야 할지 몰랐기 때문이었다. 그래서 연화는 한참이나 하현의 눈치를 보다가 제 사정을 먼저 말해 버리고 말았다.

"사실 소녀는 쫓겨났사옵니다."

"쫓겨났다…… 고요?"

하현의 표정이 의아해졌다. 그리고 연화는 침울한 표정으로 고개를 끄덕였다.

그 방에서 나오자마자 문전으로 밀려났으니 쫓겨난 게 아니면 뭐라 말인가.

"예. 숨이 다하여 바람이 이끄는 대로 하늘로 올라갔으나 소녀의 명부를 보신 분께서 되돌아가라고 이르셨습니다."

"허……."

되돌아가라고 했다고?

이해가 되지 않는 말에 다시 물어보려고 했는데 연화가 생각을 더듬듯이 차근차근 말을 이었다.

"그분께서 저를 내보내시기 전에 이 서낭기를 찾아가면 도움을 줄 사람을 만날 것이다, 라고 하셔서 세상을 돌아다니던 중, 요란한 방울 소리에 이끌려 이곳을 찾아오기야 하였으나……. 제게 어이하여 왔냐고 하문하시는 도령의 말에 뭐라 답할 말을 찾지 못하여 그만 실례를 끼쳤습니다. 부끄럽습니다."

"……."

정말 옛날 사람은 맞는 모양이다. 코앞에서 사극 드라마를 보고 있는 것만 같은 느낌에 하현은 저도 모르게 빤히 연화를 바라보다가, 그녀의 의아한 시선에 고개를 돌리며 흠, 작게 중얼거렸다.

'죽어서 하늘로 올라갔는데 다시 돌려보냈다고?'

벌을 받을 게 두려워 하늘로 돌아가지 않은 악령은 많아도 하늘로 올라갔다가 다시 되돌아왔다는 영가는 처음이었다.

하현은 도무지 믿어지지 않는 상황에 지금 자기가 눈 뜨고 꿈을 꾸는 건 아닌지 의심스러워지기 시작했다.

"그 하늘이라는 곳에서 혹시 또 무슨 다른 말은 없었습니까?"

"음……."

연화는 생각에 잠겼다.

또 뭐라고 하셨더라……. 아!

"열두 달이라는 기한 내에 사랑을 찾아오라 이르셨습니다…… 만!"

연화는 급히 말을 이었다.

"혹여나 해서 드리는 말씀이지만, 총각 귀신과의 혼례는 필요 없습니다."

"……해 줄 마음도 없습니다."

하현은 작게 한숨을 내쉬며 머리를 뒤로 쓸어 넘겼다.

이것은 영가와의 선인 건가, 아니면 이 영가의 선을 주선해야 하는 건가. 물론 둘 다 사양이지만.

그때, 한숨을 쉬던 하현이 팔을 움직이다가 반상에 올려져 있던 도화 나뭇가지를 툭 건드렸고, 가지는 그대로 데굴데굴 굴러서 연화의 무릎에 똑 떨어졌다.

"아야!"

퍽 한심스러운 목소리가 나왔지만 연화는 당황한 표정을 지었다. 죽은 몸인데도 찌릿한 아픔을 느끼는 게 당혹스러웠기 때문이었다. 그리고 그것은 하현도 마찬가지였다. 하지만 그는 곧 무심하게 넘겼다. 살아 있을 적의 반응이 반사적으로 나온 건가 보지.

하지만 연화는 이상한 기분이었다. 감각이 이상했다.

'뭐지?'

분명히 방금 '찌릿'했다. 따끔한 것도 아니고 아픈 것도 아닌 묘한 느낌이었다.

연화는 스스로가 황당해서 나무와 자신을 번갈아 보다가 고개를 절레절레 저었다. 그리고 저 나뭇가지가 무릎에 떨어졌다고 아프면 얼마나 아플까. 왜 그런 비명이 나왔는지 스스로도 의아했다.

그래서 조금 머쓱해진 연화는 뭐라고 말을 꺼내면 좋을까 잠시 고민하다가 하현을 흘끔 바라보았다.

"한데……."

"예?"

운은 띄웠으나 이걸 말을 해도 되는 것일까, 연화는 살짝 주저했다.

사실 아까 전부터 계속 묻고 싶은 것이 있었다. 이곳에 당도한 이래로 내내 본 것이 있으니까, 지금도 보고 있는 것이 있으니까. 하지만 그것이 상대의 심기를 거스를까 봐 걱정돼서 말을 쉬이 꺼내지 못하고 있는 것이었다.

그러나 하현은 말을 시작했으면 끝을 내라는 표정으로 그녀를 바라보고 있었고, 연화는 잠시 망설이다가 주저주저 물어보았다.

"도령의 머리칼은 피치 못할 사고로 인하여 잘려 나간 것이옵니까?"

"……예?"

"또한 걸치고 계신 의복도 이제껏 보지 못한 해괴, 아니 신기한 옷이라서 혹여 주무실 잠자리에 제가 찾아온 것은 아닐까……"

"큽."

의아한 표정으로 자신의 귀를 의심하던 하현은 그만 풋 웃고 말았다. 아까부터 계속 주저하면서 고민하는 것 같길래 뭔가 싶었는데 머리카락이 잘려 나갔냐니, 생각지도 못한 말이었다. 과연 과거의 사람이랄까.

'하긴, 옛날 사람 눈에는 이상하게 보일 수밖에 없을지도.'

그때에는 머리카락도 부모가 주신 것이라고 자르지 않았으니까.

황당하기도 하고 재미있기도 해서 웃음이 자꾸자꾸만 새어 나와 의도치 않게 피식거리고 있었지만, 연화는 하현이 기분 나빠 하지도, 화를 내지도 않아서 다행이라고 생각하는 모양이었다.

오히려 큭큭거리며 웃는 그의 모습을 보는 안심한 듯한 표정이 정말이지 하늘이 되돌려 보낼 만큼 순수한 모양이라, 하현은 웃음을 겨우 멈추고 연화를 바라보았다.

"큼, 오늘이 몇 년인지 아십니까?"

"예?"

연화는 몇 년이냐니, 그게 무슨 말이냐며 고개를 갸웃거렸고, 하현은 그녀에게 진지하게 속삭여 주었다.

"이천하고도……."

"예?"

이천, 이라는 숫자만 꺼냈는데도 연화의 두 눈이 휘둥그레졌다. 벌써부터 귀를 의심하는 모습이었다. 그래서 하현은 전부 말하지는 않기로 했다. 이미 기가 질린 표정이었기 때문이었다. 대신 바로 다음 말로 넘어갔다.

"아무튼, 당신이 계셨을 적과는 아주 많은 것이 바뀌었을 겁니다. 더 이상 상투를 틀지 않고, 의복도 당신이 입고 있는 그런 옷이 아니라 저처럼 이렇게 생긴 옷을 입지요. 그리고 사는 곳도, 뭐 이곳이야 그렇다 쳐도 한옥이 있는 곳은 예전처럼 많지 않아요. 다 아파트나 주택이지. 그리고 또 뭐가 있더라……."

머리도 말해 줬고, 의복도 말해 줬고, 집의 형태도 말했으니 이제 또 뭘 말하면 좋으려나.

하현은 하나하나 손을 꼽으며 말하다가 슬쩍 연화를 바라보았다. 어째 방향이 그녀를 놀리는 쪽이 되어 버렸기 때문이었다.

평소의 그였다면 절대 없을 일이었다. 아니, 평소의 그였다면 이런 대화는 나오지도 않았겠지. 그냥 말 한 마디 없는 침묵만 있었으면 모를까.

하지만 연화의 반응이 꽤 재미있고, 흥미로워서 자꾸만 놀리고 싶은 마음이 들었다. 까마득한 조상님을 놀리는 게 조금 죄송스럽기는 했지만.

그러나 역시 충격은 조금 큰 모양이었다.

"이천 년……이 넘었다고?"

그녀가 아직도 그 숫자에 갇혀서 멍하게 중얼거리고 있었기 때문이었다. 장난이 좀 심했나?

하현은 흘끔 연화를 바라보았다.

'역시 숫자가 좀 셌나? 하지만 그래 봤자 그녀가 살던 시기와는 몇…… 백 년은 차이가 나겠구나.'

그러다가 생각이 문득 닿은 것은, 그녀가 살던 당시에는 지금처럼 연도로 세는 것이 아니라 다스리던 왕 치하 몇 년, 이런 식으로 했다는 사실이었다. 어, 생각보다 좀 복잡하게 된 것 같은데.

"참고로 말씀드리면, 몇 천 년이 아니라 몇백 년 정도만 건너오신 겁니다."

그게 위로가 될지는 모르겠지만.

하지만 연화는 그나마(?) 위안받은 표정이었다. 그도 그럴 게, 그의 말을 들은 순간 정말 울 뻔했기 때문이었다. 너무 멀리 보내신 게 아니냐고 하늘 할머니에게 항의라도 할 뻔했다. 그리고 그 모습에 하현이 뭐라고 말을 걸려던 찰나였다.

꼬끼오—

"……."

"……."

닭의 외마디 긴 울음소리와 함께 둘의 시선이 동시에 창밖으로 향했다.

서울 시내 한복판에 있는데도 불구하고 닭 우는 소리라니, 익숙해질 법도 했지만 정말이지 들을 때마다 익숙해지지가 않는

광경이고, 상황이었다. 오히려 연화에게는 퍽 익숙하고 친숙한 상황이었지만.

그리고 두 사람이 나란히 올려다본 하늘은 아까보다도 훨씬 밝아져 있었고, 연화는 조금 미안한 표정으로 자리에서 일어났다.

"송구합니다. 잠깐 들러 저의 방향을 물으려 하였으나 외려 도령의 시간만 빼앗게 되었네요."

사실이었다.

연화는 진심으로 하현에게 미안했다. 자신이 찾아오는 바람에 이 사람은 잠을 한숨도 못 자게 되었기 때문이었다. 물론 못 잔 것은 자신도 마찬가지였지만 자신은 이미 죽은 몸이고 저 사람은 산 사람이니 피로라는 것이 쌓이겠지.

연화 스스로도 조금 피로하다고 생각되어서 영가도 피곤함을 느끼나 하고 생각하던 참이었다. 물론 아직 궁금증도 해결하지 못했고, 조언도 듣지 못했지만 밤이 새도록 그를 붙잡고 있었다는 생각에 일단 먼저 일어나야겠다고 생각한 것이었다.

연화는 진심으로 미안하다는 듯 살짝 고개를 숙이며 인사했고, 하현은 손을 내저으며 약간 어색하게 자리에서 일어났다. 이건 무슨, 꼭 살아 있는 손님을 배웅하는 듯한 모양이잖아. 하지만 어쨌거나 '손님'은 맞으니까.

그사이에 연화는 조금도 구김이 없는 고운 치맛자락을 손으로 얌전히 잡은 채 하현을 바라보고 있었고, 그 모습에 하현은 뭐라도 말해야 할 것만 같은 기분이 들었다. 그냥 왠지, 뭐라도 말하고 싶었다.

"아니, 그다지 빼앗은 건 아닙니다. 사실 저도 오늘 하룻밤은 여기에 있어야만 했으니까요."

"그나마 다행입니다. 하면 곧 날이 밝아 오니 하룻밤도 다 지났을 터, 소녀는 이만 물러나겠습니다."

"아……. 네."

"짧은 밤, 상냥하게 맞아 주시어 잠시나마 즐거웠습니다. 내내 평안하시어요."

정말이지 조금의 거슬림도 없는 매끄러운 작별 인사였다. 약간 서운할 정도로 똑 부러진 말투라 아주 약간은 서운할 정도였다. ……서운할 정도라고?

하현은 스스로의 생각에 입을 딱 벌렸다. 나 미친 거 아냐?

하지만 연화는 여전히 반듯하게 선 채로 하현을 바라보고 있었고, 하현은 그 곧고 맑은 눈빛에 몇 번 입술을 벙긋대다가 가까스로 침착하게 대꾸했다.

"먼 길 조심히 살펴 가십시오."

연화는 대답 대신에 살짝 고개를 숙여 목례하고서 천천히 몸을 돌렸고, 하현은 약간 얼떨떨한 표정으로 그녀의 등을 바라보았다.

정말로 익숙해지지 않을 것 같은 말투와 예법이었다. 사극 전문 배우도 이 정도로는 못 할 거야. 진짜 옛날 사람이니까 당연하겠지만.

"……꿈이라도 꾼 것 같네."

그것도 완전 현실같이 생생한 꿈.

속으로 중얼거리던 하현은 문득 벽에 걸린 시계를 보고서 눈을 크게 떴다. 세상에, 그렇게 안 가던 시간이 뭐 이리 빨리 갔대?

'게다가 뭐야, 별일 없었잖아?'

별일이 없다 못해 허무할 지경이었다. 물론 영가 아가씨와의 대화가 지루한 것은 절대 아니었지만 이렇게 오프 하루를 날리다니 허무하다 못해 너무하다.

뭐, 앞으로 내내 자유로워질 테니까 아깝지는 않지만.

하현은 속으로 투덜거리면서 반상 쪽으로 몸을 숙여 방울과 거울, 도화 나뭇가지를 챙겨 들었다.

그때였다.

"……저기……."

어?

하현은 의아한 표정을 지으며 고개를 들었다. 간다고 한 지 좀 됐는데 왜 아직도 안 가고 있나 싶어서였다.

하지만 연화는 몹시 난감한 표정으로 문손잡이를 잡고 있는 손에 있는 힘껏 힘을 주고 있었다. 그러나 아무리 나가려고 애써도 한 발짝도 못 떼고 있는 상황처럼 보였다. 마치 투명한 유리 상자에라도 갇혀 있는 듯한 그 모습을 보던 하현의 표정이 점점 더 황당해졌다. 뭐 하는 거지?

"아까는 어떻게 들어왔습니까?"

"그냥 날아왔사온데……."

"그럼 똑같이 날아가면……."

되잖습니까, 라고 말하려던 하현의 입술이 딱 굳었다. 손에 들고 있던 도화 나뭇가지가 저 스스로 덜덜덜덜 떨리고 있었기 때문이었다.

순간 하현은 뒷머리가 아찔해지는 것 같았다. 잠깐, 그러고 보니 아까 자신이 떨어뜨린 이 가지가 연화의 몸을 쳤었는데, 설마……?

"저어, 좀 도와주시겠습니까?"

나가려고 애를 쓰던 연화는 결국 하현에게 도와 달라고 부탁했고, 얼어붙은 표정으로 우뚝 서 있던 하현은 반사적으로 문을 향해 손을 뻗었다.

그러자 이제껏 꼼짝도 하지 않던 문이 그의 손이 닿자마자 시원스레 열렸고, 연화는 안도의 한숨을 내쉬면서 문밖으로 한 발 내딛으려고 했다. 하지만,

"앗!"

"……."

허공에 발을 댄 채로 옴짝달싹도 못 하고 있는 연화를 바라보며 하현은 몹시 지끈지끈해지고 있는 관자놀이를 문질렀다. 그리고 혹시나 싶어 가지를 문밖으로 쑥 내밀었다.

그러자 허공에 떠 있던 연화의 발이 땅에 닿았고, 하현은 연화가 한숨을 내쉬기도 전에 다시 가지를 방 안으로 거두어들였다. 그러자마자,

"앗!"

"……."

또다시 얼어붙었다.

그렇게 몇 번이나 내밀고 거두기를 반복했을까, 문간에서 묶이고 풀리는 것을 수없이 반복한 연화의 표정이 조금씩 골나기 시작했고, 하현은 결국 옴팡 토라져 버린 그녀를 간신히 달래 자리에 도로 앉히고서 머리를 두 손으로 콱 감싸 쥐었다.

'신이시여.'

……망했다.

* * *

아침이 밝아 오는 어스름한 그 새벽녘, 고요하고 얕은 그 빛 사이에 또 다른 빛이 아롱거리고 있었다.

작은 호롱불, 복숭아의 그것처럼 보드라운 빛이 방 안에 어른거렸다. 그리고 흔들리는 불빛에 칼날이 일정한 소리와 함께 시린 빛을 언뜻언뜻 뿜어내었다.

스윽, 슥. 스윽, 슥—

그것은 마치 칼을 가는 것처럼 새어 나오는 소름 끼치는 소리

였다. 사실 칼을 갈고 있는 것은 맞았다. 다만 그것이 숫돌이 아닌 나무라는 것이 문제지만.

"……."

하현은 검으로 잔가지를 잘라 내면서 속으로 한숨을 쉬었다. 그래도 이쪽에서는 나름 이름 있는 신검이라고 불리고 떠받들어지는 제 검인데, 이걸로 복숭아나무 가지나 다듬고 있으니 만약 이 녀석에게 입이 있었다면 불평을 잔뜩 늘어놓거나 자기에게 한바탕 욕을 퍼부었을지도 모를 일이었다.

그러나 속으로는 그렇게 생각해도 하현은 바지런히 손을 놀리고 있었다. 그도 그럴 수밖에 없는 게……

"참으로 신기합니다."

연화 때문이었다.

그녀는 볼이 부은 채로 토라졌던 것이 안 믿겨질 만큼 얼굴이 발그스레해져서 하현 곁에 바짝 붙어 있었고, 하현은 그녀가 날에 닿지 않게 내심 긴장하면서 칼을 놀리고 있었다.

만약 이 검이 연화의 몸에 닿기라도 했다간 이보다도 더 큰 사달이 일어날지도 모를 테니까.

사실 아까부터 몇 번이고 조심하라, 물러나라고 말해 주었지만 연화는 저만치 물러나 있다가도 어느샌가 슬금슬금 다가와 눈을 빛내며 그의 손만 들여다보고 있었고, 좀 전부터는 완연히 드러나는 조각의 모양에 눈이 초롱초롱해져 있었다.

그것이 영락없는 순진한 소녀의 모습이라서 무표정하게 손만 움직이던 하현도 살짝 미소 지었다. 그 자신은 모르는 것 같았지만.

하현은 검 등으로 조심스럽게 나무 부스러기들을 떨어뜨리고서 숨을 후 불었고, 그 입바람으로 인해 반상에 있던 나뭇조각들이 팔랑이며 떨어졌다. 그리고 불쑥, 연화의 앞으로 작고 기다란 나무토막이 내밀어졌다.

"들어 보십시오."

"아……."

하현은 방금 완성시킨 나무 조각을 별다른 설명 없이 연화에게 불쑥 내밀었고, 연화는 얼떨결에 그것을 받아 들었다. 그리고 놀랐다. 좀 전까지만 해도 마치 무언가에 막힌 것처럼 그 무엇에도 닿을 수도, 잡을 수도 없었는데 지금은 너무나도 당연하게 '물건'이 제 손에 들어와 있었기 때문이었다.

그것이 신기해서 연화는 건네받은 나무 단도를 자세히 들여다보기 위해 가늘게 눈을 떴다. 칼날 부분에 뭐라고 적혀 있는 것 같은데…….

그런 그녀의 모습을 보았을까, 하현이 부드러운 천으로 단검의 날을 조심스럽게 닦으며 툭 말했다.

"영을 벨 수 있게 해 놓았습니다."

"영을요?"

연화의 안색이 살짝 변했다.

보통 무기로는 영을 그대로 통과하는 것이 일반적이었고, 그것이 상식이었다. 드물게 있는 귀한 신검이나 도사들만이 영을 칠 수 있다고 들었다. 물론 병상에서 읽은 수많은 이야기에서 본 것이지만.

아무튼, 풍문으로만 들었던 신검을 제가 들고 있다는 것에 놀란 연화는 새삼스레 하현을 올려다보았다. 보기에는 영락없는 선비님 같은데……. 물론 상투도 없고 옷도 특이했지만 한 번 죽은 덕분인지 모든 새로운 것에 초연해져서 이제는 그 무엇을 보아도 놀라지 않을 거라고 연화는 내심 자부하고 있었다.

아무튼 어디를 보아도 신을 받은 사람으로는 보이지 않는데 복숭아나무 가지로 신검을 만들어 내다니, 역시 사람은 겉모습만 보고 판단하면 안 된다는 말이 딱 맞았다.

"참으로 무당이시었습니까?"

"……아니래도요."

의사면 의사지, 무당은 절대 아닙니다.

하현은 몇 번이나 부정했던 것을 다시 분명히 반복하며 연화가 쥐고 있는 나무 단도를 바라보았다. 몇 가지 부연 설명이 필요할 것 같았기 때문이었다.

"알고 계시는지 모르겠으나 도화 나뭇가지는 영을 가두는 역할을 합니다. 의도한 것은 아니었지만 그 가지로 제가 당신을 쳤으니……. 당신은 제게 묶인 것이지요. 그러나 저도 이런 일은 처음이라 아직 풀 방법을 알지는 못합니다."

하지만 가주는 알 테지.

하현은 속으로 이를 갈았다. 이제야 왜 그렇게 가주가 자신만만한 표정을 지었는지 알 것 같았다. 그녀는 이 영가가 자신을 찾아오고, 자신에게 묶여 버릴 것이라는 것을 이미 초저녁부터 다 예견하고 있었던 것이다.

하지만 이것은 절대로 무를 수 없는 일이었고, 그래서 하현은 울며 겨자 먹기로 그 나뭇가지를 작은 단도로 조각한 것이었다. 마치 은장도 같은 모양과 크기의 단도로.

'이게 도움이 되었으면 좋으련만. 나에게, 그리고 저 영가에게.'

하현은 계속해서 설명해 주었다.

"그렇다고 당신을 내내 이 방 안에 묶어 둘 수는 없습니다. 하여 그 단도를 당신께 드리겠습니다. 그것을 품에 지니고 계시면 적어도 제 반경 10자(2m)까지는 자유로이 움직이실 수 있을 겁니다. 그리고 사물을 만질 수도 있고요."

"도령……."

연화는 하현이 자신을 생각해 주는 것이 못내 고마워 두 손으로 도화 나무 단도를 꼭 쥐었다.

그의 말대로였다. 처음 이 방에서 나가지 못했을 때 설마 이대로 영원히, 그러니까 열두 달이 지나도록 여기에서 못 나가는 건 아닌가 싶어 얼마나 심장이 떨렸는지 모른다.

그런데 이 남자는 자신의 걱정을 다 아는 것처럼 이렇게 도움을 주고 있는 것이었다.

연화는 새삼 하늘 할머니께 감사했다.

'할머니, 참으로 감사합니다. 정말 도움이 되는 분을 만났어요.'

그러나 하현은 사실은 속으로 끙끙 앓고 있었다.

어찌어찌하여 어깨너머로 보고 배운 것과 흘려듣던 것을 총동원해서 부적 아닌 부적을 만들어 주기야 했지만 이제 앞으로가 문제였다.

말로는 10자라고는 했지만 그것도 빠듯했다. 자신의 키가 180cm를 약간 넘으니 기껏 해 봐야 제 키보다 조금 더 붙은 거리 정도만 허용된다는 말이었다. 달리 말하자면 자신이 가는 어느 장소에든 연화가 가야 하고, 연화가 움직이려면 자신 또한 움직여야 한다는 말이다.

'맙소사, 병원 일은 어쩐담.'

그에 절로 아찔해지는 머리를 부여잡는데 그의 옷소매 깃이 조심스레 당기어졌고, 하현은 천천히 고개를 들었다. 그리고 저를 보고 있던 새까만 구슬 두 개랑 똑, 마주쳤다.

……순간 귀가 축 처진 자그마한 흰 강아지 하나가 생각났다고 하면 조상 뻘 되는 이에게 몹시 큰 실례겠지.

"저어, 혹여 저 때문에 도령께 곤란한 일이라도 생기신 것 아닙니까?"

'곤란합니다.'

생전 엮일 거라고는 생각하지도 못한 영가랑 이러한 듣도 보도 못한 방법으로 엮이게 되어 정신이 혼미하고 답답합니다, 라고 하고 싶었지만 절대로 입 밖으로 꺼내지 못할 소리였다.

하현은 연화에게 묘하게 약해지는 스스로를 이상하다 여기면서 두 손으로 얼굴을 쓸었다.

"아닙니다, 외려 저 때문에 당신의 발이 묶이게 되었으니……"

"—잡았구나."

"……."

하현은 무표정한 얼굴로 고개를 돌려 문가를 바라보았다가 다시 고개를 돌렸다. 잡은 게 아니라 제가 잡힌 건지도 모릅니다.

문을 벌컥 열고 들어온 사람은 그의 조모이자 이 집의 가주였다. 그리고 이 사달을 계획 또는 예견한 사람이었다. 하현이 뭐라고 대답하지도 않았는데 신당 문을 활짝 열고 들어온 그녀는 방 안을 휘이 둘러보고서 만족스레 입가에 웃음을 띠고, 대뜸 자리에 앉아 거울을 집어 들었다.

"어디, 어떻게 생긴 아가인가 좀 보자."

거울을 들어 그 반경 이리저리 비춰 보던 가주는 이윽고 연화의 코앞에다가 거울을 대고서야 그제야 보인다는 듯 고개를 끄덕였고 연화는 민망함 반, 당혹스러움 반인 표정으로 하현을 바라보았다.

'이게 지금 무슨 상황인지는 모르겠으나 이 물건이 제게 너무 가까워서 민망합니다.'

그리고 하현은 강아지가 끼잉거리는 모양으로 올려다보는 눈길을 외면할 만큼 매정하지는 못했다.

"……지금 뭐 하십니까?"

"뭐 하기는, 이것아. 이래야 영가를 볼 수 있지 않느냐. 아가가 참 곱기도 하……"

"제 눈에는 그냥 보입니다만."

무뚝뚝하게 나온 말에 가주의 입술이 뚝 멎었다.

그리고 하현은 제가 무슨 말을 잘못한 건 아닌지 맹렬하게 고민하기 시작했다. 가주가 마치 귀신을 보는 듯한 표정으로 저를 올려다보았기 때문이었다.

하지만 그 귀신은 이쪽이 아니라 저 맞은편에 있는데. 그리고 하현은 가주가 "역시 인연인 게야."라고 중얼거리는 것을 똑똑히 들었다.

'……인연이라고?'

또다시 그 말이다.

엄밀히 말하자면 인연은 사람과 사람 사이의 일인데 이미 죽은 이를 왜 자꾸만 자기에게 끌어다 붙이는 것일까.

어젯밤부터 계속 인연이라고 하던 게 못내 걸려 그것이 대체 무슨 말이냐고 물어보려고 하는데 가주가 그보다도 먼저 입술을 떼었다.

"하현아. 내가 이것들을 왜 너에게 주었는지 아느냐?"

하현은 가주가 슥 미는 물건들을 물끄러미 내려다보았다.

반질반질하게 윤이 나는 방울과 청동 거울, 그리고 이제는 나무 단도가 되어 버린 도화 나뭇가지.

하현은 대답을 하지 않았고, 가주 또한 대답이 돌아올 거라는 기대도 안 했다는 표정으로 답을 말해 주었다.

"방울은 영을 불러들이는 것이고 거울은 그 영의 모양을 확인하는 것이다. 그리고 도화 나뭇가지는 귀신을 쫓아내는 역할을 하지. 가끔 드문 경우로 영을 이렇게 가두기도 하지만 말이다."

드문 경우라고.

"……"

하현은 살짝 인상을 찡그렸다.

제 예상이 맞았다. 드물고 자시고 역시 연화는 자신에게 갇혀 버린 것이었다. 이렇게 드문 경우라면 그 진한 신기로 로또나 터뜨리지 이게 무슨 사달일까.

어쨌거나 이미 터져 버린 일, 이제는 이를 어쩌면 좋을까 막막하여 그저 인상만 잔뜩 찡그리고 있는데 가주는 몹시 만족스럽다는 표정으로 고개를 끄덕였고, 하현은 그제야 자신이 내기에서 졌음을 새삼스레 깨달았다. 그러자 더 기분이 착잡해졌다.

그러자 가주가 슬며시 웃으며 거울을 나무 상 위에 조심스럽게 올려 두었다.

"그런 표정 짓지 말거라. 내 인연이라 이르지 않았더냐? 내 감은 한 번도 틀린 적이 없느니."

"……그럼 그 틀린 적 없는 감으로 봐 주시지요. 이분은 언제까지 제게 묶여 있어야 합니까?"

"오늘로부터 일 년."

짓궂을 정도로 되짚는 모양에 울컥하여 물어본 것인데 가주는 순순히 그 기한을 말해 주었다. 그리고 하현은 생각지도 못한 답변, 그리고 예상한 것보다 긴 시간에 놀란 표정을 지었다.

"일 년씩이나 말입니까?"

"것도 짧은 편이지. 어찌하겠느냐, 네가 자초한 일인걸. 저 아가만 재수 없게 걸려들은 게지."

사실은 서로가 서로에게 엮인 것이었다만.

그 말은 속으로 삼킨 가주였지만 그녀의 속내를 알 리가 없는 두 사람이었다. 특히나 연화는 얼음처럼 굳어 있었다.

'열두 달이라는 시간 안에 사랑을 찾아야 하는데, 그렇지 않으면 호되게 혼난다고 했는데.'

하늘 할머니의 노한 음성이 아직 귓가에 쟁쟁이는 것만 같아 얼굴이 창백해지는데 그것을 어떻게 생각했는지 가주가 좀 전과는 달리 보드라운 어조로 조곤조곤 연화에게 말했다.

"아가, 너는 이승에 미련을 두었거나 원수에게 한을 맺은 것이 아니라서 해당이 되지 않는다만, 이 세상에는 너 같은 맑은 영가는 극히 드물고 악령이 온통 득실거린단다."

"악령……. 말씀이시옵니까?"

연화가 조심스레 되물었다.

그러고 보니 그때, 임실댁을 닮은 그 여인이 그랬었다.

'아래에는 좋은 사람도 더러 있지만 나쁜 영가들이 훨씬 더 많다우. 거, 몸조심하시라는구먼.'

그 말이 떠올라 떨떠름한 표정을 짓는데 가주가 고개를 끄덕였다.

"그래, 내 악령이라 일렀다. 그들은 정화가 되어야만 이승을 떠날 수가 있는데 너는 그들에게 딱 좋은 먹잇감이야. 오죽 희면 저 하늘에서 쫓겨났겠느냐."

연화가 놀란 눈으로 가주를 바라보았다. 제가 말하지도 않은 사실을 어찌 알고 계시냐는 표정이었지만 곧 가만가만히 고개를 끄덕였다. 저 밖에서 듣고 있었거나 아니면 하현에게 들었겠거니 싶었기 때문이었다.

"그리고 그 악령들은 필시 너를 노릴 것이야. 희고 맑은 너를 오독오독 먹으면 정화가 되거나 혹은 육신을 입을지도 모르기 때문이지."

듣도 보도 못한 말에 연화는 눈을 크게 떴다. 나를, 먹는다고?

그리고 가주는 도화 나무 단도를 꽉 쥐고 있는 연화의 손을 다독였다. 하현과 달리 그녀는 자신의 몸을 만지지 못하여 투명하게 통과했지만 연화는 왠지 그 주름진 손의 온기가 느껴지는 것만 같았다.

"그러니 조심해야 한다. 너는 영가이되 영가가 아니야. 즉, 살아 있는 사람이나 다름없다는 말이다. 다른 사람 눈에만 안 보일 뿐이지 너도 엄연히 생명이 있는 것이야."

하기야 그렇기에 이리 가슴이 뛰고 아픔을 느끼는 것이겠지요.

영가는 영가이되 죽은 몸이 아니다. 즉, 열두 달 동안은 산 사람이나 마찬가지라는 말이었다.

연화가 고개를 끄덕이자 그 모양을 거울로 넘겨 보던 가주가 만족스러운 표정을 지었다. 그리고 멀찍이 앉아 있는 하현을 돌아보았다.

"하현이 너는 무엇을 꾸물거리고 있느냐, 어서 가서 이불을 가져오지 않구."

순간 하현도, 그리고 얌전히 앉아 귀를 기울여 듣던 연화도 그대로 굳었다. 하지만 가주는 태연한 표정이었다. 그래서 하현은 자신의 귀를 의심하며 되물었다.

"……예?"

"뭘 그리 놀라느냐. 하룻밤을 꼴딱 새었으니 조금이라도 눈을 붙여야지. 내 곧 자리를 피해 줄 터이니 편하게들 누워서 쉬거라."

누워서, 쉬라고……?

상황 판단을 못 하고 있던 연화의 얼굴이 뒤늦게 확 달아올랐다. 가주가 무엇을 말하는지 그제야 알아챈 것이었다. 그리고 하현은 신음 소리도 내지 못하고 머리를 감싸 쥐었다.

"절대로, 절대로 편하지 못합니다!"

그 모양을 본 가주가 호탕하게 웃으며 문을 소리 나게 닫고 나갔고, 하현과 연화는 가능한 한 서로의 얼굴을 보지 않으려고 노력하며 등을 돌려 외면했다.

함께 시간을 보낸 것은 고작 몇 시간이었으나 체감상 길고 긴 시간을 지낸 것만 같았다. 그리고 그렇게 긴 하룻밤, 예기치 못한 둘의 동거 아닌 동거가 시작되었다.

2장
미틈달

똑딱똑딱—

초침이 움직이는 소리가 이렇게 컸던가. 소리가 쌓이면 쌓일수록 신경이 곤두서는 것만 같아서 하현은 나 여기 있다며 제 할 일을 열심히도 하고 있는 저 시계의 초침을 빼 버리고 싶다는 충동을 느꼈다.

하지만 그랬다간 이 사람도 함께 움직여야만 하겠지. 몸이 하나로 묶여 있으니까. 그런데,

'신경 쓰이게 되게 조용하네.'

속으로 중얼거리며 흘끗 등 뒤를 보니 연화는 입술을 꾹 다문 채 천장만 뚫어지게 바라보고 있었다. 그리고 그 얼이 쏙 나간 듯한 모양에 하현은 저도 모르게 작게 웃고 말았다. ……웃고 말

았다? 혼자 실없이 웃다니 내가 미쳤나.

하지만 웃음이 나올 수밖에 없는 게, 저 사람(이라는 말이 맞는지 모르겠지만 아무튼)도 무척이나 황당하겠다 싶었기 때문이었다.

자신이야 어쨌거나 가주에게 누군가가 찾아올 것이다, 맞이해라 등의 이야기를 들었지만 저 사람은 하늘에서 '쫓겨났다'고 했다.

젊은 나이에 생을 마감한 것도 그런데 기껏 힘들게 올라간 하늘에서 쫓겨난 상황이 얼마나 어이가 없을까. 게다가 남자와 한 이불 위에 나란히 누워 있는 모양이라니.

여기까지 생각이 닿자 하현도 고개를 절레절레 저었다. 그러다가 몸을 살짝 뒤척이려는데 머리를 들어 올린 것과 거의 동시에 베개가 다시 푹 꺼졌다. '당겨진' 것이었다.

그것을 함께 느낀 모양인지 연화가 고개를 돌리는 것이 보였고, 하현은 슬쩍 고개를 숙이면서 다시 애꿎은 천장만 올려다보았다.

"……."

"……."

정말이지, 눈동자가 또르르 굴러가는 소리가 들릴 것만 같다.

손이 묶인 것도 아니고, 몸이 붙은 것도 아니었다. 하지만 보이지 않는 가느다랗고 투명한 실로다가 묶은 것처럼 조금만 떨어져도 서로의 몸이 아프도록 팽팽히 당겨져 버리는 통에 이렇게 나란히 붙어 있을 수밖에 없는 것이었다.

그나마 다행인 것은 등이 맞닿을 정도의 밀접한 거리는 아니라는 것일까. 만약에 온기가 그대로 전해질 정도였다면 연화는 남녀칠세부동석이라며 몇 번이나 외친 그 말을 아예 온몸에 둘러 버렸을지도 모를 일이었다.

한 이불에 누워 각각 오른쪽과 왼쪽의 벽면을 맹렬히 바라보던 연화와 하현은 몇 번째인지 모를 한숨을 나란히 속으로 꾹 삼켰다. 그리고 그 긴 침묵을 깬 건 하현이었다.

"더 가다간 바닥으로 떨어집니다, 이 안쪽으로 들어오시지요."

꼼질꼼질 몸을 움직여 최대한 하현에게서 떨어지려던 연화는 제 마음을 들킨 듯 움찔했다.

사실, 여기까지 들어오는 데에도 적지 않은 설전이 있었다. 처음에는 아주 당연히 가주의 말을 농담으로 여긴 하현과 연화였지만, 가주는 절대로 농담을 할 만한 사람이 아니었고, 농담으로 치부할 표정도 아니었다.

실제로 한 품 가득히 이부자리를 가지고 와서 직접 방 안에 깔아 주었기 때문이었다.

게다가 하필 이 신당에서의 잠이라니 평소 같아서는 절대로, 절대로, 절대로 달갑지 않은 상황이었으나 하현이 뭐라 할 틈도 없이 가주는 이부자리를 마련해 주자마자 문을 단호하게 닫고 나갔다. 서로를 마주 보고 있던 당시의 연화와 하현의 심정은 정말이지 난감이라는 단어 그 자체였다. 그리고 당연하게도 연화는 반발했다.

'아무리 숨을 거두어 혼뿐인 상태라 해도 어찌 혼인도 하지 않은 아녀자의 몸으로 외간 남자와 한 이불을 덮을 수가 있습니까!'

라고 항의하던 그녀였지만 이불은 하나였고, 깔려 있는 요도 하나뿐이었다. 게다가 조금이라도 멀어질라치면 핑 하니 몸이 아프도록 당겨지는 통에 결국 상황을 인정하고 이부자리로 들어온 것이었다.

그 보이지 않는 끈 때문에 도망을 갈 수도 없었고 끈을 끊어낼 수도 없는 노릇이었으니까. 그래서 연화는 그 이후로 하현을 똑바로 바라보지도 못하고 귀까지 발갛게 달아올라서는 이러지도, 저러지도 못하고 있었고 그런 그녀를 흘끔 보던 하현의 어깨가 살짝 올라갔다 내려갔다.

연거푸 이어진 깊은 한숨 때문이었다.

'……나도 난감한 건 마찬가지인데.'

상황으로나 심리적으로나 신체 구조상으로나 전부 다.

사실 하현도 한 이불만큼은 안 덮으려고 했다. 아무리 영가라고 해도 생생히 보이고 저에게는 '만져지기'까지 하는 여인인 데다가 처음 마주한 첫날에, 그것도 뭐 깊은 이야기를 한 것도 아니고 그저 통성명만 했을 뿐인 여인을 어떻게 이부자리에 들이며, 어떻게 한 이불을 덮고 잘 마음이 들겠냔 말이다.

여자가 돌로 보이는 그에게도 사실 이건 무리였다. 속으로 고개를 젓던 하현은 순간적으로 드는 생각에 멈칫했다.

'설마 선을 내리 거부했다고 사내구실 못 하는지 의심하는 건가?'

……설마.

한순간 하현은 설마 저 가주가 자신의 인내심과 수련의 강도를 시험하는 것은 아닌지 진지하게 고민할 뻔했다.

'그래도 그것만은 아니겠지, 친손자인데.'

그러면 진짜로 막장이게.

하현은 고개를 저어 헛생각을 지우고서 다시 생각에 잠겼다.

아까 전, 연화가 한사코 사양하고 물리는 통에 처음에는 정말 그냥 진짜 맨바닥에 앉아서 벽에 등을 댄 채로 눈을 붙이려고 했었다.

그러나 문제는, 이번 역시 연화였다.

'에, 엣치!'

'…….'

영가도 감기에 걸리는 모양이었다.

연화는 아니라고, 이제는 속이 아프지 않다고 했지만 코를 훌쩍거리는 모양이 어째 병동에서 보던 환자의 그것 같았다. 전공은 흉부외과지만 감기를 못 알아볼 의사는 없으니까.

'이제는 일이 넘치다 못해 재택근무까지 이어지는 건가.'

자그마한 얼굴 한가득 난감한 표정으로 남녀칠세부동석, 송구합니다, 불편하실 거예요 하며 극구 사양하던 연화의 백도화지처럼 말갛던 얼굴에 조금씩 조금씩 열이 오르는 것 같아 보이더니 언뜻 보아도 발갛게 달아오르기 시작했고, 결국에는 아예 복숭아처럼 발그레해졌었다.

기침을 콜록이지 않았다뿐이지…….

'콜록.'

……아, 콜록도 했구나.

아무튼 어딜 봐도 감기였고, 더 볼 것도 없이 몸살이었다. 결론, 흔하디흔한 감기 몸살. ……영가가 걸린 것은 절대로 흔하지 않은, 그야말로 처음 보는 해괴한 일이었지만.

"콜록."

"……."

하현은 물끄러미 연화를 바라보았다. 이제는 쌕쌕 제법 숨도 몰아쉬는 게 부정할 수 없이 몸에 무리가 온 모습이었다. 그런데도 연화는 퍽 익숙한 모양으로 기침을 속으로 눌러 참으면서 몸을 동글게 말고 있었다. 그 모양이 굉장히 익숙한 듯한 자세라 그 모습을 바라보던 하현은 속이 좀 불편해지는 것 같았다.

'하긴 이렇게 일찍 숨을 거둘 정도면 원래 많이 아팠던 사람이겠지. 생전의 연약했던 몸은 스러지어 없어져 이젠 아픈 곳 없이 튼튼하다 쳐도…… 숨을 거둔 지 만 하루 만에 겪은 일들이 워낙 많아서 그릇이 못 견디는 모양이네.'

그런 상황에서도 자신에게서 멀어지겠다고 계속 펴 놓은 이불 그 끄트머리로 슬근거리며 가고 있으니 답답할 수밖에.

"……."

하현은 잠시 입을 다물고 있다가 자리에서 천천히 몸을 일으켰다. 곧바로 핑, 몸이 당겨져 왔지만 이번에는 뒤로 당겨지기 전에 미리 연화 쪽으로 몸을 굽혔다.

그리고 하현은 연화가 베고 있는 베개 쪽에다가 손을 짚고 일어나 그녀의 얼굴 위로 고개를 숙였고, 그녀가 눈을 뜨기 전에 뒤로 몸을 젖혔다.

그래서 최종적으로 그가 앉은 곳은 연화의 매끈하고 동그란, 약간 상기되어 있는 이마 바로 위였다. 반경 10자 그 거리 안에 퍼즐처럼 똑 들어맞는 모습이었다.

"도령? 왜 그러고 계……"

하현이 움직이는 듯한 느낌에 천천히 눈을 뜨고 올려다보던 연화의 입술이 멎었다. 하현이 원래 그의 자리에 있던 이불까지 끌어다가 자신의 위에 말없이 얹었기 때문이었다.

곧바로 두 배로 묵직해지는 그 솜이불의 무게에 연화가 멍하니 그를 거꾸로 올려다보자 하현은 이미 긴 두 다리를 접어 양반 다리를 하고 눈을 감고 있었다.

두 눈을 지그시 감고 숨까지 고르게 내쉬는 게 꼭 잠에 든 것만 같았다.

그리고 그 모양을 멍하게 거꾸로 바라보고 있던 연화의 눈이 깜빡깜빡했다.

'혹여…… 내가 불편해하는 것을 알고 이리 자리를 피해 주신 걸까?'

연화의 눈동자에 난감함이 가득 어렸다.

이건 폐를 끼쳐도 조금 끼치는 게 아니다. 자신은 단지 하늘 할머니의 말대로 그 깃대를 찾으러 내려왔다가 방울 소리에 끌려왔을 뿐인데, 이 사람을 만나고 몸이 묶여 여기에 이렇게 함께 있게 되었다.

사실 분명한 객은 자신인 것이다. 한데 이렇게 이부자리까지 빼앗기셨으니 이를 어찌하면 좋을까.

'죄송스러운데…….'

연화는 조심조심 그의 얼굴을 올려다보며 다시 하현을 불렀다.

"저어, 도령?"

재차 작게 불러 보아도 아무런 미동이 없자 연화의 새까만 눈동자가 살짝 떨렸다.

—도령.

"……."

한참이나 그를 올려다보던 연화는 정말로 하현이 조금의 미동도 없이 고른 숨만 내쉬자 한숨을 폭 쉬면서 두 손으로 붉은 이불자락을 꼭 쥐었다. 그녀의 손이 하얘 보일 정도로 붉은 주단 이불이었다.

"소녀의 고맙다는 인사는 듣고 주무시지……."

그리 피곤하셨더랍니까.

속으로 삼킨 말에 마음이 메기라도 했을까, 아니 외려 더 축축해진 것만 같아서 연화는 다시금 입술을 달싹였다.

완연히 잠들었다, 라는 생각이 드니까 뭐라도 속살거리고 싶어졌다. 마음이 간지러운 걸까, 열이 올라서 어지러운 걸까. 그 둘 다일지도 모르겠다고 생각하며 연화는 생각이 나는 대로 입술을 살짝살짝 움직였다.

"하기야 저를 맞이하시고 이야기를 들어 주셨을 뿐만 아니라, 이 단도까지 만들어 주셨으니……. 피곤하실 수밖에 없지요. 하룻밤을 꼬박 새셨으니."

"……."

하현은 정말로 잠이 든 모양인지 숨소리 하나 내지 않고 눈을 감고 있었고, 연화는 품에 넣어 둔 도화 나무 단도의 그 단단한 끝을 손끝으로 가만가만히 만지다가 문득 다시 고개를 젖혀 하현을 바라보았다.

아까는 제 앞가림을 하기에 바빠 미처 그의 얼굴을 제대로 보지 못했는데 이렇게 보니 참으로 아름다운 얼굴이었다. 그래서 연화는 이참에 아예 제대로 구경해 보기로 했다.

"읏차."

붉고 흰 이불이 꼬물거린다 싶더니 연화가 홍실이 달려 있는 베개에다가 팔을 얹고 끙, 몸을 일으켰다. 거꾸로 보다가 성에 안 차는지 아예 몸을 뒤집어 팔을 괴고서 본격적으로 그의 얼굴을 올려다보기 시작한 것이었다.

'평소라면 절대로 못 해 볼 모양이지만.'

그 관찰하는 이가 곤히 자고 있는 게 참으로 다행이었다.

연화는 그렇게 생각하면서 하현을 빤히 올려다보았다.

찰랑이는 머리카락은 검푸른 빛이 도는 것도 같았고, 콧날은 오뚝하니 날카롭게 솟아 있었다. 그리고 원래 웃음이 없는 건지 아니면 일부러 입꼬리를 내리고 있는 건지 입술은 일자로 다물어져 있는 모양이었다.

'그러고 보니 오늘 하루 뵌 동안 웃어 주신 적이 없네. 물론 웃을 일이 없기는 했다만.'

웃으면 아름다울 것 같은데, 라고 중얼거리던 연화는 고개를 끄덕이며 그를 빤히 올려다보았다. 멋지다, 라는 말도 어울리지만 아름답다는 말이 더 어울릴 것 같은 사람이었다. 남자에게 붙이는 것이 이상하게 여기지 않을 만큼 유려한 사람이었다.

게다가 임실댁과 아버님, 의원을 제외한 사람을 이토록 오래 보고 있는 게 처음이라 심장이 두근두근했다. 떨리고 벅차고 신기하고 뿌듯했다.

살아 있는 사람, 아름다운 사람, 멋진 사람.

'한데, 사내는 원래 저리 어깨가 넓은 것일까?'

단단한 어깨와 넓은 등, 우리 아버지도 참으로 풍채 있으셨던 것 같은데 저이도 아버지만큼이나 크구나.

연화는 턱을 괴고 있다가 눈을 천천히 깜빡였다. 저 굳게 닫혀 있는 눈꺼풀이 뜨이면 다갈색 눈동자가 드러나겠지. 꼭 이 나무 단도색 같은 예쁜 빛 눈동자가.

어찌 보면 진한 주황색으로도 보이고, 또 달리 보면 연한 갈색 같기도 한 신기한 색 눈동자. 그리고 '갈색'이라는 말에 문득 그녀의 생각이 닿은 것은 커다란 나무문과 그 안에 있던 임실댁을 닮은 아낙, 그리고 하늘 할머니였다.

"……하아……."

깊고 가는 한숨이 새어 나와 공기 중으로 흩어졌다. 그리고 연화는 다시 몸을 반 뒤집어 머리를 베개에다가 대었다. 오래도록 몸을 기대고 있어서 그런지 피가 안 통한 두 팔이 쥐가 오는 것처럼 저릿저릿했다.

이것 참, 죽었는데도 불구하고 감정이나 감각 등 느낄 만한 건 다 느끼고 있으니 산 것인지 죽은 것인지 헷갈릴 지경이었다. 그래서 연화는 픽 작게 웃으며 천장을 올려다보았다.

'하늘 할머니, 오늘 너무나 많은 일이 있었습니다. 죽은 몸인데 제가 아직까지 산 사람인 것처럼 너무나 피곤해요. 혼령도,

영가도 피곤함을 느끼는 게 맞는 건가요?'

연화의 눈이 다시금 느리게 깜빡였다. 이번에는 까만 눈에 하현이 담겨져 있었다. 아까는 괜찮더니 지금은 거꾸로 바라보는 주위가 참으로 어지러웠다. 그리고 자꾸만 눈꺼풀이 내려왔다.

안 감으려고 버티고 버티던 눈은 머지않아 스르륵 감겨 버렸고, 곧 하얀 저고리 가슴팍이 고르게 오르락내리락하기 시작했다.

'그래도 이 땅에 돌아온 보람 하나는 생겼습니다. 이이를 만났으니까요. 하나…… 일 년을 이 도령에게 묶인 몸이 되어 버렸으니 저는 앞으로 어떻게 되는 것일까요…….'

그 무엇도 제 뜻과 의도대로 된 것이 아니어서 참으로 마음이 어렵습니다, 채 다 중얼거리기도 전에 연화의 눈꺼풀이 완연히 닫혔다. 쌕쌕 숨이 고르게 울렸다.

"……."

그리고 하현은 가만히 귀를 기울이다가 숨소리가 고르게 들리자 그제야 눈을 떴다.

한참이나 저를 올려다보는 연화가 언제나 잠이 들까 일부러 숫자를 세어 가며 가만히 눈을 감고 있었는데 드디어 자기 시작한 것이었다. 그리고 든 생각은, 진짜 이게 꿈이 아니면 정말이지 미치고 팔짝 뛸 일이라는 것이었다.

'믿기지가 않네, 진짜.'

영가가 잠을 잔다는 것이 참으로 어이없고 믿기지 않는 상황이었으나 분명히 눈앞이 보이는 현실이요, 똑똑히 만져지는 실체였다.

허, 참. 영가가 만져진다니 정말 귀신이 곡할 노릇이었다. 믿어지지도 않고 믿고 싶지도 않지만 자신에게는 '만져지기'까지 한다. 만져진다뿐일까, 울기도 하고 화내기도 하고 그래, 대화가 되는 영가였다. 오, 맙소사.

"……."

하현은 고개를 제게 젖힌 채로 자고 있는 연화를 물끄러미 내려다보다가 팔을 뻗어 베개를 제대로 놓아주었다.

"목에 담 결리겠네."

그게 영가에게도 해당이 되는지는 모르겠다만.

하지만 그제야 좀 편한지 우웅, 하는 소리를 내면서 연화가 고개를 돌렸다. 베개에 눌려서 그런 것인지 아니면 열 때문에 그런 것인지 그녀의 귀가 유난히 붉어서 이래도 되나 잠시 망설이던 하현은 자그마한 이마에다가 손을 살짝 가져다 대었다.

"실례."

딱히 감정이 있는 터치도 아니었고 정말 지극히 걱정되는 순수한 마음으로, 예비 의사의 마음가짐으로 열을 재 본 것뿐이지만 '남녀칠세부동석!'을 열심히 외치던 모습이 선해서 미리 실례한다, 라고 중얼거린 것이었다. 하지만 바로 웃음이 터졌다.

"풋."

남녀칠세부동석이라니, 그게 언제 적 말일까. 아니다, 딱 백

년만 거슬러 올라가도 제법 들을 법한 말이겠구나. 어쨌거나 진짜 조상님은 조상님인 모양이었다.

이래서야 나중에 밖에 나가면 눈 둘 곳을 못 찾을지도. 현대에는 손잡고 걷는 커플이나 팔짱 끼고 다니는 이들이 거리에 널리고 널렸으니까.

벌써부터 그 발그레해져서 어쩔 줄 모를 모양이 바로 상상이 돼서 하현은 다시금 차오르는 웃음을 간신히 참고 다른 손으로 자신의 이마를 짚어 보았다. 그의 반대 손은 여전히 연화의 이마에 닿아 있었다.

“그래도 그사이에 좀 내렸네.”

다행히 생각보다는 높진 않았으나 아직 미열이 있는 건 사실이라서 하현은 이불을 끌어다가 다시 그 위에 두툼히 덮어 주었다. 색색거리는 숨소리가 아까보다는 한결 편한 듯했다.

그리고 어쨌거나 가장 신경 쓰였던 그 문제가 얼추 해결되고 나서 바로 떠오른 또 다른 문제는,

“어떻게 이런 영가가…….”

있을 수 있지, 라는 거였다.

하현은 연화의 이마에서 손을 거두고서 천천히 팔짱을 끼었다. 깊은 생각에 잠기면 늘 나오는 그의 버릇이었다. 하현은 그렇게 단단히 팔을 얽은 채로 잠에 폭 빠진 연화를 가만히 내려다보았다.

‘너무 맑아서 하늘에서 내려보낸 영혼이라고.’

제 눈으로 보고 있으면서도 믿기지가 않았다. 그러나 조금 이해가 가기는 했다. 고작 오늘 하룻밤 잠깐 본 것이 전부였지만 투명하리만치 말간 얼굴 하며, 조금만 재밌어도 바로 반짝이는 새까만 눈동자, 별것 아닌 일에도 얼굴을 발갛게 붉히며 당혹스러워하는 모습은 절대로 거짓으로 꾸며 낼 수 있는 것이 아니었다.

사람을 많이 보고 영가 또한 많이 보는 그의 눈을 속일 수는 없었다. 특히 가주에게 한 이불에서 자라는 말을 들었을 때의 그 표정은 정말이지……

"큽."

하현은 저도 모르게 작게 픕 웃음을 삼켰다. 그리고 놀래 버렸다. 혼자서 이렇게 실실거리면서 웃고 있다니, 실성한 것도 아니고. 오늘로 벌써 몇 번째야?

저도 모르게 제 입꼬리를 만져 보던 하현은 절레절레 고개를 흔들었다.

'진짜 몸이 허약해지긴 했나 보다. 보약 좀 지어 먹어야겠어.'

이러다가 진짜 귀신에게 홀릴지도 모르겠네.

이미 반쯤 홀린 상황이었지만 자신의 바른 상태를 전혀 짐작 못 하고 있는 하현이었다. 물론 말한다고 해서 인정도 하지 않겠지만.

세상모르고 자는 쪽과 그걸 지켜보다가 결국 밤은 물론이거니와 새벽까지 꼴딱 새 버린 쪽.

그렇게 하루, 두 사람의 일 년에서 첫 하루가 지나갔다.

* * *

"으응……."

새소리가 들린다.

작은 참새 소리 같기도 하고 드문드문 섞여 들리는 중에는 까치 울음소리도 있고. 하면 오늘은 반가운 손님이 오시려나.

연화는 귓가에서 지지배배 울려 대는 그 노래들을 한참이나 듣고 있다가 천천히 눈을 떴다. 모처럼 아무런 아픔도 느끼지 않고 꿈도 꾸지 않고 깊이 푹 잠을 잔 기분이었다.

게다가 온몸을 감싸고 있는 따뜻한 느낌이 너무나도 좋아서 살짝 웃으며 눈을 뜨는데, 뜨자마자 온몸이 돌처럼 딱 굳어져 버렸다. 저를 물끄러미 내려다보고 있는 다갈색 눈 한 쌍 때문이었다.

"……!"

간신히 비명은 삼켰지만 이미 멎은 심장이 다시 쿵, 내려앉는 기분이었다. 아니, 멎은 게 맞나? 이리 쿵쾅쿵쾅 파닥이며 뛰고 있는데!

연화는 순식간에 백지가 된 머리를 가까스로 회전시켜 어젯밤 일을 생각해 냈다. 일어나셨고, 저 위쪽으로 가셨고, 이불을 내 위에 덮으셨고, 눈을 감고 주무셨지. 그리고 나는 그 얼굴을 빤히 구경하다가 까무룩 잠을 잤고. 연화의 얼굴이 점점 더 붉어졌다.

분명 어젯밤 아니 오늘 새벽에 하현은 제 곁에서 누워 있다가 저 뒤로 와서 벽에 등을 기대고 눈을 감았다. 그리고 그렇게 불편하게 새벽을 지새웠을 터.

……그럼 설마 계속 자신이 일어나기만을 기다렸다는 말인가? 이제껏 줄곧?

새하얘졌다가 새빨개졌다가 바삐 왔다 갔다 하던 연화의 얼굴이 이내 아연해졌다. 난 몰라!

"왜, 왜, 왜 안 깨우셨습니까?"

짹, 저 밖의 지저귐과 거의 흡사한 병아리 우는 소리 비슷한 게 들렸지만 하현은 태연한 표정으로 대꾸했다.

"너무 곤히 주무셔서요. 그간 아프셨다더니 모처럼 달게 주무셨나 봅니다. 실상은 몇 시간 정도밖에 안 되었지만요."

물론 새하얀 거짓말이다.

하현은 눈이 간지러운 척 얼굴을 가리면서 연화 모르게 하품을 작게 했다.

사실 연화도 그렇고 자신도 그렇고 각자 한숨도 제대로 못 잤다. 자려고 눈을 감으면 열에 들뜬 얼굴이 보이고, 이불을 도닥여 주고 다시 자려고 하면 혹여나 두툼히 덮은 이불이 무거워서 저리 끙끙거리는 건 아닌가 싶어 다시 걷어 주고 덮어 주고를 수없이 반복하느라 그는 그야말로 뜬눈으로 새벽을 지새운 것이었다.

'살다 살다 아픈 영가를 간호하다니.'

어이가 없다 못해 웃음이 나온다, 정말.

그리고 사실 누가 하라고 강권한 것도 아니고 연화가 해 달라고 부탁한 것도 아니었다. 오히려 그녀라면 폐를 끼치지 않겠다며 아픈 것을 꽁꽁 숨겼겠지. 그래서 하현은 자신이 왜 그랬는지 스스로도 이해가 되지 않았다.

'열 때문에 끙끙거리는 게 눈에 밟혀서 그런 거야.'

―라고 단순하게 생각하려고 했지만 어쨌거나 제 행동의 결론은 사람이 두 번 할 짓은 못 된다는 것이다. 차라리 당직을 일주일 내내 서거나 수술실 순회를 자처하고 말지.

그것을 아는지 모르는지 연화는 "과연 잠자리가 편하긴 했어요."라고 대답하면서 고개를 끄덕이고 있었고, 하현은 조상님께 이런 말을 해도 될지 모르겠지만, 참새처럼 귀엽게 고개를 갸웃거리는 그 모양에 나이를 제대로 한 번 물어볼까 하다가 또 그만두기로 했다.

'궁금하기야 하지만…….'

애매한 게, 죽었을 당시의 나이를 물어보자니 슬픈 기억이 떠오를 것만 같고 그 이후의 나이를 물어보자니 계산하기도 어려울뿐더러 까마득한 조상님일 테니까 그에게 여러모로 불리한 일이었다.

오라버니라고 불리는 것은 극구 거부하고 싶지만 그렇다고 누님 역시 싫은 건 마찬가지였다.

'기껏 해 봐야 이십 대 초인 저 얼굴에 대고 누님이라고 해야 한다면 안 그래도 조각조각난 내 양심이 견디지 못할…… 아, 내가 뭐라는 거야!'

그러니까, 오라버니도 영 이상하고 그렇다고 저 얼굴에다 대고 누님이라고 하면 연화에게 미안할 정도였다. 그럼 이제 어쩌면 좋을까, 연화는 생각지도 않는 호칭을 생각하면서 하현이 말없이 이불을 정리하는데 그 모양새를 가만히 바라보고 있던 연화가 자그맣게 하현을 불렀다.

"한데……, 도령."

하현은 멈칫했다. 자신을 또 저렇게 불렀기 때문이었다.

사전적 의미로 도령이라는 말은 총각을 대접하여 이르는 말이고, 자신이 아직 결혼하지 않았으니 사실상 틀린 이야기는 아니었다.

그러나 이 나이 먹고 도령 소리를 들으면 좀 그렇지 않은가. 그래서 하현은 그것을 정정해 주려고 했지만—

"저는 도령이 아니라, 예."

또렷한 검은 눈을 마주한 순간 자신도 모르게 또 말려들고 말았고, 연화는 살짝 웃으면서 그를 올려다보았다.

"저는, 이제 어찌합니까?"

"……."

어찌합니까…… 라고.

사실 그게 바로 하현이 하고 싶은 말이었다.

솔직히 말하자면 지금 하현은 이 상황이 굉장히 막막했다. 자신은 현재 레지던트 마지막 연차인 데다가, 물론 담당 교수님과 다른 사람들을 잘 만나서 의국에 다녀올 일이 그렇게 많지는 않는다고 해도…… 전문의 시험 준비도 해야 하고 정리할 것도 아주 많았다.

그나마 작년까지 폭풍 몰아치듯 거의 다 처리해 둬서 다행이랄까.

'하지만 오프인 동안에 머리랑 상황을 좀 정리해 둬야겠다.'

어제까지만 해도 이렇게 될 줄 몰랐지만…… 어쩌겠는가, 일은 이미 벌어졌는데.

하현은 끙, 작게 중얼거리면서 자리에 앉았고 그 앞에 연화가 다소곳하게 치마를 잡고 앉았다. 그 자태가 아주 정갈하고 고와서 양반 댁 고운 규수라는 그녀의 신분이 새삼스럽게 생생히 닿아 왔다. 그래서 하현은 괜히 시선을 돌리며 말했다.

"그럼 정리해 봅시다. 그러니까 당신은 어제 자로 죽은 사람이다, 맞습니까?"

"……그렇게 말하니까 굉장히 기분이 이상하지만 일단은 맞습니다. 제 관이 뉘어 있는 꽃상여까지도 이 두 눈으로 똑똑히 보았으니까요."

하현은 그녀의 말에 고개를 끄덕여 동의했다. 본인의 상여가 가는 것을 지켜보다니 정말로 이상한 기분이었겠다.

"그런데 하늘에서는 당신을 도로 내려보냈고, 서낭기를 찾아가라고 했다는 거지요."

"예, 그리고 정신을 차리고 보니 이곳에 당도했고, 방울 소리가 들린다 싶었는데 당신이 눈앞에 있었습니다."

그 방울을 건드리질 말았어야 했어!

뒤늦게 어제의 일을 후회했지만 이미 쏟아진 물이었다. 그래서 하현은 살짝 인상을 찡그렸다가 천천히 팔짱을 끼었다.

"그리고 우리는 일 년간 묶여 버렸고, 당신에게는 그간에 해결해야 할 과제가 있는 거지요."

'사랑을 찾아오거라.'

연화는 문득 그 목소리가 생각나 얼굴을 붉혔다. 사랑을 찾아오라니, 너무나 막연하다고요.

그리고 하현은 그런 연화를 냉정하게 바라보고 있었다.

사실 내내 이상한 기분이 들어왔다. 어제 처음 보았을 때부터 지금까지, 길지는 않지만 그 잠깐의 시간이더라도 사람을 어느 정도 파악할 수 있는 법이었다. 특히 자신같이 '특이한' 환경에서 생활한 사람은 더더욱.

그리고 이 사람은, 그러니까 저 영가는 굉장히 묘했다. 제가 보기에도 그녀는 하늘에서 깨끗하다고 할 정도로 순수하고 맑았다. 그러나 문제는 그것이었다.

'숨기는 것' 비단 자신에게 숨긴다는 게 아니었다. 아마 모르면 몰랐지, 스스로도 속이고 있을 것이었다. 왜냐면 자신도 그랬으니까, 늘 감정을 숨기고 아무렇지 않은 듯 살아왔으니까. 지금까지도.

하지만 그 모양이 이렇게…… 눈에 짚이는 모양이었구나. 자신을 속이는 게 남들 눈에는 이렇게 빤히 잘 보이는 모양이었구나.

그래서 하현은 더 이상 참지 못하고 말해 버렸다.

"당신은."

연화가 고개를 들었고, 하현과 눈이 마주쳤다. 그리고 하현은 천천히 말했다.

"당신은 슬프지 않습니까?"

어제 눈물을 보이긴 했으나 분명 그것은 슬퍼서 나온 눈물이 아니었다. 상황에 놀라서, 당황스러워서 나온 눈물이었다.

그를 만난 이래로 연화는 지금까지 단 한 번도 제대로 된 감정표현을 한 적이 없었다. 웃음을 말하는 것이 아니었다. 웃음은 다른 감정을 덮기 가장 쉽고 만만한 감정이니까. 스스로를 속일 때에도, 체념할 때에도 나오는 것이 쓴웃음이니까.

그래서 하현은 진지하게 그녀를 바라보았다.

"죽음이 두렵지 않았습니까?"

대부분의 영가는 크게 두 가지의 반응을 보인다. 하나는 현실부정이고 다른 하나는 체념이었다.

현실 부정인 쪽은 자신이 죽었다는 것을 믿지 못하고 하늘에 올라가기를 거부하는, 대다수의 악령의 경우였다. 그리고 체념은 현실 부정 단계를 무사히 넘기고 결국 하늘의 결정에 순응하고 마는 그런 경우였다.

그런데 이 영가는 그 어디에도 해당되지 않았다. 현실 부정이라기에는 자신이 '죽었다'는 것을 너무나도 잘 알고 있었고, 체념이라고 하기에는 미련과 한도 없었다.

하현은 그게 이해가 되지 않았다. 어쩌면 매일같이 사람이 죽고, 살려 달라고 애원하고, 하루하루를 더 살기 위해 온갖 애를 쓰고 있는 병동에서 생활해서 그럴 수도 있겠지만.

그리고 연화는 한참이나 입을 다물고 있다가 천천히 그를 바라보았다.

"저는, 태어나서부터 몸이 굉장히 약했습니다."

이야기의 시작은 언제나 갑작스러운 법이었다. 특히 자신의 속 이야기 같은 경우는.

하현은 대답 대신 가만히 그녀를 바라보았고, 연화는 천천히 두 무릎을 세우고 그 위에 제 턱을 얹었다. 그 모양이 정말로 살아 있는 사람 같아서 하현의 입매가 살짝 올라갔다.

그것을 알았다면 조금 좋아했을 테지만 연화는 그 반호를 보지 못했고, 그녀는 그대로 제 무릎에 턱을 가만히 얹은 채로 말을 이었다.

"제 모친 역시 약하시어 저를 낳으시다가 그 길로 돌아가셨고,

저는 숨을 쥐고 태어나서부터 죽음을 맞기까지 거의 모든 날을 누워서 지냈습니다. 하루하루 가는 것을 해가 뜨고 지는 것으로 구분한 것이 아니라 탕약이 들어오고 나가고로 구분했지요. 제 몸이 너무나도 약하여 의원은 창문을 열고 바람을 쐬는 것마저도 금하라 했었으니까요. 그것이 너무나도 답답하여 아주 가끔, 정말 손에 꼽을 만치 드물게 담장 안에 있는 후원을 몇 걸음 거닐곤 했지만요."

그건 좀 심했다. 최소한도라도 움직여야 하는데. 그녀 말대로라면 햇빛을 쬐는 일도 거의 없었다는 말이었다.

하현의 눈썹이 살짝 찡그려지자 연화가 담담하게 웃었다. 별거 아니라는, 어쩐지 씁쓸해 보이는 미소였다.

"해서 저는 죽음이 무섭지 않았습니다. 매일같이 옆에 있던 것, 언젠가는 이 몸을 덮을 것이라고 생각했지요. 그래요, 이렇게 된 마당에 오직 도령께만 솔직히 이야기하자면 이왕 내게 올 것 조금은 빨리 와 주지 않겠니, 부탁을 하기도 했어요. 그럼 더 이상 아프지 않을 테니까."

"……."

하현은 아무런 말도 하지 않았다. 아니, 할 수 있을 리가 없었다.

중병동에 있는 그가 매일같이 보고 들은 것은 불치병 또는 더 이상의 치료가 불가능한 환자들의 눈물과 울음이었다. 차라리 죽었으면 좋겠다, 안락사를 원한다, 그런 말을 들으면서 일하고 있었으니까. 본인만 아는 아픔과 고통, 쓰라린 그 심정을 누가 뭐라고 하겠는가.

그래서 아무 말도 못 하고 가만히 듣기만 하는데 연화가 한숨을 쉬듯 말했다.

“해도 스스로 죽을 용기는 없었습니다. 그럴 순 없었습니다. 제게는 아버님이 계셨으니까요. 태어나면서부터 약한 것도 그렇고, 어머니 대신에 사는 불효로 생을 시작하였는데……. 스스로 자진하는 망극한 일까지 할 수는 없었습니다. 그래서 버텼고, 살았고…….”

그러다 이리 죽었네요, 라고 속삭이고 마는 그 처연한 목소리에, 함께 기울어지는 반질하고 새까만 머릿결에 하현은 가만히 자그마한 몸을 내려다보았다.

“…….”

사실 말을 해 주고 싶었다.

어머니가 돌아가신 것은 당신 때문이 아니다, 당신은 숨을 쥐고 태어난 것이 아니라 그 꺼져 가는 숨을 이어받아 살아남은 것이다, 그렇게 말해 주고 싶었지만 쉽게 입술에 올릴 만한 일이 아니었다.

자칫 잘못하다간 겨우 새살 돋은 상처를 헤집어 놓는 것일 수도 있으니까, 시간에 애써 묻은 마음을 파헤치는 것일 수도 있으니까.

그래서 하현은 그녀를 물끄러미 내려다보기만 하다가 툭, 중얼거렸다.

“아직 죽진 않았잖습니까.”

“……예?”

“어쨌거나 일 년의 말미는 얻은 것이니까요.”

서툰 위로였지만 그 안에 스며 있는 무뚝뚝한 토닥임에 연화는 옅게 미소 지었다. 일 년의, 말미라.

“도령. 제게 슬프지 않냐, 죽음이 무섭지 않냐 하문하셨습니까. 그것에 대답하건대, 저는 조금도 슬프지도 무섭지도 않았습니다. 지금 역시 마찬가지고요. 제가 유일하게 걱정되는 것은…… 저어하는 것은 제 아버님이십니다. 오직 저밖에 없었을…… 저의 아버님의 안위가 염려됩니다.”

“…….”

“어머니가 안 계신 세상을 이제 오직 저만 바라보며 산다고, 저밖에 없다고 그리 말씀하셨는데……. 이제 저도 없는 세상을 어찌 살고 계실까요.”

결국에는 가늘게 떨리고 마는 그 어깨를 바라보던 하현은 살짝 한숨을 내쉬었다.

이리 되어 버린 이상, 저런 말까지 들어 버린 이상 더는 버틸 수가 없었다. 그리고 애초에 자신이 자초한 상황이기도 했고. 하지만 정말이지, 이렇게 ‘해 주고’ 싶다는 마음이 생긴 것은 처음이었다.

‘……이걸 다시 하게 될 줄이야.’

사실 엄밀히 따지면 하현은 신을 모시는 무당이라고 할 순 없었다. 아니, 애초에 무당도 아니지만 하현은 태어날 때부터 '신력'을 사용할 수 있었다.

그것이 집안 내력의 문제인지 아니면 그만의 특이한 무엇인지는 모르겠지만 아주 어려서부터 그 힘은 그의 안에 있었고, 늘 나 여기 있노라며 제 존재를 알리곤 했다.

예지몽이라든가 혹은 예기치 못한 일이 닥쳤을 때 말도 안 되는 괴력으로 나온다든가, 그도 아니면……

"뵙고 싶습니까?"

이런 식으로. 물론 이 경우에는 약간의 후유증이 있지만.

그리고 하현의 말을 들은 연화는 멍한 표정이었다. 아니, 그의 말을 이해하지 못한 표정이었다.

"……뵙고…… 싶냐는 말은……."

"대부분의 영가에게는 한이 있습니다. 이것만은 하고 가야겠다, 해결을 봐야겠다, 하고 붙잡는 한이라는 게 있지요. 최후의 선이랄까요? 그러나 당신에게는 그것이 없고 오히려 하늘로부터 과제를 받아 왔지요."

욱신.

순간 찌릿해져 오는 통증에 하현은 살짝 눈을 찡그렸다. 자신의 이야기를 하는 거냐며 아는 체하는 것일까. 이럴 때 보면 그 영 능력이라는 것에 꼭 생명이라도 있는 것 같은 느낌이었다.

하현은 천천히 손을 들어 이마 부근을 만져 보았다. 이것은 오래전, 네 살쯤일까. 그때 저 앞마당에서 놀다가 신돌에 머리를 부딪친 그 상처였다.

그 어릴 적의 상처가 다 낫지 않았을 리가 없는데 만지거나 이런 이야기를 할 때면 항상 욱신거리곤 했다. 그리고 지금도 역시 손이 닿자마자 눈이 찡그려질 정도로 욱신거리고 있었다.

손이 문제가 아니라 자기를 부르는 거냐며 신나서 날뛰는 모양이겠지. 하지만 하현은 내색하지 않고 연화를 바라보았다.

연화의 눈은 더 이상 커지지 못할 정도로 동그랗게 확대되어 있었고, 그 안 가득히 자신의 모습이 담겨 있는 것을 본 순간, 하현은 속에서 맴돌던 말을 입술로 그려 내었다.

"내가 도와줄 수 있습니다."

그것으로 당신의 그 꽉 막혀 있는 감정이 조금이나마 풀어질 수 있다면.

"당신에게 보여드리지요."

왜일까.

딱히 사람에게 관심을 가지지 않았고, 사정을 두지 않았다. 내 할 일만 잘하면 상관없다, 남에게 폐만 끼치지 않고 남에게 손해만 보지 않으면 그만이다, 그렇게 생각하면서 살아왔다. 그런데 이 영가에게는 왜 이렇게 마음이 흔들리는 걸까. 눈길이 가는 걸까.

'역시 인연인 게야.'

하현은 고개를 흔들었다. 이제는 헛소리까지 들리네.

하지만 가주의 말은 계속해서 그의 머릿속에서 잰걸음 하듯 맴돌았고, 하현은 재차 고개를 흔들어 집중하려고 애썼다. 오랜만에 하는 것이다 보니 잡생각이 많이 나는 것 같았다.

쪼르륵—

하현은 어렸을 때부터 '혼자'라는 것에 굉장히 익숙했다.

할머님은 집 안에 계신 적이 거의 없을 정도로 매일같이 굿과 치성을 드리러 전국은 물론이거니와 해외까지 초대를 받아 돌아다니셨고, 그의 부모님 역시 거기에는 못 미치더라도 나름대로의 인지도가 있어서 늘 바쁜 생활의 연속이었다.

그리고 하현이 초등학교가 들어갈 나이가 되었을 때, 예기치 못한 사고로 두 분은 한날한시에 돌아가셨다. 중이 제 머리를 못 깎는다는 속담이 있는 이유일까, 남의 미래는 잘도 봐 주었으면서 지척으로 다가온 죽음, 본인들의 미래는 왜 몰랐을까. 아니면 알면서도 그 운명에 순응한 것일까.

아무튼 그래서 하현은 어렸을 적부터 혼자였고, 혼자 자라게 되었고, 혼자 살아남는 법을 알게 되었다.

그리고 자신과 말을 섞지 않는 사람들 대신에 기억 속 어렴풋이 남아 있는 과거를 '겪고', '다른' 것들을 보며 외로움을 달랬다.

물론 그 이후에 할머님에게 들켜서 신도 제대로 안 받은 어린 것이 벌써부터 선무당 짓 한다고 눈물 쏙 빠지게 혼났지만. 모두 예전 일이었다.

"……시작합니다."

하지만 이건 내 의지이며 이 사람의 바람이니까. 그리고 예전보다는 많이 나아졌고.

하현은 속으로 중얼거리고서 연화를 바라보았다. 그녀는 조금 불안한 모습이었고, 그보다 조금 더 설레는 모습이었다.

"당신의 이름자와 생년월일시를 알려 주시겠습니까."

잠시 망설이던 연화는 결국 제 이름과 난 일시를 알려 주었고, 하현은 고운 결 잡힌 도톰한 화선지에다가 먹을 듬뿍 묻힌 두툼한 붓으로 '서연화', 그리고 그녀의 생년월일시를 적고서 그 옆의 또 다른 붉은 종이에다가 마찬가지의 검은 먹물로 복잡한 괘를 그렸다.

그리고 하현은 그 두 장의 종이 사이에 얕고 긴 흰 그릇을 놓고 푸른 옥합을 들어 그 안에 찰랑이는 맑은 물을 천천히 붓기 시작했다.

그리고 그것을 신기하게 바라보던 연화의 눈이 순간 두어 번 빠르게 깜빡였다.

'방금…….'

물이 움직인 것처럼 보였다. 마치 파도치듯이 일렁거리는 것 같았다고나 할까, 종이 사이에 놓인 것은 분명히 판판한 그릇일진대 하현이 물을 붓자마자 중앙에서 얕게 소용돌이치듯이 물방울이 점점이 튀고 있었다.

그리고 연화는 그 맞은편에 앉아 하현이 하는 모양을 신기하게 바라보았다.

신기하고 신기했다. 세상 구경 못 해 본 그것을 예서 다 푸는 것만 같았다. 하기야 어디엘 가서 이런 진귀한 구경을 할까. 그 누구도 쉽게 하지 못할 특별한 일일 터, 연화는 순서 하나도 빼먹지 않고 눈과 마음에 가득 담을 요량이었다.

호기심 가득한 시선을 담뿍 받으며 물을 붓던 하현은 이내 옥합의 물이 다하자 천천히 무릎을 꿇고 앉았다.

그리고 손끝으로 가만히 물을 '쓸었다'.

"물이……!"

이번엔 진정 목소리까지 나왔다.

하지만 연화는 자각하지 못한 듯 눈을 동그랗게 뜬 채로 하현의 손을 바라보았다. 마치 스치듯 만지듯 표면을 간질이듯 선선히 쓸던 손이 점차 거세졌기 때문이었다.

그러자 잔잔했던 수면이 위아래 양옆으로 일렁이기 시작했고, 이내 마치 바람이 불 듯 혹은 파도라도 치듯 사방으로 흔들거리는 물의 모양에 연화의 새까만 눈동자가 휘둥그렇게 커졌다.

그리고 쉴 새 없이 그 그릇의 물을 쓰다듬어 파도를 '만들어 내던' 하현은 물그릇이 순간적으로 바닥을 드러냈을 때 연화의 손목을 덥석 잡았고, 기울 듯이 몸을 앞으로 둔 채로 그릇을 바라보고 있던 연화는 속절없이 그의 손에 잡혀 그가 이끄는 대로 물그릇에 손을 풍덩 담갔다.

"앗!"

연화는 깜짝 놀라 두 눈을 꽉 감아 버렸다. 단지 손만 담가졌을 뿐인데 온몸이 찬물에 흠뻑 젖은 듯한 느낌이 들었기 때문이었다.

마치 커다란 물웅덩이에 첨벙 빠져 버린 듯한 느낌이었다. 그래서 반사적으로 숨을 흡, 들이켜려는데 귓가에서 나지막한 목소리가 들렸다.

"여기입니까?"

연화는 귓가에서 들리는 목소리에 제자리에서 펄쩍 뛰었고, 그 바람에 눈을 똑 떴다가 결국에는 자리에 풀썩 주저앉고 말았다.

좀 전까지만 해도 사위는 온통 벽이었고, 자신은 그 향 나는 방 안에 하현과 마주 보고 앉아 있었는데 지금은 '밖'에 서 있었기 때문이었다.

아니, 이건 단지 밖이 아니라……

"당신이 살던 곳이 여기가 맞습니까?"

하현이 재차 다시 물었지만 연화는 대답을 할 수 없었다. 사방을 돌아보고 눈을 깜빡이느라 여력이 없었다. 이게, 대체, 대체 어떻게…….

"그렇게 앉아 있으면 치마에 흙 다 묻을 텐데요."

"하지만, 맙소사 이건…… 환상이 아닌 건가요?"

"지금 발목, 돌에 배겨서 좀 아프지 않습니까? 환상이라면 아플 리가 없지요."

연화는 문득 자신의 발목을 만져 보고서 고개를 끄덕였다. 알싸한 느낌이 드는 것이 과연 돌 때문에 벌써 살갗이 조금 까진 모양이었다.

그래, 이제는 확신할 수밖에 없었다. 이것은 분명히 만져지고, 들리고, 느껴지는 실체였다.

자신이 살던 곳, 집, 고향이었다. 그래도 도무지 이게 어떻게 된 일인지 알 수가 없어서, 그리고 앞으로 어떻게 해야 할지, 혹은 무슨 반응을 보여야 할지 몰라서 한동안 정신을 차리지 못하고 자리에 멍하니 주저앉아 있는데 하현이 천천히 그녀에게 손을 내밀었다.

"가실까요."

이게 꿈일까, 생시일까. 연화는 생각했다.

'하늘에서는 돌아가라 하였고, 나는 과거로 오고. 하나 확실한 것은 이것은 생전의 모습이 아니라 내 죽음 후, 사후의 모습이라는 것이겠지.'

그리고 저이가 나를 이곳에 데리고 와 준 것은 내 유일한 시름인 아버님의 안부를 확인하기 위함이다. 그렇다면 이렇게 자리에 주저앉아 있을 수만은 없었다.

연화는 하현이 내민 손을 잡았고, 그 손에 의지하여 자리에서 일어났다.

"……예."

그리고 연화는 걷기 시작했고, 하현은 그 뒤에서 천천히 따라갔다. 옆에 나란히 서서 걸을 수도 있었지만 그녀의 표정이 너무나도 복잡해서 일부러 등을 보며 걷는 것이었다.

하기야, 심정이 보통 복잡할 일이 아니었으니까. 자신이 죽은 뒤의 세상을 보게 될 줄 그 누가 알았을까. 그리고 과연, 하현의 생각대로 연화의 머릿속에는 여러 가지 생각들이 가득 차서 거세게 회오리치고 있었다.

'이리 올 줄도 몰랐고, 이리 뵐 줄도 몰랐다.'

얼마나 기다려야 우리 아버님을 볼 수 있을까, 내가 다시 올라가기 전 뵐 수나 있을까, 함께 가면 좋을 텐데 그럴 수는 없겠지, 그리 생각했었는데 이렇게 뵐 줄이야…….

연화의 손이 가냘프게 떨렸다. 그리고 하현은 그것을 짐짓 모른 척하면서 대신 그녀의 등을 보았다.

연화가 자신의 앞에 있어서 다행이라고 생각했다. 씁쓸하고 착잡한 마음으로 남의 등을 보는 것보다는 차라리 자신의 등을 보이는 편이 더 나을 테니까. 그렇게 생각하며 하현은 저 앞에 뻗어 있는 넓고 나지막한 길을 바라보았다.

'……꽤 머네.'

지금 하현과 연화는 고즈넉한 돌길을 굽이굽이 돌아 올라가고 있었다.

이 길은 처음 눈을 딱 떴을 때 나온 것이었다. 그렇다면 이 길이 연화가 기억하고 있는 마지막 길이라는 말이기도 했다.

여기에서 바람을 타고 올라가 하늘로 갔던 거겠지. 하현은 새삼스럽게 하늘을 바라보았다. 하늘 길이라는 게 여기에 있는 것일까.

그러다가 문득 바닥을 내려다본 것은 신발 밑창에 느껴지는 고른 돌 때문이었다. 험한 돌길이 아니라 정으로 고르게 쪼개고 하나하나 세밀하게 박아 넣은 것처럼 판판한 게, 하현은 이 길의 끝에 있는 집이 분명 평범한 집은 아닐 거라고 생각했다.

게다가 호조판서 댁 외동 따님이시라고도 했고. 그렇다면 절대로 평범한 집은 아니겠지, 차라리 으리으리하면 모를까.

그리고 역시나 그의 예상대로 곧 드러난 몇 채의 가옥들은 하나같이 기왓장이 높이 솟아 있었고, 담도 높디높았다. 그에 새겨진 문양이 섬세하고 고와서 왠지 박물관에 전시된 문화재 그 가운데에서 걷고 있는 것만 같았다.

그래서 하현은 새삼스러운 눈으로 제 옆에서 사박사박 걷고 있는 연화를 바라보았다. 진짜 대단한 가문의 아가씨였구나.

그의 눈빛을 알아챘는지 연화가 고개를 갸웃거리며 그를 올려다보았고, 하현은 답지 않게 조금 당황하면서 다른 이야기를 했다.

"그, 집 밖에 나오신 적이 없으셨다면서 곧잘 찾아가십니다."

그도 그럴 게, 외출이라고는 담장 안에 있는 후원에 나간 것이 전부라고 했는데 아까 자신의 손을 잡고 자리를 털고 일어난 이

후로 연화는 조금도 망설이지 않고 돌길을 따라 굽이굽이 걷기 시작했기 때문이었다. 그러자 조용히 옆에서 걸어가던 연화가 희미하게 웃었다.

"꽃상여를 타고 나온 게 바로 어제니까요."

"아."

대답을 들은 하현은 잠시 말을 잃었다.

그녀의 말은 어제 상여가 갔던 그 길을 그대로 되짚어 돌아가고 있다는 말이었다. 이거 위로를 해야 할지, 아니면 사과를 해야 할지 몰라 어색하게 걷기만 하는데 얌전히 걸음을 옮기던 연화가 갑자기 입술을 꼭 깨물더니 고개를 들고 하늘을 올려다보았다. 그리고 자리에 우뚝 멈춰 섰다.

"……더는 못 가겠습니다."

"예?"

못 가겠다고?

하현은 의아한 표정으로 그녀를 내려다보았다. 그리고 놀란 표정으로 자리에 섰다.

아버지를 보고 싶다, 안위가 궁금하다, 라고 해서 모처럼 만에 힘을 쓴 것인데 아까는 분명 기뻐하는 것처럼 보이던 연화가 지금은 거의 울기 직전의 표정이었기 때문이었다.

깜짝 놀랄 정도로 격한 감정 변화에 방금 전 했던 말이 역시 마음을 아프게 했나 보다 싶어서 사과를 하려고 하는데, 하현을 올려다보고 있던 연화의 얼굴이 그대로 굳어졌다.

마치 얼음이 되어 버린 것처럼 그 자리에 박힌 것 같은 모양이었다. 그녀의 시선은 하현의 어깨 너머로 고정되어 있었고, 마치 무서운 것을 본 것처럼 꽁꽁 얼어붙은 것 같은 표정에 하현도 흘끗 자신의 어깨 너머를 바라보았다. 그리고 연화와 똑같이 멈칫, 굳어졌다.

'……설마.'

그의 뒤에는, 연화의 시선이 떨어지지 않는 곳에는 한 사람이 서 있었다.

풍채는 좋았지만 힘이 다 빠져 어깨가 축 처진 늙은 노인이 집 대문가에 서서 하늘을 하염없이 올려다보고 있는 것이었다. 그리고 하현은 반사적으로 연화를 바라보았다가 아무 말도 하지 못했다.

작은 얼굴의 반은 차지한 것 같은 커다란 눈에서 맑은 눈물이 뚝뚝 떨어지고 있었다. 참으려, 참으려고 노력하는 것처럼 입술을 꼭 앙다물었는데도 불구하고 눈물은 계속해서 샘솟듯이 흘러나와 두 뺨을 흠뻑 적셨고, 그 진득하고도 맑은 감정은 여린 턱을 타고 뚜욱뚝 흘러내려 돌바닥을 검게 물들이고 있었다.

그리고 하현은 반사적으로 그녀의 입 모양을 읽었다.

'아버지.'

심장이 저 아래로 쿵 떨어졌다.

"아…… 버지."

눈물을 삼켜서 잔뜩 멘 목소리가 가까스로 새어 나왔다.

"……."

그리고 하현은 후회했다.

이러려고 데리고 온 것이 아니었는데, 가자고 하는 것이 아니었는데. 그냥 방에 있을걸, 차라리 근처로 나올걸, 불어오는 바람이나 쐬게 가만히 둘 걸 괜한 짓을 했다.

이렇게…… 슬퍼할 줄은 몰랐다.

"아……."

"더 이상은 못 하겠습니다. 마음이 너무 아픕니다."

"……."

이러려던 게 아닌데.

하현이 뭐라 말하려고 했지만, 그보다도 먼저 나온 말이 있었다. 사과가 있었다.

"송구합니다. 도령께서 저를 살펴 주시려고 이곳에 데리고 오신 것 압니다, 아버님이 저어된다고 제가 말을 꺼낸 것을 기억합니다. 하나……."

어디서부터 어떻게, 무슨 말을 해야 할까. 연화가 원하긴 했으나 자신 또한 원한 일이었다. 내내 차분하고 감정이 없던 그녀의 마음이 흔들어지길 원했다.

그러나…… 이렇게 슬프게 하고 싶지는 않았다. 슬프게 하려던 게 아니었다. 하지만 연화는 계속해서 울고 있었다. 누르고 누르던 감정이 기어이 터진 모양인지 소리를 내어 설움을 쏟아내고 있었다.

“저밖에 없던 늙은 아비를 혼자 두고 떠난 못난 딸인데 제가 감히 무슨 낯으로 아버지를 찾아갑니까. 어찌 저 얼굴을 마주한단 말입니까. 더는 못 하겠습니다.”

죽도록 보고 싶었지만 이제는 보고 싶지 않았다. 사후의 상황이 무척이나 궁금했지만 더 이상 알고 싶지 않았다. 알아서 좋을 게 있고 몰라서 좋을 게 있다고 한다면 지금은 분명…… 후자였다.

그래서 연화는 하현에게 사과하면서 울었다. 미안하다고, 그런데 더 이상은 하지 못하겠다고.

“…….”

그 모습을 보며, 결국에는 자리에 주저앉아 꾹꾹 참았던 울음을 터뜨리고 마는 여린 몸을 내려다보면서 하현은 입술을 깨물었다.

연화의 감정에만 급급하여 가장 중요한 현실을 외면하고 있던 것이다. 미련한 놈. 스스로가 이토록 멍청하게 느껴진 적이 없었다.

자식이 부모보다 일찍 세상을 뜨는 것은 불효 중의 불효였다. 그런데 자신은 그것을 덮기는커녕 오히려 정면으로 직시하게끔 해 버린 것이었다.

부모라는 기억에 아무리 무뎌졌다 해도 그것은 자신의 일이었다. 연화는 아니었다. 나만 생각하고 저 사람을 생각하지 못했다는 게 후회스럽고 미안해져서 하현은 연화의 가냘픈, 흔들리는 어깨를 눈빛으로 붙들었다.

'그래서 점점 표정이 어두워지고 있었구나, 그래서 말이 없어졌구나, 그래서 그토록 눈이 젖어 있었구나.'

하현은 천천히 발걸음을 옮겨 연화와 마주 섰다. 연화의 눈을 제 몸으로 가려 주었다. 그리고 여린 등을 가만가만히 다독였다.

"미안합니다."

"……."

"내가 미안합니다. 그러니까…… 울지 마십시오."

눈앞에서 가려지니 더욱더 설움이 올라오는 모양이었다. 울지 말아 달라고 하니 더욱더 목이 메어 오는 모양이었다. 결국 참고 참았던 눈물이 솟아오르는 듯 제 앞섶을 꼭 붙잡고 엉엉 울고 마는 연화의 등을 조심조심히 다독이며 하현도 저 앞의 노인처럼 하늘을 올려다보았다.

어느덧 비까지 조금씩 내리기 시작하여 연화의 눈물로 젖어 가는 제 가슴팍처럼 땅도 거뭇하게 물들어 가고 있었다. 그리고 끝내, 노인이 계속 중얼거리던 그 말을 전해 주지 못하고 마음속에 묻었다.

'행복하니. 그곳에서는 건강하고 행복하니, 딸아.'

그리고 하현은 그의 물음에 연화 대신 소리 없이 대답해 주었다.

지금은 확신할 수 없지만 마지막에는 행복하게 될 거라고. 반드시 행복할 거라고.

"……."

한껏 쏟아 내고 났더니 마음은 후련해졌지만 민망함이 딱 고만큼 차올랐다. 아직까지 하현에게 어깨가 붙들린 채로 안겨 있던 연화는 언제쯤 하현이 이 팔을 풀어 줄까 고민하다가 일단 먼저 꽉 잡고 있는 옷부터 놓았다.

얼마나 세게 잡고 있었는지 손이 아릿할 정도였다. 하지만 연화가 손을 놓았어도 하현은 계속 그녀를 잡고 있었고, 그에게 꼭 안겨 있던 연화는 이만 이 품에서 나를 풀어 달라고 말을 해야 하나 말아야 하나 갈등하기 시작했다.

그리고 결국 에라 모르겠다 싶어서 그를 올려다보려는데 하현이 먼저 손을 내렸다.

"제게는."

연화는 사라진 온기가 문득 아쉽게 느껴진다고 생각했다가 퍼뜩 고개를 흔들었다.

'내가 지금 무슨 생각을 하는 거야?'

그리고 그녀의 행동에 말을 잠시 멈춘 하현은 연화가 조심스럽게 다시 자신을 올려다보자 끊겼던 말을 이었다.

"제게는 부모님의 기억이 그리 많지 않습니다."

"……예?"

뜬금없이 나온 말에 연화는 살짝 당혹스러운 눈으로 하현을 바라보았다. 하지만 하현은 묵묵히 하늘만 바라보고 있었다.

"어릴 적 미처 철이 들기도 전에 두 분께서 한날한시에 함께 세상을 뜨셨다고 전해 들었습니다. 그리고 그 후로 집안의 후계자로서 대를 잇기를 종용당했지요."

부모라도 살아 있었으면 다른 아이를 낳아 대를 잇게 하면 될 테지만 자식이라고는 저 하나만 두고 떠나서 오직 하현 그만이 유일한 후손이었다.

때문에 가주가 그렇게도 저에게 가업을 이어라, 신부를 맞이해라 압박하는 것이기도 했다. 그래, 어찌 보면 내가 집안에 큰 불효를 저지르는 중인지도 모르지.

하현은 씁쓸하게 고개를 젓고서 천천히 연화를 내려다보았다. 다행스럽게도 이제 눈물을 거둔 모양이었다.

"하여 당신의 슬픔을 미처 생각하지 못했습니다. 당신을 괴롭게 하려던 것이 아니었다는 것만 알아주시길 바랍니다."

"말씀드렸듯이, 제 어머니는 저를 낳으시다가 돌아가셨습니다."

하현이 말을 맺자마자 받아치듯이 연화가 그를 올려다보았다. 하지만 아까에 비해 한결 후련해진 모습이라 하현은 조금 마음이 놓이는 것을 느꼈다.

"그분께서는 서운하다 생각하실지 모르겠지만, 저는 어머니의 빈자리는 별로 느끼지 못했습니다. 아버지께서 그 공백의 몇 배의 사랑을 제게 부어 주셨기 때문이었지요. 때문에 아까 먼발

치에서 아버지를 보았을 때 저도 모르게 슬픔이 북받쳤던 것 같습니다."

"……미안……"

"미안하다고 하지 마십시오. 그럼 울어 버린 제가 몹시 민망해지니까요."

그러니 그렇게 안절부절못하지 마십시오, 라고 연화는 속으로 덧붙였다.

사실 그가 자신을 배려한다는 것은 계속해서 느끼고 있었다. 어젯밤에 처음 만났을 때부터 이렇게 이야기를 하고 있는 지금까지 줄곧.

말투는 무뚝뚝하지만 그의 표정과 눈빛은 결코 차갑지 않았다. 오히려 따스했다. 그리고 신기했다.

자신을 보는 것도 신기했고, 자신에게 말을 거는 것도 신기했다. 그래, 신기가 있어서 자신을 보고 말한다손 쳐도 마치 사람처럼 대해 주는 것이 고맙고 즐거웠다.

자신은 스스로를 '이미 죽은 사람'이라고 생각하고 있는데 저 사람은, 무당인데도 불구하고 자신을 '사람'으로 대하고 있는 것이니 이 얼마나 재미있는 상황일까.

그는 건드리면 깨질라 만지면 부서질라, 어떻게 하지도 못하고 유리 인형처럼 자신을 대하던 생전의 사람들과 조금 다른 따뜻함으로 알게 모르게 옆을 지키고 있었다. 그 때문에 그에게 묶였다는 말을 들었을 때 낙심하지 않았던 건지도 몰랐다.

"……."

연화는 하현을 새삼스레 바라보았다. 자신이 있던 곳과 차림새도, 말투도, 환경도 전혀 다른 세계였고 전혀 다른 모양이었지만 이 사람이 있어서 이리 잘 적응을 하고 있는 것일 터, 연화는 하현에게 가라 일러 주셨던 하늘 할머니께 다시금 감사했다.

'이 사람이 있어서, 제가 얼마나 안심을 하고 있는지 모릅니다. 그래서 더 빨리 안정을 찾고 있는지 몰라요, 할머니.'

그렇게 생각하며 하현을 물끄러미 올려다보는데 이제껏 생각에 잠긴 듯 하늘을 바라보고 있던 하현이 그녀와 눈을 똑바로 마주했다.

"그럼 나와 약속 하나 합시다."

"약속이요?"

연화는 고개를 갸웃거렸다. 갑자기 무슨 약속이람?

그리고 바로 들려온 다음 말에 가슴 안의 새가 파드득 날아올랐다.

"이제는 감정을 숨기지 마십시오."

"예……?"

순간 철렁한 것은 그를 향하기 시작한 아주 작은 연심 때문이었다. 설마 들킨 것일까, 알아챈 것일까 심장이 빠르게 뛰어 저도 모르게 가슴을 손으로 꾹 누르는 연화를 하현은 의미 모를 눈빛으로 가만히 바라보았다.

"이제는 아프지 않을 것이고, 설령 아프다 해도 참지 않아도

됩니다. 방금 전처럼 슬픔을 참을 필요도 없습니다. 울고 슬퍼해도 돼요. 감정을 누를 필요 없습니다."

솔직히 말해서 하현은 연화가 '불편했다'.

연화를 볼 때마다 심장이 눌리는 기분이었다. 그녀가 입술을 가만히 깨물 때마다 인상이 찡그려졌다. 감정을 누를 때마다 보이는 입매의 움직임, 눈썹의 움직임이 어느 누구를 보는 것 같아서, 거울을 보는 것만 같아서 속이 답답했다.

아아, 그래. 거울을 보는 것 같아서. 예전의 '나'를 보는 것 같아서. 하현은 비로소 속이 조금 뚫리는 것 같았다. 이렇게 답답한 이유, 그녀를 가만두지 못하겠는 이유.

그것은 자신을 보는 것 같았기 때문이었다. 누구에게도 마음을 열지 못하고 꽁꽁 가둬 두고 있는, 지금도 갇혀 있는 자신을 보는 것 같아서.

그래서 하현은 연화에게 진심을 담아 말해 주었다.

"좋으면 좋다, 싫으면 싫다, 슬프면 슬프다 표현을 하십시오. 그게 훨씬 좋아 보이니까요."

물론 아까처럼 그렇게 엉엉 울면 아주 조금 난감하겠지만요, 중얼거리는 그 말이 정말이지 절절하게 아주 많이 난감했다는 말로 들려서 연화는 저도 모르게 풋, 소리 내어 웃어 버렸다.

하현은 또 웃으란다고 곧바로 햇살이 비친 듯 까르르 웃는 연화를 어이없다는 듯 바라보다가 고개를 살짝 저으며 얼핏 미소 지었다.

그때, 부슬부슬 내리던 비가 조금씩 거세게 내리기 시작했고, 곧 쏴— 하는 소리와 함께 장대비가 쏟아지기 시작했다.

"앗!"

연화는 자신도 모르게 짧게 소리를 내고 곧 입술을 다물었다. 하현이 옷자락으로 자신의 머리 위를 가렸기 때문이었다.

그리고 곧 기우뚱, 세상이 높아졌다. 그가 자신을 한 팔로 번쩍 안아 든 것이었다. 그것을 깨달은 연화의 얼굴이 순식간에 새빨갛게 달아올랐다. 갑자기 포, 포옹인 겁니까!

"도령!"

"비 맞긴 싫으니까요. 달립니다."

"그……."

무겁지 않습니까, 라고 하려던 연화는 솜털을 안은 양 시원스레 뛰기 시작하는 하현의 모습에 가만히 입을 다물었다. 그리고 주저주저하다가 그의 가슴팍에다가 살짝 뺨을 기대었다.

난처하고 난처했다. 부끄럽고 수줍었다. 혼인도 하지 않은 여인의 몸으로 사내와 한 방에서 눈을 맞추고 이불을 덮은 것만으로도 시집은 다 갔는데 세상에, 이제 이리 와락 안기기까지 했으니……. 얼굴이 확확 달아올라 몸에서 연기라도 나는 것만 같았다.

연화는 가슴팍에 손을 올렸다. 이미 멎었다고 생각했던 심장이 동동동, 아니 그보다도 더 거세게 콩콩콩 뛰는 것만 같았다.

조금 전까지만 해도 기분이 몹시 먹먹했는데 지금은 다른 의미로 벅차오르는 것만 같았다.

바닥이 물들고, 꽃이 물들고, 백도화지가 물들어 갔다. 봄비였다.

*　　*　　*

연화는 고개를 살짝 흔들었다.

깜빡, 아주 깜빡 정신을 잃은 것 같았는데 눈을 뜨니 방문이 눈앞에 보였기 때문이었다. 지금 자신이 있는 곳은 맨 처음 날아온 곳, 날아와 눈을 뜬 곳— 신당 그 바로 앞이었다.

하현은 품 안에 안겨 있는 그녀를 조심히 바닥에다 내려 주었고, 연화는 똑바로 서려다가 살짝 비틀거렸다. 안겨서 힘이 빠진 것인지, 놀라서 힘이 빠진 것인지 다리가 풀려 버렸고, 하현은 비틀거리는 그녀를 가만히 붙잡고 방문을 열었다. 그리고 연화는 그의 등을 바라보았다.

조금 전까지만 해도 그의 팔에 안겨 있었는데…… 그 따끈함과 숨결이 아직 느껴지는 것만 같아 연화는 저도 모르게 양팔을 감싸 안았다.

"……따뜻해."

연화는 저도 모르게 중얼거렸다가 깜짝 놀랐다. 속으로 중얼거린다고 생각했는데 입 밖으로 나와 버린 것이었다. 설마 도령께서 들으신 건 아니겠지, 조심조심 하현 쪽을 보았지만 하현은 창문 밖에다가 젖은 상의를 탁탁 털고 있었다.

그가 한 번 손을 움직일 때마다 물방울들이 아래로 비처럼 쏟아지고 있었다. 그리고 그 모습을 물끄러미 보던 연화는 문득 드는 생각에 놀란 눈으로 자신의 몸을 내려다보았다가 흠칫 놀랐다. 정말 온몸이 물에 푹 젖어 있었기 때문이었다.

'……실제로 젖었어……?'

그 혼잣말에 대답이라도 하듯 물방울이 바닥으로 뚝뚝 떨어졌고, 그 물기에 담긴 기억과 마음도 바닥에 또옥똑 떨어져 이내 고여 흐르기 시작했다.

내가 정말, 도령을…….

"안 들어갑니까?"

좋아해.

어느 샌가 방 안에 들어가 서 있던 하현은 물기를 흠뻑 머금은 옷을 추려 창문 아래에 쭉 짜내었고, 물소리를 내며 문틀 너머 흙바닥을 적시는 그 모양을 바라보며 연화는 심장 부근을 가만히 눌렀다.

더 이상은 안 돼. 더 이상은 이상하게 보실 거야. 그러니까, 그러니까 부탁이니 지금만 조용히 해 주렴. 아주 잠시만.

연화는 속으로 중얼거리고서 하현을 애써 외면했다.

"지금은 도령 혼자 계십시오."

검은색으로 젖어 있던 옷에서 물기가 조금 빠지니 먹색이 되었다. 게다가 도대체 어떻게 되어 먹은 옷인지 하현의 몸에 찰싹 달라붙은 모양새라서 그의 몸의 굴곡이 그대로 드러나 있었고, 연화는 차마 하현의 얼굴을 올려다보며 말할 수 없었다.

그의 얼굴을 올려다보았다가는 지금 저 몸의 태도 그렇고 아까의 그 상황도 더해져서 그야말로 볼만한 얼굴이 될 게 분명했기 때문이었다.

그러나 그 모양을 어떻게 보았을까, 그 외면이 어떻게 보였을까. 하현은 행동을 멈추고 연화를 말없이 바라보았다.

하지만 연화는 고개를 돌리지도 않고 여전히 바닥만 바라보고 있었고, 하현은 자신을 외면하고 있는 연화의 모습에 마음 언저리가 조금 뻐근해지는 것 같았다. 여기가 왜 이렇게 시큰하지, 비를 맞아서 그런가.

그래서 하현은 고개를 살짝 젓고는 연화에게서 시선을 돌렸다.

"우리 둘이서 묶여 있는 것을 몰라서 그러십니까, 10자 정도밖에 떨어지지 못……"

"하니 제가 이 문밖에 서 있겠습니다. 문으로 갈라 서 있으면 되겠지요."

한숨 쉬듯 말하던 하현은 멈칫 말을 멈추고 연화를 바라보았다.

자그맣고 여린 모양새였다. 물에 푹 젖어 옷자락 끝인 물방울이 바닥으로 또옥똑 떨어지고 있었다. 실내라 하더라도 겨울인데 저렇게 젖어 있으면 분명 추울 터였다. 그래서 아니다, 다시 들어오시라고 재차 말하려고 하는데 그보다도 먼저 연화가 말했다.

“어찌 혼례도 치르지 않은 아녀자의 몸으로 한 번도 아니고 두 번씩이나 함께 침수를 할 수가 있겠습니까. 소녀는 여기 문밖에 있을 터이니 도령 혼자 안에서 쉬십시오.”

“……하지만.”

“또한 혹여나 싶어 말씀드리는 것은, 나가겠다는 말 또한 하지 마시어요. 주인을 내보내고 객이 그 안에 거한다는 것은 도리에 맞지 않을뿐더러 소녀를 부끄럽게 만드는 일이옵니다.”

하현은 다시 입을 다물었다.

하나도 그른 것 없이 모두가 맞는 말이었다. 그들은 혼례를 치른 사이도, 혼약을 한 사이도, 정분을 주고받았던 사이도 모두 아니었다.

그저 어쩌다가 실로 묶여 버린, 얽혀 버린 사이였다. 떨어지려야 떨어질 수가 없어 어쩔 수 없이 함께 지내게 되어 버린 그런 사이.

그리고 연화는 자신을 쳐다보지도 않고 고개를 숙인 채로 여전히 바닥만 보고 있었다. 돌아보기도 싫은 걸까, 빗물로 흠뻑 젖은 바지 자락처럼 마음도 무거워졌다.

역시…… 상처를 준 것일까. 선을 넘어 불쾌한 것일까.

“…….”

하현은 ‘당신과 나는 아무런 관계가 없습니다, 오늘 있었던 일은 잊어 주시기 바랍니다' 라는 듯한 말을 등으로 하는 것 같은 연화의 여린 뒷모습을 묵묵히 보다가 천천히 방문 쪽으로 걸어왔다. 그리고,

탁.

열려 있던 문이 닫혔다.

"……하아……."

연화는 문이 닫히고 나서야 참고 참았던 숨을 길게 내쉬었다.

이토록 긴 숨이었나, 많은 숨을 이 안에 어떻게 담고 있었을까.

곧 입김이 뿌옇게 안개처럼 서려 이 상황에 어울리지 않는 웃음까지 나왔다. 죽은 몸이 추위와 고통을 느끼는 것은 물론이고 입김까지 나오다니, 생전에 겪지 못한 여러 일들을 죽어서 겪는구나.

연화는 하현이 뒤도 돌아보지 않고 손을 뒤로 뻗어 문을 닫았던 것을 다시 생각했다. 내 얼굴도 보기 싫으시겠지, 매정하고 은혜를 모른다고 생각하시겠지. 그 생각에 한숨을 마저 삼키느라 하현이 문가에 등을 기대고 앉는 것을 보지 못한 연화였다.

"……."

하현이 들어간 지는 한참이 되었지만 연화는 서 있던 그 자리에서 조금도 움직이지 않았다. 몸에 담뿍 묻어 있던 물들이 바닥으로 떨어져 물웅덩이가 되어 고였지만 그녀의 발은 그 자리 그대로였다.

그리고 잠시 후, 가냘픈 어깨가 움찔, 움직였다.

두근두근.

"……."

연화는 아직 제 심장 부근을 누르고 있던 손을 천천히 내렸다. 내린 거나 누른 거나 별 다름없이 심장은 무섭게도 쿵쿵 빠르게 뛰고 있었다.

저를 안았던 팔이 생각났다. 강하고 튼튼한 팔, 예 있으면 절대로 떨어지지 않겠구나, 라는 생각이 들 정도로 단단하고 안정적인 팔이었다.

그리고 쉼 없이 울리던 심장박동 소리—

마치 제 심장이 뛰는 소리와 박자가 맞는 것 같아 차라리 제 심장 소리가 멎었으면 좋겠다고 생각했었다. 그의 소리를 더 듣고 싶어서, 그에 맞추고 싶어서.

그리고 조심스레 아래로 내려 주던 손길, 혹여나 물이 튀지는 않았을까 제 머리를 조심히 털어 주던 손길까지 모조리 기억나 버린 연화는 두 손으로 얼굴을 가렸다.

발갛게 달아오른 귓불이 가려진 얼굴의 색깔을 그대로 드러내고 있었지만 연화는 미처 귀까지는 가리지 못하고 그 자리에 스르르 주저앉아 버렸다.

할머니, 하늘 할머니.

"이것이……."

'사랑입니까.'

차마 입 밖으로 꺼내놓지 못할 두근거리는 단어라 연화는 속으로 사근거렸다.

'책에서 보았습니다. 가슴이 두근거리고, 자꾸만 그 사람이 생각나고, 그 사람이 했던 행동에 자꾸만 의미를 부여하여 다시 돌아보는 것이 사랑의 시작이라고 들었습니다. 하면 저는 그 사랑을 찾은 걸까요, 하늘 할머니.'

말을 들어 주는 대상도 없고, 소리 내어서 말을 할 수도 없어 속으로만 사근거리는데 두 손으로 가린 손가락 틈 사이로 작은 한숨이 새어 나왔다.

슬픔과 체념, 두려움과 기대 한 조각이 섞인 묘한 한숨이었다.

'하나…… 그는 산 사람이고 저는 이 세상 사람이 아닙니다. 그러니 만약 이것이 사랑이라면, 제가 사랑을 찾은 것이 진실로 맞다면 열두 달 후에 다시 뵐 때까지 저만 알고 있길, 간직하길 바랍니다. 하현 도령께서는 모르시길 바랍니다.'

그가 알게 된다면 어떤 표정을 지을지 벌써부터 걱정되었다. 불쾌한 표정을 짓거나 어이없는 표정을 짓는 건 아닐까? 감히 영가 주제에, 제게 들러붙은 주제에 무슨 생각을 하는 것이냐며 말하진 않을까.

상상만 해도 온몸이 떨리고 정신이 아득해지는 것만 같았다. 그래서 아까 무서웠다. 하현이 '감정을 숨기지 마십시오'라고 했었을 때, 이 마음을 들킨 줄 알고 진심으로 떨렸다.

떨렸고, 무서웠고, 설레었……

'아니야, 안 돼.'

연화는 고개를 저었다. 사랑을 하는 것도, 간직하는 것도, 떠나는 것도 오직 그녀 스스로만 알아야 할 일이었다. 그리고 그것이 옳은 일이라 생각했다. 하현과 자신은 이어질 수 없으니.

연화는 천천히 고개를 들어 굳게 닫힌 문을, 어느새 침수에 들었는지 불도 꺼져 버린 문을 바라보며 그 너머에 있는 하현에게 마음속으로 깊이 사과했다.

'도령 옆에 있으면 자꾸만 두근거립니다. 심장이 가만히 있지를 않아 도령 귀에까지 들릴까 염려됩니다. 하여 이런 것이니…….'

"저를 너무 미워하지는 말아 주세요."

미워하지는, 말아 주세요.

연화는 그렇게 속삭이고서 하늘을 바라보았다. 이것만큼은 들어 주세요, 하늘 할머니.

"……."

한편, 문에다가 제 등을 붙이고 방바닥에 앉아 있던 하현은 고개를 들어 천장을 바라보았다.

밖에서는 별이 박혀 있는 밤하늘이 보일 터인데 이 천장은 참으로 답답하고 낮구나. 그것이 마치 제 마음 같아 올려다보던 시선마저도 돌려 버린 하현은 맞은편 창 너머를 물끄러미 바라보았다. 그리고 연화를 생각했다.

눈물이 뚝뚝 떨어지던 것을 기억했다. 삼키려고 노력해도 삼켜지지가 않아 결국 밖으로 죄 토해져 버린 설움과 눈물과 슬픈 덩어리들.

얼굴에 짙게 깔려 있던 죄책감들이 자꾸만 자꾸만 생각나서 견딜 수가 없었다. 연화는 괜찮다고, 이제 신경 쓰지 않으셔도 된다고 말했지만 하현은 깊이 후회하고 있었다.

그럴 의도는 정녕 아니었지만 그녀에게 크나큰 상처를 준 것만 같아 마음이 무거웠다. 그리고 한편으로는 당황했다. 늘 차분하고 침착할 줄 알았다.

한데 그런 감정들이 고요한 수면 밑바닥에 잠자고 있을 줄이야, 알면 알수록 놀라웠다. 저 밑에 잠들어 있는 다른 감정들을 흔들어 꺼내 보고 싶었다.

그것이 저에게도 해당되는 말인 줄도 모르고 생각하던 하현은 문득 제 두 팔을 내려다보았다.

그때는 워낙 경황이 없어 그냥 냅다 안아 들고 달렸던 것인데, 지금 와서 생각해 보니 그것 또한 연화에게 실례가 된 건 아닐까 싶었기 때문이었다.

남자라고는 전혀 모르는 순수한 사람인데. 자신의 모든 행동에 다 얼굴을 붉히는 수줍은 사람인데.

"……."

하지만 따뜻했다.

믿기지 않겠지만, 자신은 이제 조금씩 그냥 '이해하고' 있는 중이었지만 영가가 따뜻하다는 것이 참 우스우면서도 신기했다.

그래서 연화가 그냥 사람으로 보이게 되었다. 다른 이의 눈에는 안 보이지만 나한테만 보이는 특별한 사람. 그냥 그렇게 인지하게 되었다.

'우습네.'

고작 얼마 전에는 이렇게 생각했었다. 영가는 사람이 아니라고, 그저 영혼일 뿐이라고. 그런데 며칠 만에 이렇게 달라져 버린 것이다.

하현은 한숨을 내쉬었다. 오늘 일, 그리고 방금 전 그 대화가 마음에 걸렸기 때문이었다. 의도치 않은 실수였지만, 혹은 상처였지만 그걸로 인해 그녀가 많이 아프지 않길 바랐다. 그리고 자신에게 거리를 두지 않길 바랐다.

"……거리를 두지 않길 바란다고?"

중얼거린 생각에 스스로도 어이가 없어 되짚어 보는데 하현이 별안간 자신의 오른쪽 이마를 확 눌렀다. 갑자기 찌릿하는 고통이 느껴졌기 때문이었다. 그리고 곧 깊이 가라앉아 있던 하현의 눈이 매섭게 빛났다. 감히 예가 어디라고!

* * *

같은 시각, 연화는 자리에서 벌떡 일어나 있었다.

언제 이렇게 많이 고였을까, 어떻게 이리 많이 젖었을까. 비를 맞았을 때는 몰랐으나 떨어져 고이고 나니 발이 찰박거릴 만큼의 물웅덩이였다.

그렇게 나무 바닥에 고인 물이 그녀의 발을 다시 적시고 있었다. 그리고 연화는 한 발 두 발 물러나며 주위를 불안하게 둘러보았다.

"뉘…… 뉘십니까?"

듣지 못할 것을 알았다. 대답할 이가 없을 줄도 알았다. 제 말은 산 사람은 듣지도 못하고, 듣지 못하니 대답도 안 돌아올 테니까.

하지만 연화는 주춤주춤 물러나며 주위를 둘러보았다. 무언가 불안한 기분, 누군가가 집요하게 쳐다보고 있는 것처럼 따끔따끔한 시선이 느껴졌다.

그 시선에 퍽 기분이 나빠져 온몸에 소름까지 돋는데 사방을 불안하게 둘러보던 연화의 동공이 조금 커졌다.

그녀의 시선이 닿은 곳에서 아지랑이가 피어오르듯이 무언가 어른거렸기 때문이었다. 그리고 곧 형체가 생겨 눈에 완연히 드러난 것은, 시퍼런 여자 영가였다.

"……아……."

하늘나라에서 내려온 이후로 저 말고는 다른 영가를 보는 게 처음이라 기묘한 외양인데도 불구하고 연화의 눈에 묘한 반가움이 얼핏 서렸다. 무섭다는 감정 이전에 반가웠다. 저이는 어찌 여기에 계시는 것일까. 자신처럼 길을 잃은 걸까, 아니면……

"……!"

그녀를 향해 한 발 딛던 연화는 그대로 굳어졌다. 자신을 바라보는 그 영가의 눈에서 광기가 느껴졌기 때문이었다.

그건 마치 먹잇감을 찾아낸 것만 같은 환희에 젖은 눈동자였고, 연화는 거미줄에 붙잡힌 것처럼 그 충혈된 눈에서 시선을 떼지 못하고 그녀를 마주했다.

떨지 않으려고 노력했지만 시선은 집요하게 그녀를 잡고 놓아주지 않았고, 연화의 몸이 결국 바들바들 떨리기 시작하자 영가의 새빨간 입술이 반호를 그리며 천천히 올라갔다. 천천히…… 올라갔다?

그리고 순간적으로 연화의 머릿속에 웃음기 어린 푸근한 목소리가 스치고 지나갔다.

'아래에는 좋은 사람도 더러 있지만 나쁜 영가들이 훨씬 더 많다우. 거, 몸조심하시라는구먼.'

왜 갑자기 그 목소리가 들렸을까, 어디선가 하늘에서 만났던 임실댁 닮은 여인의 목소리가 들린 것 같았다. 그 덕분일까, 순간적으로 얼어붙었던 몸이 탁 풀리는 것만 같아 연화는 뒤로 급히 물러나면서 있는 힘을 다 끌어모아 크게 외쳤다.

"게 뉘십니까!"

최선을 다해 내지른 소리에 '그것'의 발이 순간 멈칫했다. 그리고 빨간 입술이 속삭였다.

[추워…….]

춥다고?

다시 한번 내지르려던 연화의 입술이 멎었다. 저 말고 다른 영가도 추위와 아픔, 고통을 느끼는 건가 싶었기 때문이었다.

그 몹쓸 호기심에 말을 멈칫하는데 새파란 안색의 영가의 새빨간 입술이 반호를 그리며 점점 올라가 마침내 귀까지 쭉 찢어졌다. 마치 입 안까지 시뻘건 핏물이 차 있을 것만 같은 기괴한 모습이었다.

"……무슨……."

연화는 주춤주춤 뒤로 물러나기 시작했다.

무서웠다. 소름 끼쳤다. 몸이 덜덜 떨렸다. 하지만 영가는 서서히 조금씩 연화에게 다가오면서 기묘한 웃음을 흘렸고, 연화는 마치 혼이 나갈 것만 같은 공포를 느꼈다.

손이 자신에게 다가올수록 온몸이 뻣뻣하게 굳어 가는 것만 같았다. 마른 나뭇가지 같은 저 손이 마침내 자신에게 닿으면 와드득 부러질 것만 같았다. 자신을 부서트릴 것만 같았다.

그리고 들린 말은 과연 그녀가 생각하는 대로였다.

[하지만 널 먹으면 따뜻해질 것 같구나. 날아갈 수 있을 것 같아. 널 먹으면, 널 마시면……!]

'그래, 내 악령이라 일렀다.'

새하얗게 질려 뒤로 물러나는 연화의 머릿속에 순간 떠오른 가주의 목소리였다.

연화는 덜덜 떨면서 뒷걸음질 쳤다. 계속해서 그때 할머니께서 해 주신 말들이 떠올랐다.

'그들은 정화가 되어야만 이승을 떠날 수가 있는데 너는 그들에게 딱 좋은 먹잇감이야. 그러니 조심해야 한다. 너는 영가이되 영가가 아니야. 즉, 살아 있는 사람이나 다름없다는 말이다. 다른 사람 눈에만 안 보일 뿐이지 너도 엄연히 생명이 있는 것이야.'

"읏……!"

무서웠다.

먹잇감, 그 말이 딱 맞는 것 같았다. 정말로 저 손이 제 몸에 닿으면 콱 움켜 채어져서 그대로 으득으득 잡아먹혀 버릴 것만 같았다.

무서워서 계속해서 뒷걸음질 쳤지만 연화는 이내 그 자리에 굳은 듯 멈춰 설 수밖에 없었다.

팽— 하는 느낌과 함께 몸이 굳어 버렸기 때문이었다. 마치 그 때처럼, 그날 새벽에 하현에게 인사를 하고 저 방을 나가려고 했을 때처럼 몸을 전혀 움직일 수가 없었다.

또다시 '묶여' 버린 것이었다. 그리고 악령은 그녀가 떠는 모습을 즐기는 것처럼 지켜보고 있었다.

"오…… 오지 마십시오!"

무서워. 무서워. 무서워.

연화는 덜덜 떨리는 눈으로 앞을 바라보았다. 악령은 소름 끼치는 미소를 흘리며 어느새 제 바로 곁까지 다가와 있었고, 스산한 느낌이 금방이라도 제 어깨에 닿을 것만 같았다.

그래서 결국 연화는 두 눈을 꽉 감아 버렸다. 제발, 제발, 제발—

"하현 도령……!"

"「파」!"

화악—

외마디 기합과 함께 갑자기 온몸이 따뜻해졌다.

방금 전까지만 해도 온몸이 얼어붙을 것처럼 서늘했는데 갑자기 그것이 확 달라져 버린 것이었다. 온몸이 풀리는 느낌이었다.

"……."

연화는 얼었던 몸이 녹는 것처럼 노곤해지는 기분에 살짝 실눈을 떠 앞을 바라보았다. 그리고 크게 떴다.

제 앞까지 다가와 길고 더러운 손톱을 들어 올리던 영가가 안개가 걷힌 듯 온데간데없이 사라져 버렸다.

상황 판단이 안 되어 검은 눈동자만 깜빡이는데 순간 연화의 옆에서 차가운 목소리가 찌르듯이 날아왔다.

"그러게 제가 뭐라고 했습니까."

"……."

연화는 천천히 옆을 돌아보았다. 그리고 멈칫했다. 기대어 있던 방문의 창호지가 칼날 모양대로 찢어져 있었기 때문이었다.

마치 방 안에서 검으로 푹 찔러 버린 것만 같은 모양에 아무런 말도 못 하고 여전히 굳어 있는데 방문이 천천히 열리고 하현이 나왔다. 서릿발처럼 차가운 얼굴에 얼음처럼 딱딱하게 굳은 표정이었다.

"제가 안으로 들어오시라고 했잖습니까."

하현은 슬슬 화가 나고 있었다.

자신이 저를 어쩌겠다는 것도 아니고, 피치 못할 사정으로 인해 떨어질 수 없을 뿐인데 수없이 밀어내는 것이 서운하면서도 짜증나고, 한편으로는 그런 자신이 이해가 안 되어 더욱더 속이 답답했다.

그래, 이해는 한다. 조선 시대 사람이고 혼인하지 않은 상대인데다가 남자라고는 아버지밖에 못 봤다고 했으니 꺼려지고 망설여지는 것이 당연하겠지.

하지만 상황이라는 게 있지 않은가. 무엇보다도 저리 여리게 떨고 있는 것이 마음에 안 들었다. 고작 칼에 한 번 찔렸다고 바로 스러져 버릴 정도로 약해 빠진 악령 따위가 제가 뭐라고 저이를 건드린단 말인가, 나에게는 다가오지도 못하는 잡것들이 어떻게 감히 나와 하나로 묶여 있는 연화를!

그때였다.

"폐가…… 될 줄 알았습니다."

작은 몸에서 과연 그 몸과 어울릴 법한 자그마한 목소리가 흘러나왔다. 그리고 하현은 묵묵히 연화를 바라보았다.

가녀리게 떨고 있던 연화는 그제야 조금 안정이 된 모습으로 간신히 서 있었고, 하현은 그녀를 부축하고 싶은 마음이 들었지만 간신히 억눌렀다.

안 그래도 저를 밀어내고 부담스러워하는 판인데 그 부담감에 기름을 붓고 싶지는 않았기 때문이었다. 그래서 아무 말 없이 바라보기만 하는데 그것을 어떻게 생각했을까, 연화의 고개가 조금 더 떨구어졌다.

"도령께 묶여 안 그래도 일상생활에 지장을 드리는 건 아닌지 염려되는데 수면이라도 편히 취하시게 하고 싶어 그런 말씀을 드렸습니다. 지금도…… 신경 쓰이게 해 드려서 거듭 송구할 따름입니다."

"……하……."

굳어 있던 하현의 표정이 탁 풀어졌다.

일상생활에 지장이 있는 것은 사실이었다. 당장 오늘만 해도 계획했던 스케줄 다 취소하고, 약속도 미루고 공부도 하지 못했으니까.

잠을 제대로 못 잔 것 역시 맞는 이야기였다. 하지만 그것들은 모두 다 자기가 감수해야 할 문제였다. 오히려 피해자는 연화였다.

원하지도, 의도하지도 않았지만 자신의 '실수'로 도화 나무가 연화에게로 떨어졌다. 그 때문에 연화가 자신에게 묶였다.

연화 역시 일 년이라는 시간 동안 풀어야 할 문제가 있는데 피치 못하게 자신에게 묶여 버린 것이다. 그것만으로도 자신은 연화를 도와야만 했고, 그녀의 업과를 해결할 수 있도록 지원해야만 했다.

모두 다 자신이 제어하고 감당하면 될 문제인 것이다. 그것 때문에 미안하다, 죄송하다 말을 들으며 밀려나고 싶지는 않았다.

하현은 욱한 마음에 아직 제게 등을 돌리고 서 있는 연화의 어깨를 잡고 자신 쪽으로 몸을 돌려세웠다. 그녀에게 반드시 해야 할 말이 있었다.

"당신은……."

"……하지만 저는 도령을 놓지 못합니다."

돌려세운 채로 말을 쏟아 내려던 하현의 입술이 멎었다. 예상치도 못한 말이었기 때문이었다. 그리고 휙 돌려져 잠시 휘청거리던 연화는 하얗게 질린 입술을 살짝 깨물었다가 이내 고개를 들고 하현의 갈색 눈을 똑바로 마주했다.

처음 내어놓은 맹랑한 속마음이라서 두 다리가 덜덜 떨렸지만 이미 엎지른 물이었다. 결코 주워 담지 못할 터, 그래서 연화는 속에서 올라오는 말을 마저 잇기로 했다. 이왕 용기를 낸 것, 조금만 더……

"뻔뻔하다 이르셔도 할 말은 없지만 지금 제게는 도령뿐, 다른 이는 없습니다. 그러니……"

"……안으로 들어오십시오."

바들바들 떨면서도 꿋꿋하게 말을 내어놓던 연화가 멈칫한 표정으로 고개를 들었다. 그리고 제 말을 석둑 자른 하현을 바라보았다.

하지만 하현은 여전히 표정을 알 수 없는 담담한 얼굴로 저를 내려다볼 뿐이었다. 순간 연화는 제가 한 말이 어떻게 들으면 굉장히 과감한 말이라는 것을 인지했다.

'다른 이는' 전에 '도움을 줄' 이라는 말을 붙였어야 했는데 저도 모르게 그것을 빼고 말한 것이었다.

'맙소사!'

연화의 얼굴이 확 달아올랐다. 다른 이는 없, 아니 그 말이 사실이긴 하지만, 아니 사실이긴 하나 그것을 이리 직설적으로 말할 생각은 없었다.

꿈도 꾸지 못했다. 한데 이건 무슨 고백이라도 한 것 같은 기분이었다. 그래서 머리가 새하얗게 변해 어떻게 말을 하지도, 움직이지도 못하고 뻣뻣하게 굳어 있는데 하현이 옆에서 천천히 손을 뻗었다.

그리고 심장이 멎은 것 같다 느끼고 있는 연화의 어깨를 살짝 스치고 문고리를 잡았고, 연화는 치맛자락을 두 손에 세게 움켜쥐며 눈을 꽉 감았다. 어떡하지, 내 심장도 잡힌 것만 같아.

"밖보다는 안이 낫지 않습니까. 당신을 지키기엔."

"……."

처음 내어놓은 말도, 뒤이어 나온 덧붙인 말도 모두 다 뒷머리를 치는 말이었다. 그래서 연화는 하현을 올려다보다가 홀린 듯 방 안으로 한 발을 들여놓았고, 그러자 팽팽하게 저를 당기고 있던 게 언제냐는 듯 몸이 쉬이 부드럽게 움직였다.

연화는 심장이 뛰고 있는 가슴팍을 다시금 꾹꾹 눌렀다. 조심해, 소리가 새어 나올 것 같아. 마음 놓고 콩콩 뛰고 싶은 건 알지만 조금만 얌전히 뛰어 주렴. 그리고 제발.

'할머니. 제가 곱씹지 않도록 해 주세요, 헛된 의미 부여를 하지 않도록 도와주세요.'

그런 그녀의 마음을 아는지 모르는지 하현이 방문을 꾹 닫으며 연화를 똑바로 마주 보았다. 검은색 눈과 갈색 눈이 똑같이 상대의 눈동자에서 자신의 모습을 찾아내었다. 그 마주한 눈동자가 마음에 들었을까, 하현의 눈이 좀 전보다는 한결 풀려 있었다.

"제게 묶여 있는 일 년이라는 기한 동안은 당신은 제게 반쪽이나 다름없습니다. 묶인 영가가 다치게 되면 그 주체자도 적든 크든 타격을 입으니까요."

"……!"

연화는 속으로 제 심장을 애타게 불렀다. 반쪽이라는 말에 덜컥했다가 뒤에 이어 나온 말을 듣고 더 놀라 뛰기 시작했기 때문이었다.

그래, 저 말을 듣고 생각해 보니 그의 말이 맞았다. 자신이 그에게 묶여 있듯 그 역시 자신에게 묶여 있는 것이다. 홀몸이되 홀몸이 아니었다.

연화는 재차 되새기며 하현의 다음 말을 기다렸다. 또 어떤 당부를 하시려나 걱정도 되었다. 하지만 하현이 내놓은 말은 그녀가 예상하던 엄한 말이 아니었다.

"그러니 그동안만큼은 당신도 저를 믿으십시오."

믿고 있습니다.

저도 모르게 대꾸할 뻔해서 연화는 몸을 움찔했다.

이렇게 믿을 거라고는 생각하지 못했다. 그저 하늘 할머니에게 들은 대로 '조언을 전해 들을 만한 사람'이라고만 생각했었다. 한데 그게 아니었다.

자꾸만 마음이 가고, 눈길이 가고, 생각이 났다. 어쩜 이리도 빨리 찾았을까, 빨리 알게 되었을까. 연화는 이것이 처음부터 하늘 할머니의 계획은 아니었을까 하는 생각까지 들었다. 그리고 다음 나온 말에 그 심장이 또 철렁였다.

"제가 당신이 사랑을 찾을 거라고 믿는 것처럼."

사랑을 찾을 거라고 믿는 것처럼.

연화의 얼굴에 복숭앗빛이 돌기 시작했다. 심장 언저리에서 작은 새가 파닥파닥하며 날갯짓을 하는 것만 같았다.

이미 찾았는데, 그걸 또 믿는다 말하십니까. 그 작은 간지러움에 연화의 입가에 자신도 모르는 옅은 미소가 어렸고, 그 미소에 하현도 희미하게 미소 지으며 말했다.

"아시겠습니까?"

연화는 고개를 끄덕였다.

저 사람을 믿는다. 저 사람도 나를 믿는다. 그 단단하고 든든한 유대감과 믿음에 아까 두렵고 무서웠던 기억이 모조리 다 사라지는 것만 같았다.

연화는 문의 칼 모양과 바닥에 뒹굴고 있는 하현의 칼을 번갈아 보고는 작게 웃었다.

'나를 지켜 주시는 분.'

연화는 가만히 바닥을 바라보았다. 바닥에는 어제와 똑같이 이불이 하나만 깔려 있었다.

마치 자신이 오기를 기다리고 있었다는 모양으로 곱게 깔린 도톰한 이불에 그가 이끄는 대로 가만히 앉는데, 하현은 어제와 똑같이 자신의 머리맡에 가서 앉았다. 연화의 검은색 눈이 동그래졌다.

"안 주무……"

"놈들이 또 올지도 모르니까요. 먼저 주무십시오."

거짓말. 나란히 눕기 민망하여 그런 것을 다 압니다.

연화는 묵묵히 자신을 내려다보는 하현을 가만히 올려다보다가 사풋 눈매를 휘었다.

이불 안은 그의 말투와 표정처럼 몹시 따뜻했고, 연화는 점점 눈이 감겨 오는 것을 느꼈다.

확실히 많이 움직였고, 여러 일이 많았던 날이었다. 과거인지 현재인지 모를 그날로 가 아버님의 얼굴을 뵈었고, 딸로서 마지막 인사를 드렸고, 악귀를 만나 잡아먹힐 뻔했다가 가까스로 풀려나기도 했다.

그리고…… 저이의 품에 안기기까지 했지.

그때를 더듬어 떠올리자 얼굴이 다시 발갛게 달아오르는 것만 같았다. 그래서 연화는 하현이 보지 못하게 이불을 들어 올려 얼굴을 꽉꽉 덮어 버렸다. 그리고,

'다음에는…… 꼭 제 옆에 함께 누워 주십시오.'

그리고 차마 하지 못할 부끄러운 말을 속으로 속삭인 채로 잠이 들었다.

고요한 밤이었다.

3장
물오름달

탁—

두 사람 사이에 놓인 것은 손바닥만 한 단도였다.

저 창호지에 뚫린 것과 꼭 맞는 단검, 어제 하현이 그 악령을 찔러 사라지게끔 한 검이었다.

오늘도 역시 그녀의 머리맡에서 가부좌를 틀고 앉아 있던 하현이 아침에 연화가 눈을 뜨자마자 이부자리를 개키고서 할 말이 있다며 그 검을 꺼내 놓은 것이었다.

연화 역시 그 검의 정체가 궁금했지만 어젯밤 너무 몸이 피로한 탓에 물어보지 못하고 까무룩 잠이 들어 버렸는데 그가 먼저 말을 꺼내서 고맙기까지 한 마당이었다.

그리고 하현은 그 검을 내려놓고서 한참이나 말을 고르고 있는 중이었다. 그 모습이 짐짓 엄숙하게, 그리고 조금은 슬프게까지 보이기도 해서 연화 역시 아무 말 없이 그의 얼굴과 검만 번갈아 보며 살피고 있었고, 그러고도 한참 뒤에야 하현이 천천히 눈을 떴다.

다갈색 눈동자와 새까만 눈동자가 똑, 마주쳤다.

"이것은 제 아버지의 유품입니다."

하현의 말을 얌전히 기다리고 있던 연화의 눈동자가 살짝 떨렸다.

아버지, 유품. 두 단어 모두 다 그녀에게도 각별한 말이었기 때문이었다. 그래서 말없이 그의 다음 말을 기다리는데 하현이 눈으로 검날을 쓸어 보았다.

만약 눈길에도 촉감이 있다면 검의 날이 매끈매끈해질 것 같은 진정 온기 가득한 보드라운 눈길이었다. 그에 연화까지 그 검을 가만히 내려다보는데 하현이 천천히 말을 이었다.

"다른 물건은 모두 다 정리를 했으나 이것만큼은 처분하지 못했습니다. 이 검은 늘 제가 원하던 거였거든요."

'달아, 뭘 그렇게 보니?'

어렸을 적 하현의 아버지와 어머니는 늘 하현을 두고 '달'이라고 했다. 그렇게 부르는 것이 퍽 달아서 하현 역시 그 말을 좋아했다.

그리고 당시 하현이 본 것은 아버지의 검이었다. 짧고 얇은 단검, 하지만 푸른색으로 예쁜 검. 그게 자꾸자꾸만 눈에 들어와 아버지의 방에 들어가기만 하면 뚫어져라 그 검을 보곤 했다.

그러던 어느 날, 검날에 쓰여 있는 글자가 눈에 들어와 한참을 들여다보고 있는데 아버지가 물어보셨고, 하현은 순순히 대답했다.

'저 검이요! 아버지, 저 저거 주시면 안 돼요?'

평소 무엇을 사 달라고 보채지도, 떼를 쓰지도 않은 그였기에 아버지는 조금 놀란 눈치였다. 하지만 아버지는 그것을 꺼내 주는 대신에 진지하게 말해 주었다.

저건 언젠가 분명히 네 손에 들어가게 될 물건이라고, 하지만 지금 당장은 아니라고. 그에 하현 역시 순순히 고개를 끄덕였더랬다.

아버지가 허튼소리를 할 사람도 아니었고 그의 말은 언젠간 꼭 이루어졌기 때문이었다. 그래서 하현은 그 말을 믿었다. 그것이……

'고인의 유품들입니다.'

"이런 길로 제 손에 들어올 줄은 몰랐지만."

하현은 묵묵히 그 검을 바라보다가 연화 쪽으로 살짝 밀었다. 물론 연화의 몸에 안 닿게 조심하는 모양이었다. 만약 닿게 된다면 무슨 큰일이 일어날 수도 있으니까.

그것을 아는지 모르는지 연화는 제게 내밀어진 그 검과 하현을 번갈아 바라보기만 했고, 하현은 검날에 새겨져 있는 작은 글자를 손가락으로 짚으며 말했다.

"이 검의 이름은 '파'입니다."

"'파'라고요?"

되묻던 연화는 어젯밤 악귀가 자신을 향해 달려들 때 뒤에서 벼락같이 꽂히던 외마디 기합 소리를 기억했다.

그때 분명히…… '파'라고 했었지. 그게 저 검의 이름이었을 줄이야.

그리고 하현은 그녀의 말에 고개를 끄덕이며 이어 말했다.

"검에게 이름이 있는 것이 우스워 보일 수도 있겠지만, 이 검은 신검입니다. 이 검에도 영혼이 깃들어 있지요."

"영혼이요?"

말꼬리마다 되묻는 제 모습이 퍽 바보 같다고 생각했지만 어쩔 수 없었다. 검에도 영혼이 있다니 신기했기 때문이었다. 그렇다면 뭐 소설이라든가 그런 이야기에 나오는 것 같은 건가? 연화의 눈이 반짝반짝 빛났다.

"혹시 검이 말도 하고 스스로 움직이고 이리저리 날아다니면서 공격하는 건가요?"

"아니요."

아. 아니구나.

"그런 건 어디서 들으셨습니까? 모두 다 말도 안 되는 소설 같은 이야기인데."

"……."

소설에서 읽은 것이 맞습니다, 라고 대답하고 싶었지만 연화는 차마 말까지는 하지 못하고 애꿎은 치맛자락만 잡았고, 하현은 피식 웃으면서 말을 이었다.

"하지만 저의 명령을 따라 자유로이 움직입니다. 또한, 한 번 명령한 것은 반드시 지키지요."

"어머나, 대견해라."

연화는 새삼스러운 눈으로 얇은 단검을 내려다보았다.

푸르스름한 빛이 도는 게 몹시 예뻤다. 물론 쨍한 날은 만지기 무서웠지만.

그래서 눈으로만 가만가만히 내려다보는데 기분 탓일까, 어린 소녀가 검에 비쳐 보이는 것만 같았다.

아니, 아주 어리진 않고 한…… 십 대 중후반 정도로 되어 보이는, 예쁘장하지만 다부져 보이는 똑 단발머리 소녀였다. 그래서 놀라서 눈을 깜빡이는데 하현이 말했다.

"그리고 이 검에는 '맹약'이라는 게 있습니다. 저도 이야기로만 들어와서 한 번도 해 보지 못했는데 잘되었군요, 이 기회에 해 보면 될 테니까."

"이 기회라 하심은……."

"살면서 단 한 번밖에 쓸 수 없는 것입니다. 검의 영혼과 저의 영혼과의 약속이랄까요, 한 번 맺으면 반드시 이루어야만 하는 절대적인 약속이지요."

연화는 눈을 크게 떴다. 그러한 것이 있구나. 실로 신기한 일이었다. 그래서 눈을 반짝이는데 하현이 엷게 웃더니 진지한 얼굴로 검을 내려다보았다.

'나도 해 보진 않았단다.'

그날, 아버지가 해 주었던 말이었다.

모든 신검에는 맹약이라는 것이 있다고, 검의 주인된 자와 검에 깃든 영혼끼리의 약속이라고. 그것은 어떤 약속보다도 튼튼하고 어떤 동맹자보다도 진한 관계가 될 거라고.

참 멋있는 사이라고 생각했다. 그리고 아버지에게 그 검을 물려받아 이제는 자신의 물건이 된 지금에도 하현은 사실 이 검이 온전히 자신의 것이라는 생각은 안 들었다.

그저 소유주만 바뀌었다는 생각이었다. 또한 그것은 아마 이 검의 영혼도 마찬가지일 터, 확실한 정립이 필요하기도 했다.

'언제까지고 애매한 상태로 둘 수는 없는 노릇이니까.'

하현은 그렇게 생각하며 곁눈으로 맞은편을 슬쩍 바라보았다. 그곳에는 연화가 초롱초롱 눈을 빛내며 앉아 있었고, 하현은 그녀가 자신 앞에 나타난 것이 우연은 아닐 거라고 확신했다.

연화에게는 분명 자신의 도움이 필요했고, 하현도 이 검을 자신에게 묶고 싶었다. 이해관계와 계약 조건이 두루 갖추어진, 과연 최적의 상황이었다.

'그렇다면, 더는 지체할 필요가 없겠지.'

"도령?"

연화가 놀란 표정으로 하현을 바라보았다.

그도 그럴 게, 묵묵히 검을 내려다보고 있던 하현이 갑자기 그것을 집어 들었기 때문이었다. 그리고 하현은 조금의 망설임도 없이 날카로운 검날로 자신의 손바닥을 베었다. 일말의 지체도 없는 그 행동에 곧바로 붉은 피가 팍 튀었다.

"도령!"

연화는 창백한 얼굴로 자리에서 벌떡 일어났다. 아니, 일어나려다가 주저앉았다. 10자라는 것이 이렇게 얼마 안 되는 거리일까, 팽— 하는 느낌과 함께 자리에 '앉혀' 버린 것이었다.

그래서 연화는 꼼짝없이 그 자리에 앉아서 그저 피가 흐르는 것을 보아야만 했고, 하현은 미동도 없이 자리에 앉아 자신의 손바닥에서 흐르는 붉은 것을 검 위로 뚝뚝 떨어뜨렸다.

손을 길게 가로지른 검상에서 흐른 피가 손바닥의 깊고 얕은 손금을 타고 흘러내렸다. 하현은 주먹을 쥐어서 점차 멎어 가는 피를 마지막 한 방울까지 다 흘려 낸 다음에야 품 안에 들어 있던 손수건으로 손바닥을 감쌌다.

하지만 그의 시선은 여전히 검에게 꽂힌 채였다.

그리고 불안한 표정으로 그의 손을 보고 있던 연화는 문득 뭔가가 번쩍이는 것 같아서 아래를 내려다보았다가 깜짝 놀라고 말았다.

“도령!”

“압니다.”

그래요, 모르려야 모를 수가 없지만, 비명 대신에 부른 거란 말입니다.

하지만 그 말을 또 입 밖으로 꺼내 놓을 수가 없어 연화는 말대꾸하는 대신에 마른침을 꼴깍 삼키면서 치맛자락을 움켜쥐었다.

‘이게 도대체…….’

푸른 검이 하현의 피를 ‘마시고’ 있었다. 그 표현이 적합할지 모르겠지만 지금으로서는 그 말밖에 생각이 나질 않았다. 검날 위에 고여 있던 붉은 피가 검 안으로 빨려 들어가고 있었기 때문이었다.

푸르기만 하던 검이 이제는 약간 붉은기까지 띤 게 실로 피가 그 안으로 들어가 고인 것만 같았다. 신비하다 못해 조금은 기괴하기까지 한 모양에 연화는 온몸에 소름이 돋는 것만 같았다.

“도……”

“잠시만.”

그때였다.

검 위에 피가 한 방울도 남아 있지 않은 때, 안으로 각인되어 육안으로 잘 읽히지 않던 글자가 피처럼 붉게 떠오르기 시작했고, 하현은 그 순간을 놓치지 않았다.

"「파」, 내가 그대와 맹약하길 바란다. 맹약의 대가는 나의 영능력 전부이며, 그 내용은 나 그리고 '서연화'의 안전이다. 그 무엇이 공격하더라도, 일 년 동안 반드시 이 영을 지켜라. 그것이 나의 계약 조건이며 조건 완수 시 대가를 지불하겠다."

"도령!"

연화의 안색이 새하얘졌다.

저런 조건이라니! 연화는 아까 하현이 말했던 것을 잊지 않았다. 분명히 똑똑히 기억했다.

살면서 단 한 번 할 수 있는 맹약이었다. 그 무엇과도 바꿀 수 없는 소중한 기회일진대 어찌 자신을 위해 그것을 쓴단 말인가.

그나마 다행인 것은 그 조건 안에 '나', 그러니까 그 역시 포함이 되어 있다는 사실일까. 그러나 단 일 년 만이라면 그것은 분명 자신을 염두에 두고 제안한, 연화 자신을 위한 계약이었다.

하지만 연화가 부르든 말든 하현의 시선은 온전히 검에게만 꽂혀 있었고, 검은 한동안 환하게 빛나기만 했다. 마치 서로를 탐색하거나 기 싸움을 하는 것 같은 모양이었다.

그리고 잠시 후 하현의 입가에 옅은 미소가 떠올랐다. 검의 빛이 점점 사그라지는가 싶더니 이내 완연히 꺼졌기 때문이었다.

미약하게 웅웅거리던 진동 소리마저 완전히 사라졌고, 마치 아무 일도 없었다는 듯한 순간에 조용해져 버린 그 모양이 어색하기까지 해서 연화는 얼떨떨한 표정으로 검과 하현을 번갈아 보았다.

갑자기 고요해진 방에 적응이 쉬이 되질 않았다.

"끝…… 난 건가요?"

"네. 이제 이건 정말 제 겁니다."

순간 연화와 하현의 눈이 똑, 마주쳤고 연화는 순간적으로 풋 웃고 말았다.

자랑스럽게 말하면서 검을 들어 올리는 하현이 이제까지 보았던 단단하고 과묵했던 모습과는 퍽 다른, 아이 같은 의기양양한 모습이라서 뭔가…….

이렇게 말하기엔 좀 미안하지만 귀여워 보였기 때문이었다. 연화는 간신히 소리만 죽이고 작게 웃었고, 당황스러워진 것은 하현이었다.

"왜 웃습니까?"

"아니, 아무것도 아닙니다."

하지만 한 번 터져 버린 웃음은 좀처럼 잦아들지 않았고, 연화는 참으려고 무던히 애썼지만 결국 자꾸자꾸만 비집고 나오는 웃음에 결국 두 손바닥으로 얼굴을 가리고 쿡쿡 웃어 버렸다. 어쩌지, 자꾸만 웃음이 나.

"뭡니까. 재밌는 거면 좀 같이 웃었으면 하는데요. 왠지 지금 저 놀리는 것 같습니다?"

상대를 앞에 놓고 웃어 버린 탓에 결국 하현의 표정이 뚱해졌다. 그리고 연화는 그제야 드는 미안함에 얼굴을 가렸던 손바닥을 내리며 그를 바라보았다.

하지만 이번엔 그의 삐죽 튀어나와 있는 입술에 웃음이 터져 버렸고, 이번에는 그녀 역시 의도한 것이 아닌지 웃는 얼굴인데도 당혹스러운 표정이 역력했다.

그래서 결과적으로 연화는 웃는 것도, 우는 것도 아닌 미묘한 얼굴이 되어 버리고 말았다.

"송구합니다. 비웃는 것이 아니오라, 푸흡. 도령께서 의기양양하게 말씀하시는 모양이 꼭 원하는 것을 손에 넣은 사내아이 같은 모양이라 저도 모르게……."

미안함이 가득 어린 그녀의 말에 하현이 픽 웃으며 고개를 저었다. 아래로 내려가 있는 입꼬리만 슬쩍 올렸을 뿐인데 판이하게 달라지는 표정이 신기할 정도였다.

그래서 연화는 저도 모르게 그를 바라보았고, 하현은 옅게 웃으며 천천히 팔짱을 꼈다.

"아니요, 화난 건 아닙니다."

화가 났다면 진즉에 정색했을 것이었다. 다른 사람에게 우습게 보이거나 얕잡혀 보이는 건 절대로 사양이니까.

하지만 연화는 그를 놀리는 것이 아니었다. 적어도 하현의 눈에는 순전히 즐거워하는 것으로 보였다.

하기야 내내 방 안에만 갇혀서 지내던 사람이 처음으로 바깥 세상, 그것도 몇백 년 뒤의 세상에 나와 이런저런 것을 잔뜩 보고 있는데 들뜨지 않고 신나지 않을 수가 없을 테지.

사실 하현은 연화가 이런저런 감정을 내보여 주는 것이 내심 기분 좋았다. 가능한 그녀에게 많은 것을 보여 주고 겪게 하고 싶었다. 그래서 하현은 픽 웃으며 그녀를 바라보았다.

"그나저나……."

하지만 끝까지 말을 하지 못한 것은, 그리고 끝까지 연화를 보지 못한 것은 그녀 주변에서 떠다니고 있는 작은 검, 그러니까 파 때문이었다. 그리고 연화 역시 놀란 표정으로 그 검을 바라보고 있었다.

"파……?"

하현은 반사적으로 자리에서 반쯤 일어났다.

연화를 '지켜라'라는 자신의 명령이 있기에 그녀를 결코 해하지 못할 테지만 신력이 깃든 검이 그녀 주위를 떠다니는 것이 영 불안한 것은 사실이었다.

게다가 한 가지 더 마음을 붙잡는 것이 있었다.

'설마 나의 명령 없이 스스로 떠오른 것일까?'

이제까지는 명령이 있어야만 움직이는 검이었다. 평상시에는 얌전히 있다가 이름을 부를 때에만 달려오는 수동적인 모습이었다.

물론 신검이니만큼 주체가 있을 테지만 이렇게 자기주장을 드러내며 움직인 것은 처음이라서 하현은 아까 한 그 맹약이 파에게 무슨 영향을 끼친 건 아닌지 걱정되기 시작했다.

"……!"

"어……."

그리고 그 검을 지켜보던 연화와 하현의 표정이 확 변했다. 허공에 떠 있던 검이 마치 대답이라도 하듯 위아래로 작게 까닥였기 때문이었다. 그 모양은 마치……

"검이 말을 하고 있어요!"

그래, 말을 하는 듯한 모양이었다. 엄밀히 말하자면 말은 아니지만.

하지만 검은 뭐가 부족한 듯 천천히 연화를 향했고, 연화는 그 검에게서 빤한 시선이 느껴진다고 생각하면서 조심조심 그쪽을 바라보았다. 그리고 문득 떠오르는 생각에 급히 덧붙였다.

"아니, 파가 말을 하고 있어요!"

그제야 만족한 듯 다시 허공으로 동동 떠오르는 파의 모습에서 왠지 신나 하는 단발 소녀를 본 것만 같은 건 내 눈의 착각인 걸까.

하지만 두 사람 모두 같은 환영을 보고 있었고, 하현은 어쩐지 좀 전보다 아주 많이 더 후회가 되기 시작했다. 자신의 영 능력에 대한 미련 따위는 한 점도 없지만…….

나 과연 맹약 잘한 걸까. 저 검이 과연 연화를 무사히 지켜 줄 수 있을까?

하지만 그가 걱정하거나 말거나, 하현의 속을 꿈에도 모를 연화는 두 손을 모으고 감탄 어린 눈으로 파를 칭찬하고 있었다.

"어머. 파, 엄청 빨리 날 수 있네요?"

그에 작은 검은 마치 신이라도 난 듯 푸른 잔상을 남기며 방을 사방으로 가로지르기 시작했고, 그 모양에 박수를 치며 신나 하는 연화를 보며 하현은 약간 허탈해졌다.

걱정하는 자신이 왠지 바보같이 느껴지기 시작했기 때문이었다. ……내 피를 먹어서 저러나?

"으악, 파 조심해요!"

그리고 곧 이어지는 쨍그랑하는 소리에 하현은 피가 멎어 가는 손바닥 대신 방바닥을 바라보았다.

그곳 역시 미처 닦지 못한 하현의 피로 부분 부분 붉게 얼룩져 있었고, 하현은 결국 고개를 들어 애꿎은 천장을 바라보았다. 나 정말로,

"……하……."

계약 잘한 거겠지.

왠지 몹시 불안해져 버린 하현이었다.

* * *

늦은 밤, 달이 뜬 밤, 하늘에 달이 걸린 밤.

꽤 늦은 시간이라 깊이 여문 밤인데도 불구하고 하현의 방은 역시나 환하게 불이 켜져 있었다. 평소라면 하현이 공부 중이여

서였겠지만, 오늘은 다른 일 때문이었다. 하현은 자신의 앞에서 고개를 숙이고 있는 연화를 어색한 표정으로 내려다보았다.

'이제 정말 그만해도 괜찮을 것 같은데.'

하지만 연화는 조금도 물러서지 않겠다는 듯 자리를 지키고 있었고, 결국 하현이 그녀에게 먼저 말을 걸었다.

"저, 이제는 괜찮……"

"괜찮지 않을 테니 그런 말씀 마시지요."

"……."

다친 것은 저입니다만. 게다가 이래 봬도 준의사인데.

그 말이 목 끝까지 올라왔으나 입 밖으로 낸다면 또다시 잔소리가 쏟아지겠지.

방금 전까지만 해도 종알종알하는 소리가 방 안에 가득했던 터라 하현은 그 말을 그냥 꿀꺽 삼키기로 했다. 그리고 손이 바삐 오가는 모양을 물끄러미 내려다보았다.

연화는 칼에 베인 하현의 손바닥을 조심스럽게 소독하고 약을 바르고 있었다. 처음에는 하현이 자신이 하겠다고 했지만 연화는 요지부동이었다.

'다친 손으로 약을 어찌 바르실 텐가요?'

'이렇게 이 손으로……'

'하면 한 손으로 상처를 천으로 어찌 감싸시겠습니까.'

'그냥 밴드 붙이면 됩……'

그렇게 실랑이를 하다가 결국 손바닥을 넘겨주게 된 것이었다. 그러자마자 연화는 이 근방에 자두나무와 배나무 혹은 대나무가 있냐고 물었고, 갑자기 웬 나무 타령을 하느냐는 말에 "예서는 환부를 소독하지 않습니까?"라는 말을 들은 하현은 웃고 말았다. 역시 옛날 사람은 옛날 사람인 모양이었다. 우리 병원 가면 완전 놀라겠네.

하현은 연화에게 소독약과 연고가 어디 있는지 알려 주었고, 연화는 구급함 안에 들어 있는 여러 가지 물건에 호기심을 보이는가 싶더니 고개를 젓고 곧바로 치료에 몰두했다.

'하지만…… 의외네.'

정말 여러모로 의외였다.

처음에는 그냥 노력이 가상하다, 마음이 고맙다 이 정도였다. 병으로 자리보전만 하던 사람일 텐데 이 손에다가 붕대는 감을 수 있을까, 라고 생각했던 것이다.

하지만 의외로 연화는 야무지게 치료를 하고 있었고, 어떻게 보면 제법 소질도 있어 보이기까지 해서 하현은 그 손을 묵묵히 바라보고 있는 중이었다.

따지고 보면 그래, 메스를 매번 드는 손을 아무런 거리낌 없이 그었다, 는 것 자체가 미친 짓이었다.

손은 의사의 생명이나 마찬가지인데 무식하게 그렇게 검으로 그어 댔으니. 그나마 관절이 아니라 손바닥인 게 다행일까.

'하지만 정말 다른 건 생각나지 않았어.'

나 외의 이 사람을 지켜 줄 만한 상대는 '파'. 그럼 파에게 대가로 무언가를 줘야 하는데 파가 가장 바라고 있을 것은 영력, 그리고 그건 자신의 피.

그렇게 한 줄로 연결되어 있다는 사실을 알게 된 순간 바로 결심을 하고 행동에 옮긴 것이었다.

하현은 저도 모르게 헛웃음을 지으며 고개를 살짝 흔들었다. 건지는 건 없어도 잃는 것도 없게 살아온 자신이 손해 보는 짓을 하다니, 진짜 귀신에게 홀린 걸까.

'……그건 그것대로 또 무서운 말이네.'

진짜 귀신이 눈앞에 있으니까.

그래서 하현은 그녀에게 말을 걸기로 했다. 이대로 있다간 정말 계속 혼자만의 생각으로 저 멀리 날아갈 것 같았기 때문이었다.

"이런 건 어디……"

"지금은 대답 못 드립니다."

"……."

그러나 질문 원천 차단이다.

하지만 연화에게 뭐라고 할 수도 없는 게, 그녀의 시선이 정말 자신의 손바닥에만 온전히 꽂혀 있었기 때문이었다.

만약 사람의 마음이 얼굴에 떠오른다면 지금 연화의 얼굴에는 '집중' 그 두 글자가 진하게도 쓰여 있을 것이었다. 하현은 그녀의 얼굴을 물끄러미 바라보다가 고개를 다시 살짝 저었다.

'정말이지 믿을 수가 없네.'

아니, 분명 믿어야 하지만, 이게 사실이지만 이제까지 내내 알고 있던 것들이 와장창 깨지고 있었기 때문이었다.

무릇 영가는, 그리고 이제까지 만났던 수많은 그것들은 거의 실체가 없었으며 만약 있더라도 희미하게 보이는 것이 고작이었다. 악령이라 해도 그건 마찬가지였다.

그런데 맙소사, 만져지고 대화를 하고 잠을 자는 영가라니. 게다가 믿기 어렵지만 살아 있는 사람에게 무언가를 '해 주고' 있기까지 하다.

지금 이 순간에도 하현의 손바닥은 연화의 무릎 위에 놓인 채 치료받고 있으니까.

처음에는 부득불 괜찮다고 하는 자신의 손을 연화가 끌어다가 제 손 위에 두고 치료를 한 것이었다. 그러다가 쥐고 하기에는 영 불편했는지 결국 자신의 치맛자락 위에다가 놓고 약을 바르고 있었지만 하현은 정말이지 마음이 영 불편했다.

아니 싫은 건 결코 아니었고, 어떻게 보면 좋은 쪽으로 더 기울기는 했지만 그래도……

'남녀칠세부동석이라던 사람은 대체 어딜 갔는지.'

한 방에 있는 것도 아득한데 어찌 같이 침수를 들 수 있냐며 울상이었던 사람이었는데. 하지만 그만큼 많이 놀랐고 자신이 편해졌다는 거겠지.

뭐, 아직 같이 '잔 적'은 없지만.

사실 하현도 스스로에게 놀라고 있었다. 여자와 이렇게 가까이에서 오래도록 이야기를 나눈 것도, 같이 지낸 것도 처음이었으니까.

'사람이 아니라서 그런가.'

그건 그거대로 더 문제일 것 같은데.

연화는 치료하느라 조용했고, 하현도 나름대로 깊은 생각에 잠겨 있느라 아무 말도 하지 않았다. 그래서 결과적으로 방 안에는 약을 바르는 묘한 소리밖에 들리지 않았고, 하현은 약을 잔뜩 묻힌 연화의 새끼손가락이 자신의 손바닥을 가로지른 상처 위를 가만가만히 지나가는 것을 보고 있다가 괜히 기분이 이상해져 버렸다.

뭔가 굉장히 야릇하고 민망한 기분이었다.

'그저 약을 바르는 것뿐인데.'

다 저 조심스러운 손길 때문이다. 게다가 영혼, 아니 영가, 아니 그래 그러니까 사람이 아닌 것에게 설레다니 굉장히 위험하잖아.

하현은 고개를 흔들었다. 만약 가주가 알았다면 네가 지금 제정신이냐고 호통을 쳤을 일이었다. 호통에서 그쳤을까, 뒤통수가 아릿해졌겠지.

'……그런데 가만.'

그러고 보니 인연이니 운명이니 이런 말을 한 건 다름 아닌 가주인데.

하현은 두통이 이는 것 같아서 고개를 다시 흔들었다. 그것을 보았을까, 손바닥 치료에 전념하던 연화가 눈을 깜빡이며 하현을 올려다보았고 하현은 저도 모르게 반사적으로 말했다.

“당신은 피가 무섭지 않습니까?”

아닌 게 아니라 아까 전에도 그가 칼로 손바닥을 그은 탓에 피가 낭자했고, 지금도 상처를 치료하면서 피와 상처를 노골적으로 봤을 것이었다.

곱게 자라서 좋은 것만 보았을 연화가 볼 만한 장면은 아닌 것 같아서 물어본 것이었는데 연화는 전혀 아무렇지 않다는 표정으로 고개를 저었다.

“괜찮습니다. 저 또한 피를 토하고 죽었는걸요.”

“…….”

참 여러모로 대꾸하기 어려운 대답이었다.

그래서 하현은 잠시 말을 잃고 있다가 연화를 슬쩍 바라보았다. 그녀가 그렇다고 말하지는 않았지만 어째 느낌이 약간……

“혹시 화났습니까?”

“소녀가 무에 화날 일이 있다고요.”

화난 것 같았기 때문이었다.

그리고 하현은 확신했다. 화난 것 맞네.

“얼굴에 화났다고 쓰여 있는데요.”

“소녀를 놀리지 마십시오, 감정이 어찌 얼굴에 쓰여집니까.”

"그럼 화난 건 맞나 봅니다?"

"……."

이런 쉬운 유도에 넘어오다니.

낚은 하현도 놀랐지만 낚인 연화도 황당한 모양이었다. 연화는 잠시 입술을 벌리고 있다가 떨떠름한 표정으로 자신의 치마를, 아니 그 위에 놓인 하현의 손을 내려다보았다.

언제 이렇게 곱게 붕대로 매어 두었는지 연화는 그 손을 가만히 내려다보고 있다가 약간 가라앉은 목소리로 말했다.

"소녀는, 솔직히 겁이 납니다."

겁이라고?

하현은 조용히 다음 말을 기다렸고, 연화는 잠시 망설이다가 말을 이었다.

"도령의 영력으로써 소녀가 도령께 몸을 의탁하게 되었음을 압니다."

의탁, 이라는 말이 조금 간지럽게 느껴졌지만 맞는 말이었다. 몸과 마음을 의지하게 된 거니까.

하현은 침묵으로 긍정했고, 연화는 그런 그를 잠시 바라보다가 시선을 돌렸다. 그리고 그녀가 새로이 바라보게 된 탁자 위에는 파가 놓여 있었다.

하현도 연화의 시선을 따라 파를 바라보았고, 그의 눈동자에 그 푸른 단검이 가득 들어찼다고 생각되었을 때 연화가 이어 말했다.

"한데 그것에 더하여 도령의 피로써 보호를 받게 되었습니다. 아니라고는 하지 마시어요, 아까 파에게 이르던 말씀을 모두 다 함께 들었으니."

하현은 살짝 후회했다. 그냥 연화가 없는 곳에서 해 버릴걸.

하지만 파에게 연화를 각인시켜 주기 위해 일부러 같이 있는 자리에서 했던 것이었다. 그리고 이미 저질러 버린 일, 시간을 되돌릴 수도 없는 일이었다.

하현은 또다시 침묵으로 긍정했고, 그가 두 번 다 긍정하자 연화의 표정이 이전보다 조금 더 어두워졌다.

시무룩한 연화를 향해 하현이 뭐라 말하려던 찰나, 잠시 망설이던 입술이 머뭇거리며 열렸다.

"또한…… 제가 이곳에 오기 전에 도령께서 기존에 하시던 일도 있을 터, 그것을 방해하는 것도 죄송스러운데 자꾸만 자꾸만 그 위에다가 빚을 얹는 것 같아 마음이 안 좋습니다. 점점 도령을 뵐 낯이 없어지고 있어요."

"……."

하현은 연화를 가만히 바라보았다. 그리고 슬쩍 눈을 감았다가 다시 떴다. 눈앞에는 분명 멀쩡한 여자 한 명이 앉아 있는데, 왠지 귀가 축 처진 새하얀 강아지 한 마리를 보는 것 같았기 때문이었다.

귀만 없었다뿐이지 시무룩하게 앉아 있는 모양이 영락없는 강아지 같아서 심각한 분위기인데도 불구하고 하마터면 웃음이 터질 뻔했다.

하지만 여기에서 웃어 버렸다가는 정말 지난번 얼음땡은 비교도 할 수 없이 단단히 토라질 게 분명해서 하현은 아주 간신히 웃음을 참고서 그녀를 바라보았다.

그가 이제까지 봐 온 연화는, 조금은 뻔뻔스러웠으면 좋겠다고 생각할 정도로 민폐를 끼치는 일에 극히 민감했다. 생전에 계속 숨을 죽이고 살아와서 그런 걸까.

'그러니까 내가 내치지를 못하는 거라고.'

내칠 방법도 없지만.

하현은 속으로 중얼거리면서 자신의 손을 내려다보았다. 파로 그은 손바닥은 거의 열 겹은 될 법한 붕대 아래 있었다. 연화가 거의 공을 만드는 것처럼 붕대로 그의 손을 둘둘 감아 버렸기 때문이었다.

이래서야 휴대폰도 못 들고, 펜도 못 들고, 당분간은 꼼짝없이 한 손으로만 살아야 할 판이지만 뭐라 할 수도 없고 풀 수도 없는 게 둘둘 감은 그 모양이 꼭 연화의 마음 같았다.

아프지 말아라, 닳지 말아라, 어서 나아라 겹겹이 둘러 묶은 게 보여서 하현은 말없이 붕대가 둘둘 감긴 반대쪽 제 손을 내려다보았다. 그리고 툭, 말이 나왔다.

"이건 당신 혼자만의 문제가 아닙니다."

"예?"

사실 하현도 확실히 말할 수는 없었다. 그저 짐작이었다. 하지만 가주에게 들은 사실이기도 했다. 그래서 하현은 이제껏 내내 속으로만 생각해 왔던 것을 처음으로 소리 내어 말해 보았다.

"그날, 당신이 날아온 밤은 제가 태어난 이래로 처음으로 신당을 홀로 지킨 밤이었습니다."

어느덧 연화는 고개를 들어 하현을 바라보고 있었고, 하현은 바닥에 흩어져 있는 약병들과 도구들을 습관적으로 정리하며 이어 말했다.

"저는 사실 이곳에 살지 않습니다. 제게 가업을 이어받으라고 강…… 권하시는 할머님을 피해 따로 방을 구해서 그곳에서 지냅니다. 제가 이곳에 온 것은 연초, 그러니까 1월 초에 본가에 들르라는 소환으로 온 것이었습니다. 당시만 해도 정말 잠깐, 인사만 잠깐 하고 바로 돌아가 볼 계획이었지요."

사실이었다. 항상 할머님을 뵙고 나면 늦은 밤 또는 새벽이 되기 일쑤였지만 그녀는 그에게 자고 가라고 권하지도 않았고, 하현 역시 하룻밤을 지내고 가는 게 마뜩잖아 언제나 그 새벽에 콜택시를 불러서 집으로 부득불 돌아가곤 했다. 그날도 그럴 거라고 생각했고.

"제가 이곳에 오면 듣는 말은 둘 중 하나였습니다. 이 가문의 대를 이을 사람은 저뿐이니 그만 반항하고 들어와서 신을 받으라는 것이었지요."

"그것은 도령의 뜻이 아니잖습니까. 한데 그렇게……."

"예, 이 가문은 조선 시대 이전 그 오랜 옛날부터 쭉 무가 쪽으로만 대를 이어 왔으니까요. 아마 국운을 점칠 수 있는 것은 이 나라에서는 할머님밖에는 없을 겁니다. 그러나 그분도 이제 슬슬 기력이 쇠해지고 계시니 저에게 그다음을 이으라고 성화이신 거지요."

이해했다. 가주의 마음도 이해했고, 저를 바라보는 가문의 시중인들과 수련생들, 그리고 '손님'들의 시선도 이해했다.

철이 없다고 생각하겠지, 이기적이라고 생각하겠지, 희생을 바라겠지. 하지만 하현은 생각했다. 내가 왜?

왜 무당 가문에서 태어났다는 이유 하나만으로 내 인생을 포기하고, 내 미래를 포기하고 내 의지와는 상관없는 일을 해야 하지?

그래서 거부했고, 반항했고, 도망갔다. 하지만 결국 이렇게 엮여져 들어와 있으니, 이것이 내 운명 또는 필연이라는 걸까.

하현은 얼핏 쓴웃음을 지으며 말을 이었다.

"그리고 다른 말은, 네가 이 가문을 잇지 않을 거면 며느리라도 무당인 아이로 들일 테니 선을 보라는 말이었습니다. 말도 안 되는 일이었지요."

하지만 연화는 고개를 갸웃했다.

"선…… 이라 하심은……."

그 말에 하현이 아차 한 표정을 지었다. 조선 시대에는 정략결혼이 일반적이었을 터, '선'이라는 개념을 잘 모를 수도 있었다. 하현은 새삼스럽게 그녀가 과거의 사람이라는 것을 실감했다.

"그, 이곳에서는 연애결혼이 보통입니다. 아무튼 제가 둘 다 거부하자 할머님께서는 제게 한 가지 내기를 하자고 하셨습니다. 신당에서 하룻밤만 아무 일 없이 잘 버티면 앞으로 다시는 제게 가업을 이으라는 말을 안 하겠다고 하셨지요. 그러나……"

"저를 만나셨지요."

"예."

아무 일 없기는 개뿔, 큰일이 일어나 버렸는데.

한편, 연화의 얼굴은 더욱더 시무룩해져 있었다.

"하면 어찌합니까. 제가 나타나서 도령이 더 난감해지신 것이온데."

아차, 그 말을 안 했구나.

"아니요."

하현은 급히 말을 이었다.

"할머님께서는 계속 말씀하시길 제 인연이 온다고 하셨습니다. 그리고 맞아 보라고 하셨지요."

아직도 생생했다. 어디 한번 피해 보거라, 혹은 보내 보거라, 가 아닌 '맞아 보거라.'

엄연히 다른 말뜻과 말투였다. 그때 알아봤어야 했다. 이미 판은 다 짜여져 있고, 자신은 그 위에 이미 진즉에 올라와 있었다는 것을 알아챘어야 했다. 하지만 결국 이렇게 엮여 버렸지.

하현은 얼핏 쓴웃음을 짓고 있다가 눈을 들어 연화를 바라보면서 똑똑히 말해 주었다.

"제가 말씀드리고자 하는 것은, 이것은 당신 혼자만의 문제가 아니라는 겁니다. 폐를 끼친다, 부담이 된다고 하지 말아 달라고 하는 겁니다. 당신이 계속 그렇게 말씀하시면 저도 미안해지니까요. 엄밀히 말하자면 당신이 가지 못하도록 묶은 건 저잖습니까."

그 말에 이제까지 가만히 고요히 듣던 연화의 얼굴이 갑자기 확 달아올랐다.

'묶었…….'

연화는 입속으로 따라 중얼거렸다가 입술을 꼭 깨물었다. 별거 아닌 말인데도 왜 이리 부끄러울까, 왜 이리…… 설렐까.

가지 못하도록 묶었다, 그리고 묶였다. 그것이 우연이 아니길 바랐다. 실수가 아니길 바랐다. 영영 묶여 있었으면 좋겠다고……

"그러나."

"……!"

연화는 생각에 잠겨 있다가 화들짝 놀라 파드득 고개를 들었다. 심장이 떨어진 것처럼 철렁했기 때문이었다.

하지만 그녀가 왜 그렇게 놀라는지 모를 하현은 의아한 표정으로 그녀를 바라보다가 연화가 어색하게 웃자 어깨를 으쓱이며 이어 말했다.

"계속 이렇게 가까이 묶여 있다면 당신도 저도 일상생활이 불가할 겁니다. 특히 저 같은 경우는 아까 당신이 말씀하신 것처럼 본업이 있거든요. 올해 말까지는 시험 준비에 박차를 가해야 해서…… 사실 시간이 좀 촉박하기는 합니다."

연화는 진지한 표정으로 고개를 끄덕였다. 역시 글을 공부하시는 선비님이셨구나.

"예도 과거가 있습니까?"

과거라니, 하현은 순간적으로 당황했다. 평소에는 평이하게 대화하다가도 가끔 이런 곳에서 다른 시대 사람이라는 것을 깨닫는다니까.

하현은 새삼스럽지만 시대 차이—세대 차이가 아니다—를 느끼면서 가능한 그녀가 쉽게 이해할 수 있는 말을 고민했다.

그리고 떠오른 것은 아득한 옛날, 그것도 케이블 방송에서 재방송으로 보여 주던 드라마였다. 감사합니다, 허준 선생님.

"그, 혹시 전의감이라든가 내의원, 혜민서라고 아십니까?"

연화의 표정이 단박에 달라졌다.

"알다마다요. 소녀도 아팠잖습니까, 의원님들을 모를 리가 없지요. 어머, 하면……."

연화의 눈이 이전에 비해 배로 반짝거리기 시작했다.

"의원이셨습니까?"

"그 시험을 공부 중입니다."

연화는 저도 모르게 두 손을 꼭 모아 쥐었다. 다음 세상에 태어나면 남을 살리는 사람이 되고 싶다고 생각했는데 세상에나, 그런 이를 이렇게 만나게 되다니 이것은 또 무슨 일일까.

연화는 하현을 똑바로 바라보았다. 그 시험을 잘 치러서 꼭 성공할 수 있도록, 하현이 의원이 될 수 있도록 전심으로 돕고 싶었다.

그녀가 하고 싶고, 또 그녀가 해야 할 일이었다. 그래서 연화는 진지한 표정으로 그를 바라보았다.

"하면, 무슨 방도라도 있습니까?"

연화의 표정만큼이나 하현의 표정이 진지해졌다. 그리고 그는 결연하게 말했다.

"저에게는 없지만 그분에게는 있을 겁니다."

연화가 올 것을 예측하고 이리 묶일 것 또한 예측한 사람. 바로 하현의 할머니이자, 이 무당 가문의 가주였다. 하현은 그녀가 해결 방법을 알고 있을 거라고 믿었다.

"모든 것을 예측하시고 내일을 오늘같이 보시니 방법 또한 알고 있으시겠지요."

두 사람의 눈동자가 똑같은 색을 담고 함께 빛났다.

* * *

하현은 어릴 적부터 모든 일을 스스로 해결하는 편이었다.

그 어떤 문제가 있더라도, 혼자 감당하기 어려운 일이더라도 주변 사람에게 폐를 끼치거나 손을 벌리느니 혼자서 끙끙거리며 어떻게든 풀어내곤 했다. 그 모양을 주변에선 안쓰럽게 생각하거나 혹은 못마땅하게 생각했지만.

그리고 이 앞에 앉아 있는 사람 같은 경우는, 후자였다. 이 사람은 언제나 하현의 단독 행동을 못마땅해 했고, 자신에게 조금은 기대길 은연중에 바라고 있었다. 물론 절대로 입 밖으로 꺼내지 않은 숨겨진 서툰 진심이었지만.

그래서 '그 사람', 가주는 지금 놀란 상태였다. 아니, 정확히 말하면 아주 조금은 놀랐고, 조금 더 당황스러웠고, 그보다 조금 더 재밌었다.

혹여 자신의 낯이라도 발견하면 어떡하나 하고 한 집 안에서 살 때마저도 매일같이 도망 다니던 그 정하현이가 아침 댓바람부터 자신을 찾아와 대뜸 두 무릎을 꿇고 있는 것이었다. 그게 어딜 보아도 도움을 요청하는 모양이라 가주는 내심 많이 놀라고 있었다.

그리고 단정하게 무릎을 꿇은 채로 한참을 앉아 있던 하현이 결심한 듯 드디어 가주를 똑바로 바라보았다.

"저 좀 도와주십시오."

가주의 눈이 가늘어졌다.

"도와 달라?"

그가 도움을 요청하길 바랐지만 이렇게 직설적으로 말할 줄은 몰랐는데.

하지만 이렇게 된 이유는, 그래, 저 아이 때문이겠지.

가주는 하현 곁에서 안절부절못하는 얼굴로 가지런히 두 손을 모으고 앉아 있는 연화를 바라보았다.

함께한 지 얼마나 되었다고 같이 앉은 자리가 저리 익숙한 모양이누. 그에 거울로 넘겨보던 얼굴에 흡족한 미소가 입가에 걸렸다.

"정확히 말해 보거라. 네 무엇을 도와 달라는 것이냐."

"그……."

말을 꺼내 놓고서 결연한 표정을 짓고 있던 하현의 얼굴이 순간 흔들렸다. 오자마자 쫓겨날 거라고 생각했고, 말을 꺼내자마자 일언지하에 거절당할 거라고 생각했다.

그래도 일단 급한 건 자신이니까 되든 안 되든 일단 질러 보자 하는 마음으로 왔는데, 상황이 제 생각과 전혀 다른 방향으로 전개되고 있었기 때문이었다. 하현은 놀란 토끼 눈으로 가주를 바라보았다.

"진짜 도와주시게요?"

"어디 말이라도 들어 보자꾸나."

"기력이라도 쇠해지셨습니까?"

"확인해 볼 겸 오랜만에 그 뒤통수 한번 맞아 볼 테냐?"

"……."

정말 한 마디를 져 주질 않는다. 애초에 져 줄 거라고도 생각하지 않았지만.

하지만, 그래, 이렇게 이야기를 들어 주는 것만으로도 놀라운 일이겠지.

하현은 그렇게 생각하며 연화를 살짝 바라보았다. 아니, 정확하게 말한다면 그의 시선이 닿은 것은 연화의 품 안에 들어 있는 도화 나무 단도였다.

“할머님께서도 알고 계시겠지만, 저는 신을 받지 않아 몸에 있는 영력이 전부입니다. 아, 물론 그렇다고 해서 받겠다고 하려는 거 아닙니다.”

“나는 아무 말 안 했다만.”

“……하여 그저 어깨너머로 배운 게 전부입니다. 그래서 이 사람과의 거리도 고작 10자 정도가 제 최대치이지요.”

‘아.’

그제야 연화의 눈이 알겠다는 양 느릿하게 깜빡였다.

아침, 아니 꼭두새벽부터 일어나서, 일어났으면 자기와 함께 어디 좀 가자며 팔을 끄는 통에 얼떨떨하게 끌려 어디를 가나 싶었는데, 맨 처음 이곳에 당도하여 하현을 만났던 그 방에 온 것이었다.

그리고 당시 하현이 앉아 있던 자리에는 이미 그들이 올 것을 예견하고 있었다는 듯 가주가 반듯하게 앉아 있었다. 하현이 가자는 대로 얼결에 오기는 했지만 안광이 훤히 빛나는 듯한 그녀의 기세에 눌려서 이제껏 하현 옆에서 이곳에를 왜 다시 왔을까 하고 고개를 갸웃갸웃하고 있었는데, 그제야 방금 하현이 한 말을 이해한 것이었다.

‘나와의 거리 때문에 이곳에 찾아오신 것이구나.’

그리고 그녀가 짐작한 것이 맞다고 긍정해 주는 것처럼 하현이 연화를 가만히 내려다보았다. 물론 다른 사람이 보았을 때에는 아무도 없는 빈 붉은 주단 방석 위를 바라보는 모양이겠으나.

하지만 연화도, 가주도 아무런 말도 하지 않았고 하현은 연화를 바라보다가 조용히 말했다.

"제가 이 사람 곁에서 항시 도울 수 있다면 좋겠지만…… 저는 아직 학업에 매인 몸입니다. 그리고 이미 알고 계시다시피, 이번 한 해는 제게 여러 의미로 중요한 해입니다. 전문의 시험도 있으니까요."

하현은 작게 한숨을 쉬었다.

그래, 그래서 고민 끝에 부득이 이곳을 찾아온 것이기도 했다.

크게 중요하지 않거나 대강 넘길 수 있는 일이라면 어떻게 해서든지 메우려고 노력해 보겠지만 당장 올 한 해는 하현 그에게도 여러 일이 많았다.

병원에 갈 일이 전보다 그다지 많지 않다 해도 아예 안 갈 수는 없는 노릇이었고, 무엇보다도 시험 준비가 급선무였다.

십여 년 넘게 이 한 길만 바라보고 달려왔는데 마지막까지 집중하고 싶었다. 그래서 도움을 요청하는 것이었다. 무슨 '도움'이냐 하면—

"하여 요청 드립니다. 이 사람이 혼자 설 수 있게 도와주십시오."

정확하게 말하면 '혼자 다닐 수 있게' 해 달라는 요청이었다.

그리고 연화도 그것은 찬성이었다. 매번 매 순간 하현과 함께 한다면 여러 불편이 있을 터, 그래도 함께 지낸 시간이 있다고 조금은 그 거리가 익숙해졌지만 분명히 불편이 있을 것이었다. 게다가…….

'전문의 시험도 있으니까요.'

그 시험은 어젯밤에 같이 이야기했던 그 의원 시험이겠지.

연화는 인정했다. 자신이 오기 이전에 하현의 일상이 있었고 생활이 있었을 터, 자신을 만난 것 때문에 그것이 어그러졌을 터였다.

'더 이상의 폐를 끼치면 안 돼.'

이미 일 년간 신세를 질 수밖에 없게 되어 버렸다. 그렇다면 도움이 되지는 못할망정 그에게 방해가 되고 싶지는 않았다. 절대로. 그래서 연화도 하현의 곁에서 고개를 분명히 끄덕였고, 날카로운 눈빛으로 둘의 표정을 보고 있던 가주는 천천히 턱을 쓰다듬었다.

"떨어지게 해 달라고."

"예."

"멀어지게 해 달라고."

하현은 순간적으로 대답하려다가 멈칫했다.

'떨어지게', '멀어지게'.

비슷한 단어와 문맥이었지만 뭔가가 좀 마음에 안 들었다. 그래서 하현은 그 말을 분명히 정정해서 대답했다.

"아예 분리해 달라는 말이 아닙니다. 좋든 싫든 이 사람과 저는 일 년 동안 보이지 않는 끈에 묶여 있다 하였으니 그 끈의 길이를 지금보다 조금만 더 길게 해 달라는 말입니다."

"그러냐? 그게 어째 떨어지기 싫다는 소리로 들린다마는."

좀 전의 날카로운 눈빛이 어디 갔냐는 듯 놀림 가득한 말에 하현은 입을 꾹 다물었고, 가주는 어찌할 바를 몰라 하며 둘을 번갈아 보는 연화에게 고개를 돌렸다.

"아가."

"예?"

깜짝이야.

연화는 자신에게 말을 걸 거라고는 전혀 생각하지 못한 터라 댕기 머리가 폴싹일 정도로 자리에서 움찔했다. 하지만 아쉽게도, 혹은 재밌게도 그 모습은 하현에게만 제대로 보였고, 가주는 텅 비어 있는 방석 위를 거울로 대강 가늠하여 보면서 연화에게 똑똑히 말했다.

"네가 무사할 수 있는 곳은 달 옆이란다. 외려 너는 낮에가 더 위험해요. 악령이라는 놈들은 도대체 낮밤을 가리지를 않아서 너를 노리는 것들이 낮이고 밤이고 상시 우글우글한단다. 하지만 밤에는 저 하늘에 달도 있구, 이 반달이도 있어서 너를 그나마 보호할 수가 있는 게야."

반달이라고?

연화는 고개를 갸웃거리며 하현을 바라보았다가 순간적으로 눈을 빠르게 깜빡였다. '하현'이라는 이름이 새삼스럽게 와 닿았기 때문이었다.

하현, 하현달. 활 모양의 현을 엎어 놓은 것 같은 그 모양을 말하는 것일까.

그리고 가주는 그녀의 짐작이 맞았다는 듯 고개를 끄덕이며 말을 이었다.

"하여 말하는 것이니 귀담아 잘 듣거라. 하현이 너도 잘 듣고."

된다, 안 된다로만 간단히 말할 줄 알았는데 무슨 서두가 이리 길까 하던 하현이 의아한 표정으로 고개를 끄덕였다. 그러자 가주가 천천히 두 손을 모으며 두 사람을 바라보았다.

"단도직입적으로 말하마. 내 너희를 묶고 있는 줄을 늘여 줄 수는 있단다. 하지만 모름지기 끈이라는 것은 늘일수록 얇고 약해지는 법, 그리된다면 서로에게 설사 무슨 일이 생기더라도 지금만큼 분명하고 쉽게 알아채지는 못할 것이야. 그리고 그것은 너, 꽃 아가에게 큰 위험을 초래할 수도 있단다."

연화는 그저 눈을 깜빡일 뿐이었지만 하현은 대번에 알아들었다.

그리고 그의 생각을 끊듯이 가주가 이어 말했다.

"그러니 명심해야 한다. 특히 아가 너는 낮에는 항시 이 집 안을 벗어나질 말거라. 다행히 내 얼마 전 한바탕 청소를 해 두어 심술궂은 것들은 죄다 쫓아내 버렸지만 간질간질 스멀스멀한 것들만 간혹 남아 있을 게다. 그래도 반드시 꼭 기억해야 할 것은, 혹여라도 누가 이 집 밖, 심지어는 저 앞마당에 서서 '아가, 이리 온나' 하고 달큰히 부른다 해도 절대로 가서는 안 된다는 것이야. 그것이 세상 고운 선녀 얼굴을 하고 있더라도 이 신당 주변에서, 아니 아예 저 대청마루 아래를 내려가지 말어. 으응?"

영을 두고서 간질간질, 스멀스멀이라고 하니 어울리지 않게 귀여운 느낌이 들었다. 하지만 그렇다면 지난번의 그 소름 끼치는 악령도 간질간질 스멀스멀 그 범주 안에 들어 있는 것일 터, 절대로 절대로 귀엽지도 간지럽지도 않았다.

그리고 그녀의 경고는 엄중하리만치 무거웠고, 거듭하여 강조하는 모양이 몹시 걱정스러워 보여 연화는 신중하게 고개를 끄덕였다. 그리고 그녀가 고개를 끄덕이자마자 가주가 이번에는 하현을 보며 말했다.

"그리고 하현이 너는 외출을 하더라도 해가 뜨기 전 새벽에라도 들어와서 이 아가 옆에 적어도 한 시진은 붙어 있거라. 그래야 아가가 달 기운을 조금이라도 받지."

하현도 고개를 끄덕였다. 아무리 바빠도 그 정도는 할 수 있을 거라고 생각했기 때문이었다. 그런데 달 기운이라면, 자신이 이 사람과 연결이 된 것이 우연이 아니라는 걸까?

"여쭤볼 게 있습니다."

"왜 달이냐는 것이겠지."

저 사람 눈에는 내 머릿속이 읽히고 있는 게 분명하다.

하현은 자신이 물어보려던 것을 고스란히 입술에 올린 가주에게 다른 말 없이 고개만 끄덕였고, 가주는 픽 웃으며 벽을 바라보았다. 하현과 연화도 고개를 돌린 그곳에는 달력이 걸려 있었다.

"너희가 만난 것은 달이 꽉 차는 날, 보름이니라. 그리고 아가, 아가가 숨이 끊긴 것은 그 하루 전날이지. 아가는 영으로서 완전할 뻔했으나 그 딱 하루가 부족하여 육신을 입지 못한 것이야."

연화가 고개를 갸웃했다. 영으로서 완전? 육신을 입지 못해? 어려운 말들이 너무 많았다.

그 모습을 가주는 보지 못했으나 하현은 똑똑히 볼 수 있었고, 자신 역시 궁금했던 터라 연화 대신—이라고 생각하며— 물어보았다.

"영이면 영이지, 영으로서 완전은 뭡니까?"

"지금 아가는 영이되 우리 산 사람처럼 고통을 느끼고, 피로를 느끼고, 희로애락을 느끼지. 만약에 아가가 완전한 영이었다면 산 사람처럼 모든 것을 다 느끼고 산 사람에게도 보이는 그런 상태였을 것이야. 하지만 지금 아가가 보이는 것은 오직 하현이 너뿐이다. 아무리 영력이 높은 나도 보이지 않아. 오직 계약을 한 상대에게만 보이는 것이지."

"만약에 보였더라면 여러모로 더 혼란스러웠을 것 같습니다만."

가주는 하현의 중얼거림에 짐짓 고개를 끄덕이며 말을 이었다.

"때문에 아가에게는 그 하룻날이 매우 귀하단다. 이리 하현이 곁에서 머무는 하루하루도 소중히 생각해야 해요, 네게는 일 년을 하루하루 까먹는 중일 터이니."

연화가 새삼스러운 표정으로 고개를 끄덕였다. 그녀 역시 달력을 보고 있는 중이었다.

그러고 보니 이곳에 당도한 지도 벌써 여러 날, 새로운 문물과 감정에 정신이 없었는데 실로 시간이 빠르게 흐른 것이다.

가주는 연화와 마찬가지로 생각에 잠겨 있는 하현을 바라보며 말했다.

"그러나 너희가 묶여 있다 해도 끈을 늘인 이상 위험에 노출될 일이 많아질 게야. 이전에도 말했지만 아가 너는 너무나 희고 완전할 뻔한 영이기 때문에 너를 노리는 것들이 아주 많을 거란다. 그러니 명심하거라. 절대로 떨어지지 말거라, 멀어지지를 말아. 둘 다 알겠느냐?"

"예."

하현과 연화 둘 다 진지한 표정으로 고개를 끄덕였다.

그리고 특히 하현은 기분이 조금 묘했다. 자신과 연화가 엮인 것이 그저 우연이라고만 생각하고 있었는데 마냥 우연은 아닌 것 같았기 때문이었다.

그리고 자신이 있어야 연화가 안전해지다니……. 왠지 모르게 심장이 빠근한 기분이었다. 이게 무슨 감정인지 잘 모르겠지만 뿌듯하고 간지럽고 묘한 기분이었다.

그 생경한 감정에 눈을 깜빡이던 하현은 자신을 빤히 바라보는 가주의 시선을 느끼고 그녀를 바라보았다. 그리고 곧바로 "감사합니다."라고 반사적으로 인사했다.

생각해 보니까 가장 중요한 것, 이곳에 온 목적이 해결이 되었기 때문이었다.

'진짜 이게 웬일이래.'

아닌 게 아니라, 이렇게 해결될 거라고는 전혀 생각지도 못했는데 생각과 달리 이리 수월하게 해결되어서 얼떨떨할 정도였다. 꼼짝없이 연화와 함께 병원을 돌아다니겠구나, 라고 생각했는데.

하현은 진심으로 그녀에게 감사하다고 재차 인사하며 자리에서 일어났고, 가주는 되었다는 듯 무심하게 고개를 돌리며 치맛자락을 정리했다.

그리고 연화는 곧장 일어나는 그를 따라 조심스레 일어나려다가 멈칫했다. 신당을 나서려는 순간, 가주가 흘리듯 작게 무슨 말을 중얼거렸기 때문이었다.

"……을 조심해야지."

"예?"

방금 무언가를 들은 것 같은데.

하지만 가주의 입은 단단히 다물어져 있었고, 연화는 곧 몸이 핑, 당겨지는 것 같은 것을 느끼고 급히 하현의 뒤를 쫓았다.

아무래도, 아직은 끈이 늘어나지 않은 모양이었다.

지이이잉—

몇 번인지도 모를 연속된 진동 소리에 하현은 한숨을 삼켰다. 차마 무음으로는 해 놓지 못해서 진동으로 해 놓았는데 이렇게 거슬리는 건 또 오랜만이었다.

아마 장소가 장소고, 상황이 상황인지라 신경이 예민해져 있기 때문이겠지.

하현은 바지 뒷주머니에서 계속해서 울리고 있는 휴대폰을 꺼내서 화면을 확인해 보았다. 노란 메시지들이 화면에 가득 차 있었고, 몇 통의 부재중 전화도 떠 있었다. 그리고 메시지들 중에서 가장 최근에 온 문장을 빠르게 읽은 그의 입에서 결국 한숨이 길게 흘러나왔다.

<선배님, 긴급입니다. 교수님께서 부르세요.>

"끙."

하현은 인상을 찡그렸다.

아까부터 계속 뒷주머니에서 휴대폰이 웅웅거리길래 무슨 일이 생겼구나, 하고 짐작은 했지만 연화와 가주 앞에서 다른 내색을 할 수가 없어 담담하게 있었다.

하지만 내심 초조했다. 지난 며칠 동안 연화에게 신경 쓰느라 다른 곳에 소홀했기 때문이었다.

학업에도, 연구에도. 그래서 오늘만큼은 무슨 일이 있어도 외부에 꼭 다녀와야 했다. 교수님과 면담도 있었고, 그 외에도 처리해야 할 문제가 좀 있었기 때문이었다.

그 이유로 오늘 이렇게 맘 잡고 가주를 뵈러 온 것이기도 하고.

'정말…… 다행이네.'

하현은 새삼스럽지만 일이 해결되어 정말 다행이라고 생각하면서 고개를 돌렸다. 이미 익숙해진 거리, 고개를 돌리면 눈이 마주치는 거리에 있는 사람을 바라보았다. 그리고 이제는 제법 익숙해진 새까만 구슬 두 개와 마주했다.

연화도 이미 알고 있었다. 아까부터 계속 시끄럽게 방을 울리던 진동, 그것이 무엇인지는 아직 확실히는 몰랐지만 그로 인해 새삼 이 사람이 바쁘다는 것도, 그리고 무언가 큰일이 생겼다는 것도 알았다.

그래서 연화는 하현이 말하기 전에 쉬이 고개를 끄덕이며 말했다.

"진정 다행입니다."

"뭐가요?"

밑도 끝도 없이 갑자기 다행이라니?

하현이 고개를 갸웃하자 연화가 맑게 웃음 지었다.

"다행이잖습니까. 만약 아직까지 우리가 가깝게 묶여 있었다면 저를 어째야 할지 난감하셨을 터, 이제는 끈이 길어져 괜찮을 터이니 어서 다녀오세요. 급한 일로 보이시던데."

"……."

눈치가 빠르다고 해야 할지 뭐라고 해야 할지. 하현은 순간적으로 할 말을 잃었다.

솔직히 말해서, 지금 이 상황은 두 사람 모두에게 달갑지 않은 상황이었다. 전문의 시험 준비로 한창 바쁜 상황인 하현에게 연화가 묶인 것도, 그렇게 매인 연화에게 일 년이라는 기한 내에 하늘에서 내린 시험을 해결해야 하는 것도. 두 사람이 예측한 것도, 계획한 것도 아닌 정말 예상 밖의 일이었다.

그래서 조금은 답답하고 어이없고 막막하고 화가 나기도 하는 상황인데 이 사람은 도대체 어떻게 이렇게 침착할까. 잘못했다가는 다른 곳도 아닌 하늘의 벌을 받을지도 모르는데.

'걱정이 많을 텐데 또 속으로 삭이는 건가.'

하현은 기분이 가라앉는 걸 느꼈다. 평생을 삭혀 왔는데 이렇게 돼서까지 자기감정을 누르는 게 영 마땅치 않았다.

태어난 이래로 모든 것을 처음 겪는 연화라 태연이 아니라 초월 상태인 모습이었지만, 그것을 하현이 알 리가 없었다. 그래서 하현은 천천히 고개를 끄덕이며 그녀에게서 시선을 돌렸다.

"예. 좀 급한 일이 있어서…… 빨리 다녀오겠습니다."

"무슨 일인지는 모르겠사오나 급히 서두르지 마시고 천천히 다녀오세요. 예서 얌전히 기다리고 있겠습니다."

엷은 웃음기 어린 목소리에 재차 선선히 고개를 끄덕이던 하현은 문득 서로의 대화가 약간 묘하다고 생각했다.

'이건 무슨 신혼부부 같은 대화잖아.'

연화는 말하면서 무슨 생각을 했을까.

하현은 스스로 생각하기에도 어이가 없어서 픽 웃으며 무심코 하늘을 바라보다 급히 휴대폰을 내려다보았다. 벌써 해가 높이 걸려 있었다.

'벌써?'

아니, 이 안에서는 시간이 몇 배 속으로 가나, 휴대폰 시계를 보니 벌써 3시가 다 되어 가고 있었다.

하지만 하늘에 떠 있는 태양을 보니 또 떠오르는 목소리가 있어서 하현은 마음이 급해지는 와중에도 고개를 돌려 뒤를 돌아보았다.

그곳에는 아까 그 모습 그대로 그밖에 보지 못하는 소녀, 연화가 서 있었고 순간 하현은 뭐라도 말해야 할 것 같은 기분이 들었다.

"그분의 말씀은 단 적도 없지만 틀린 적도 없습니다. 아까 하신 말씀도 필시 무슨 이유가 있어서 하셨을 테니 오늘은 꼭 이 안에만 계십시오. 가능한……."

일찍 오겠습니다, 라고 하려던 입술이 순간 멎었다.

항상 새벽녘에 들어오곤 했던 그의 기준의 일찍과 내내 방 안에만 있던 연화의 기준의 일찍은 분명 다를 것이기 때문이었다.

하현은 시간을 가늠해 보았다. 교수님도 만나야 하고 의국에도 들러야 하고…… 하현의 머릿속으로 몇 명의 얼굴이 스쳐 지나갔고, 그의 얼굴에도 낭패의 기색이 스쳤다.

아무리 서둘러도, 못해도 여덟 시쯤이었다. 가뜩이나 해가 짧은 계절인데 그 시간이면 해가 져도 한참이나 진 시간인 것이다.

하현은 스케줄을 줄일 수 없나 잠시 고민하다가 다른 방법을 쓰기로 했다. 웬만해선 나 혼자 해결하고 싶었지만,

'어쩔 수 없지.'

그 방법밖에는 없는 것 같으니.

하현은 잠시 고민에 빠졌다가 결심한 듯 발걸음을 돌려 연화에게로 가까이 갔다. 그러자 대문 그 붉은 나뭇단 앞에서 발 장난을 하던 연화의 눈이 동그랗게 커졌다.

"도령?"

"이 집안에서 제가 유일하게 믿고 아끼는 사람이 있습니다."

아끼는 사람이라고?

연화의 표정이 더욱더 알 수 없어졌다. 갑자기 그게 무슨 말일까?

"그게 무슨……."

하지만 하현은 더 이상 말하지 않고 그녀에게 손짓을 하면서 몸을 돌렸고, 이제 더 이상 핑 하고 몸이 당겨지지 않음에도 연

화는 바삐 그 뒤를 쫓았다. 당겨지지 않아서 아쉽다고 하면, 나 너무 어리광을 부리는 것일까.

한편, 그녀의 생각을 전혀 모를 하현은 휴대폰 시계를 초조하게 보면서도 연화의 느린 보폭에 걸음을 맞추어 주었다.

"저의 비밀도 모두 다 말할 수 있고 어려운 부탁도 할 수 있는 사람이지요. 이리로."

그리고 하현은 휴대폰의 시계를 흘끗 보고서 다시 바지 주머니에 넣었다. 잔소리를 좀 많이 듣겠지만 이 찜찜한 마음 상태로 가는 것보다는 나았다. 그랬다간 종일 집중할 수 없을 테니까.

'그리고 어차피 늦은 것, 그리고 늦게 돌아올 것이니 조금 더 지체해도 되겠지.'

하현은 대충 그렇게 생각하고서 흘끗 아래를 바라보았다.

넓고 좁았던 두 사람의 보폭이 한 사람에 맞춰져서 일정해지기 시작했고, 하현은 혹여나 뒤처질까 자신의 곁에서 부지런히 발걸음을 옮기는 연화의 동글하고 새까만 머리를 내려다보며 말했다.

"지금 우리는 수련장으로 가고 있습니다. 할머님께서 당대 최고의 무당이라는 이유도 있고, 여러 가지 다른 사정 때문에 이곳에서 지내고 있는 사람들이 좀 여럿 있습니다. 그리고 제가 말한 녀석의 이름은 은미르입니다. 아시는지 모르겠지만 미르는 용이라는 뜻이고, 그 녀석은 이곳에서 수련한 지 십 년이 넘었습니다. 거의 제 친동생 같은 녀석이지요."

하현의 곁에서 걷던 연화의 표정이 의아해졌다.

"수련이라 함은……."

"미르 역시 저처럼 신을 받지는 않았으나 날 때부터 영 능력을 타고 나서 그것을 제어하는 법을 공부하는 중에 있습니다. 그리고 녀석이라면 당신께 도움이 될지언정 방해가 되지는 않을 겁니다."

그제야 연화의 얼굴에 대강 알겠다는 표정이 떠올랐다. 하지만 또다시 걱정이 된 것은,

"하나…… 그분이 이 상황을 믿어 줄까요?"

그 사람은 자신을 보지 못할 것인데 믿어 주겠냐는 우려였다.

이 나라에서 실력과 신력이 가장 높다고 한 가주마저도 자신을 보려면 그 거울로 가까이 들여다보아야만 했다. 그렇다면 다른 이의 눈에는 아예 보이지도 않을 터, 그 말을 믿겠냐는 말이었지만 하현은 그저 미미하게 웃기만 했다.

그리고 길모퉁이를 돌아 수련장의 넓은 공터가 나타난 순간, 입가에 걸려 있던 하현의 미소가 진해졌다.

"어, 형? 이게 웬 꽃향기예요?"

역시, 녀석이라니까.

하현은 골목을 꺾자마자 그린 듯이 나타난 남자의 머리를 익숙한 양 쓱쓱 쓰다듬었고, 연화는 그 모습에 이 사람이 좀 전까지 거론되던 그 사람임을 짐작했다.

"하현이 형?"

약간 의아한 듯한 청량한 목소리의 주인은 하현이 말한 동생, 미르였다.

* * *

지금 상황은 굉장히 묘했다.

하현과 연화가 나란히 서 있었고 그 맞은편, 그러니까 연화와 하현의 정확한 중앙 맞은편에 미르가 서 있는 상황이었다. 그리고 미르는 두리번거리면서 주위를 이리저리 둘러보고 있었고, 그 모양이 뭔가 우스워 보여서 하현은 슬쩍 그를 놀려 보았다.

"응? 향기라니?"

그러면서 "당신한테 꽃 향이 난답니다."라고 작게 중얼거려 연화가 작게 웃었다. 하지만 그것을 눈치채지 못한 듯 미르는 연신 고개를 갸웃거리면서 주위를 살펴보았다.

"진짜예요. 형이 오고 있는 건 아까부터 진즉에 알고 있었거든요, 형의 그 기운은 절대로 무시할 수가 없으니까. 그래서 '어, 우리 형이 이 시간에 여긴 웬일이지' 싶어서 마중 나가고 있었던 거구요. 근데 형이 저 건물 모퉁이를 딱 돌아오자마자 복숭아꽃 냄새가 확 났어요. 지금도 나고 있구요……. 어, 형, 여기요!"

그러면서 연신 허공의 내음을 맡던 미르는 여기에서 진하게 난다며 한 자리에서 깊게 숨을 들이마셨고, 당연하게도 그의 바로 앞에 서 있던 연화는 어디로 피하지도 못하고 난감한 표정으로 하현을 올려다보았다.

이런 상황이 올 줄은 몰랐던 듯 작은 얼굴이 당혹스러운 표정과 함께 잔뜩 붉어져 있었다. 그도 그럴 게, 미르가 그녀의 얼굴 가까이에 코를 대고 있었기 때문이었다.—당연히 닿지는 않겠지만— 그 거리가 입술이 닿을 만치 가까워서 하현은 저도 모르게 미르의 가슴을 탁 밀었고, 미르는 영문도 모르는 표정으로 조금 뒤로 밀려났다.

"형?"

자신을 갑자기 왜 밀었느냐는 것이었지만 하현도 뭐라 말할 수 없었다. 그가 연화의 뺨에 입을 맞출 것처럼 가까이 와 있는 모습을 본 순간 마음이 조금 불편했다. 그래서 진짜로 입술이 닿을 것 같은 그 순간 저도 모르게 미르의 몸을 밀어 버린 것이었다.

하지만 아무것도 모를 미르는 큰 송아지 같은 눈을 깜빡이고만 있었고, 하현은 최대한 아무렇지 않은 표정으로 그를 바라보았다. 왜인지 모르겠지만 연화를 쳐다보기가 민망했다.

"흠, 그 미르야, 넌 영이 향으로 맡아진다고 했지?"

미르는 순순히 고개를 끄덕이다가 설마 하는 표정으로 홱 고개를 들어 하현을 바라보았다.

"설마 형한테 붙은 거예요?"

딱히 붙었다…… 라고 하기에는 좀 애매한데. 하지만 그 말이 틀린 것도 아니어서 하현은 작게 고개를 끄덕였고, 미르는 '주여' 나지막하게 중얼거리고서 황당한 표정으로 하현을 바라보았다.

"아니 대체 언제요? 얼마 전에 들어올 때만 해도 그냥 몸에 묻어서 난 냄새였지, 이렇게 심하진 않았다고요. 지금도 계속 꽃향기가 짙게 나서 한번 말해 본 건데, 세상에 진짜였을 줄이야. 근데 대체 어떤 놈이래요? 웬만한 영들은 왔다가도 금방 깨갱 물러나는데 형한테 붙어 있을 정도면 진짜 여러모로 센 놈인가 보다. 아니다, 꽃향기니까 여자 영가려나?"

형한테 반하면 곤란한데, 하면서 중얼거리는 게 농담 같지 않게 심각해 보여서 하현은 그의 이마를 손가락으로 가볍게 콩, 쳤다.

"아야!"

"여자 맞다, 이 용 녀석아."

"여자가 맞…… 형?"

가주님께서는 이 상황을 알고 계시냐며 연거푸 튀어나오는 기겁한 목소리에 하현은 고개를 끄덕였다.

'알고 있기만 하겠냐, 이 사태와 무대를 계획한 게 그 사람인데.'

하현은 속으로 중얼거리면서 시계를 보았다. 이제 슬슬 출발해야만 했다.

"이름은 서연화, 조선 시대 사대부 호조판서 댁 아가씨로 우리 같은 놈들은 얼굴도 마주하지 못했을 분이시다."

"……판사요?"

"판서."

어째 한 치의 오차도 없이 자신과 똑같은 반응을 보이는지.

하지만 그 모양이 재미났는지 연화가 작게 웃고 있었다.

"과연 친형제처럼 친하다는 말이 맞나 봅니다."

그게 결코 틀린 말이 아니라서 하현 역시 그냥 웃고 말았다. 하지만 유일하게 웃지 못하는 사람이 있었으니, 아닌 밤에 홍두깨 같은 소리를 들어 버린 미르였다. 미르는 이 상황이 전혀 이해가 되지 않는 가련한 모습이었다.

"형, 형 잠시만요. 호조판서의 아가씨가 영가라고요? 그럼 할머니 아니에요? 완전완전 꼬부랑 쭈글쭈글 할머니 조상님일 텐데?"

저 입을 대체 어찌하면 좋을까.

좀 전까지만 해도 생글생글 웃고 있던 연화는 '꼬부랑', '쭈글쭈글', '할머니 조상님' 이라는 세 마디 말에 몹시 시무룩해져 버렸고, 그 모습을 본 하현은 그만 제 머리를 감싸 쥐고 싶어져 버렸다.

그리고 이 사태는 전혀 모를 미르는 그런 하현의 모습에 고개를 갸웃거리기만 했다.

"형?"

"……너 아가씨라는 말뜻 모르냐, 우리 또래라고."

"와."

와, 라니 반응은 또 저게 뭐야.

하지만 미르는 좀 전과는 다른 반응을 보이기 시작했다. 놀리기라도 하듯이 하현을 바라보았기 때문이었다. 마치 '얼레리꼴레리'하며 놀리는 것 같은 표정에 하현이 뚱하게 그를 바라보았다.

"뭐."

"예뻐요?"

"뭐?"

"아니이, 여자에다가 우리 또래라면서. 향이 이렇게 좋은 걸 보니 심성도 착한 것 같구만."

그래, 그 심성이 너무나도 착해서 문제지.

하현은 속으로 중얼거리면서 미르를 어이없이 바라보았다.

"그래서 뭐, 영이랑 엮어 볼라고? 왜 너도나도 나랑 영가를 잇지 못해서 난리냐?"

"형이 여자를 너무 안 데리고 오니까 그렇죠. 나라고 오죽하면…… 잠깐. 너도나도요? 또 누가 영혼결혼식 하재요? 아니면 이번에도 무…… 읍!"

저 입을 진짜 막을 때가 곧 올 것만 같은데.

하현은 저를 빤히 바라보는 연화를 애써 모른 척하면서 시선을 돌렸다. 이유는 잘 모르겠지만 연화 앞에서는 선이라든가 그런 말이 나오는 게 싫었다. 왠지, 이야기하고 싶지 않았다.

한편, 또 영문도 모르고 입이 콱 막혀 버린 미르는 하현의 손아귀에서 한참이나 버둥거렸고, 생존을 위한 필사적인 몸부림으로 아주 간신히 풀려났다.

"혀엉, 나 이번엔 진짜 요단강 건널……"

"그래서 하는 말인데, 부탁 좀 하자. 오늘 하루 이이를 좀 부탁한다."

강을 건너느니 마느니 투정을 부리던 미르가 그대로 굳어졌다. 누구를, 부탁한다고?

하지만 하현은 진지한 표정으로 곧게 서 있었고, 미르는 천천히 그를 바라보았다. 여느 때보다도 똑바른 그 모습에 미르의 입가에 올라와 있던 장난스러운 미소가 점점 옅어져 가다가 이내 싹 사라졌다. 미소가 사라진 그 얼굴은 좀 전과 아주 달리 서늘함 그 자체였다.

"무엇으로부터?"

이제야 제대로 좀 이야기할 수 있을 것 같은데.

하현은 속으로 중얼거리고서 자신의 오른쪽에 서 있는 연화를 내려다보았다. 연화 역시 바뀐 분위기를 알아채었는지 조금 불안한 표정이었고, 하현은 그녀에게 괜찮다는 듯 고개를 끄덕이며 미르를 바라보았다.

"가주께서 말씀하시길, 이 영은 혼이 너무나도 맑아서 악령들이 노릴 거라고 했다. 평소 같으면 내가 옆에서 지키겠지만 오늘은 나도 일이 있어서 밤에나 돌아올 거야. 그러니까."

하현은 말을 끊었고, 미르는 곧장 입을 열려다가 하현의 표정을 보고서 말이 목 끝까지 올라왔다는 표정으로 고개를 끄덕였다. 그러자 하현이 이어 말했다.

"오늘 밤, 내가 돌아오기 전까지만 이이를 지켜 줘. 부탁한다."

하현의 마지막 말에 미르는 한동안 입을 다물었다. 하지만 하현은 더 이상의 말을 하지 않았고, 재촉을 하거나 아무런 표정도 보이지 않았다.

그리고 오히려 연화가 이미 한참이나 지나 버린 그의 출발 시간을 걱정할 즈음에야 미르의 입술이 떨어졌다.

"……물어보고 싶은 게 아주 많지만 지금은 형이 좀 급해 보이니까 일단 밤으로 미루죠."

그제야 하현의 입가에 옅은 미소가 올라왔다. 어쨌거나 지금은 돕겠다는 말이었기 때문이었다. 기특한 녀석 같으니.

"고맙다."

"하지만 형, 오늘은 매너 모드 풀어 놓으세요. 비상시 바로 알아야 하니까요."

하현은 다시 평소처럼 순진하게 웃고 있는 미르의 머리를 가볍게 쓰다듬으면서 고개를 끄덕였다.

"그래, 부탁할게."

하현은 그제야 발걸음도 가볍게 붉은 대문을 나섰고, 그의 등을 산 사람과 숨이 멈춘 사람이 나란히 서서 배웅했다.

그러나 부탁을 한 사람도, 요청받은 사람도, 지킴받을 사람도, 심지어는 가주까지도 까맣게 모르는 사실은 이미 연화의 존재가 악령들 사이에 파다히 알려졌다는 것이었다.

스으으으.

그리고 그 사실은 하현이 대문을 넘은 순간, 붉은 파도가 되어 물밀 듯 밀려왔다. 수많은 악령이 부적과 금줄, 신력 때문에 차마 벽을 넘어오지는 못하고 높은 담벼락 한가득 우글우글하게 달라붙었다.

그리고 그와 거의 동시에 미르가 코를 콱 쥐고서 몇 걸음 뒤로 물러났다. 순식간에 차마 말로 표현할 수 없는 악취가 밀려들었기 때문이었다.

"윽……!"

보이지 않지만 맡을 수 있었다. 후각으로 느껴졌다. 수 없이 많은 종류의 온갖 악취들이 사방에 가득했다. 냄새가 이렇게 짙다는 것은 그만큼 많은 수가 있다는 것이고, 그만큼 고약한 놈들이라는 것이겠지.

그리고…… 그만큼 이 영가가 진정 위험한 상황이라는 것이고.

새삼스럽게 닿아 오는 하현의 당부에 미르는 굳은 표정으로 옆을 돌아보았다. 지금 그나마 자신이 숨을 쉴 수 있는 것은 이 곁에서 은은하게 풍기는 복숭아꽃 향기 덕분이었다.

미르는 잔뜩 긴장한 표정으로 벽을 바라보며 낮게 말했다.

"조상님이라고 하니까 일단 반말은 못 하겠고요, 급하니까 빨리 말할게요. 난 당신이 안 보입니다. 대신 향으로 맡을 수가 있어요. 그리고 저 앞에는 지금 악취가 우글거리고 있습니다. 부적이랑 힘으로 간신히 막고 있지만 수가 워낙에 많아서 다막……."

미르의 표정이 창백해졌다. 좀 전보다도 악취가 더 진해졌기 때문이었다.

하현과 떨어지자마자 이런 꼴이라니, 하현이 이 영가를 보호하고 지켜 준 것을 넘어 그동안 '감춰 왔던' 것일까? 미르는 입술을 깨물면서 이어 말했다.

"신당, 알죠?"

연화도 뭔가가 이상하다는 사실을 느끼고 있었다. 사방을 두르고 있던 공기가 점점 무거워졌다. 마치 뭔가가 자신을 끌어당기듯이, 하현과 매어져 있을 때랑은 다른 느낌으로 몸이 팽팽해지는 느낌이 들었다.

그래서 연화는 그 기묘한 느낌을 스스로 짚어 보느라 미르의 말을 제대로 듣지 못했고, 미르는 재차 재촉하며 그녀를 바라보았다.

"그, 가주 어르신의 방이요! 알죠?"

말을 못 들으니 어떻게 대답을 해야 할까.

연화는 "예."라고 하면서 그의 코앞에서 있는 힘껏 고개를 끄덕였고, 댕기머리가 위아래로 힘차게 팔랑거리고 나자 그것이 전해졌는지 미르가 고개를 끄덕이며 말했다.

"다행이네요. 그곳은 이 집 안에서 가장 완전한 정화 구역입니다. 제가 셋을 세면 그곳으로 곧바로 뛰어가세요. 셉니다. 하나 —"

미르는 숨을 골랐다.

코를 찌르는 악취 때문에 숨을 제대로 쉴 수가 없었다. 아니, 머리마저도 띵하고 지끈지끈했다.

"둘."

그래서 숨을 크게 들이마시려는 찰나, 머리가 깨질 것처럼 아파 왔다. 코끝을 스치는 지독한 악취 때문이었다. 그리고 미르의 얼굴이 삽시간에 창백하게 질렸다. 갑자기 이렇게 지척에서 가까이 맡아진다는 것은—

"셋!"

악령이, 넘어왔다는 말이었다.

그리고 그와 동시에 하현의 방 안이 푸르게 물들었다. 푸른빛은 마치 비명을 지르는 것처럼 갈래갈래 뻗어 나왔고 잠시 후, 검날의 모양으로 얇게 뚫려 있던 창호지의 정확히 같은 그 자리가 팍, 날카로운 소리와 함께 이전보다 좀 더 크게 찢어졌다.

빛의 속도와 같이 빠르게 바람을 내지르며 가는 것은 푸른 단검이었다. '파'가 바람 그 중앙에서 쏘아지듯이 급히 날아가고 있었다. 물론 목적지는 연화의 곁이었다.

* * *

"후우."

이거, 꽤 힘드네.

미르는 작게 중얼거리며 숨을 재차 깊이 몰아쉬었다.

자신의 능력에 불평을 한 적도 없고 왜 이런 능력을 제게 주었냐고 하늘을 원망한 적도 없었다.

사실, 솔직히 많이 아팠고, 그보다 많이 힘들었고, 그 둘을 더한 것보다 괴로웠다. 아무도 자신의 말을 믿지 않았고 미친 사람 취급을 받기도 했고, 따돌림을 받은 것은 예삿일이었다.

하지만 그 무엇보다 무서웠던 것은 사회에서 배제되는 것, 그리고 그보다도 두려웠던 것은 가족에게서 버림받는 것이었다.

그러나 가족은 자신을 믿어 주었고, 미르도 스스로를 믿었다. 그리고 그저 이것이 제 팔자려니, 이것이 자신의 운명이려니 하고 생각하고 더 몸에 익히고자 수련을 택했다.

스스로 말하기 좀 그렇지만 미르 자신은 그런 긍정적인 사람이었고, 나름대로 성격 좋은 사람이라고 자부했다. 그래, 여기서는 '이었다'라는 말이 중요했다. 과거니까.

'아무리 흉한 꼴이라도 차라리 보이는 게 낫겠다, 진짜.'

아닌 말이 아니라, 가뜩이나 후각이 예민한데 지금은 진짜 냄새 때문에 미쳐 버릴 지경이었다. 세상에서 가장 존경하고 사랑하는 사람이 도와 달라고, 잠시만 지켜 달라고 해서 선뜻 고개를 끄덕인 게 이렇게 되다니…….

생전 듣도 보도 못한 괴이한 악취가 주위에서 진동해서 정말이지 코를 잘라 내 버리고 싶었다. 하지만 절대로 그럴 수는 없지.

미르는 어깨 너머를 눈으로만 흘끗 바라보았다.

'이쯤이면 되었으려나.'

모습은 잘 안 보여도 향기만큼은 진짜 끝내줬는데. 그 복숭아꽃 향기를 맡으면 지금 맡고 있는 이 악취들을 다 잊을 수 있을 것만 같았다. 정화라고 해야 하나.

……영가에게 내가 뭐라는 거야. 미르는 픽 웃으며 고개를 슬쩍 저었다.

'안으로 들어가라고, 있는 힘껏 달려가라고 말했으니까 지금쯤 한참 안으로 가시는 중이겠지.'

복숭아꽃 그 내음이 빠르게 멀어졌으니 있는 힘껏 달려간 게 분명했다. 미르는 코를 찡긋이며 입으로 숨을 쉬었다.

그 꽃이 실제로 저 가지에 피어나려면 한참이나 봄이 내려야 할 텐데 하현이 형은 좋기도 하겠네. 나중에 그 영가 아가씨 예쁘냐고 제대로 물어봐야지, 미르는 생각하며 후 숨을 내쉬었다.

'하면, 나는 계속 이분들이나 막아 볼까.'

미르는 다시 고개를 앞으로 돌리고 시선을 허공에 고정했다.

보이지는 않아도, 너무나도 잘 맡아진다니까. 다아 여기 있는 줄 아니까 서로 피차간에 숨지 맙시다, 좀.

"어디 보자……."

미르는 머리를 긁적거리면서 발치에 있던 돌멩이를 툭 차 냈다. 데구루루, 앞으로 굴러간 돌이 건장한 나무에 맞고 튕겨져 나왔고, 그것을 보며 미르가 또렷하게 말했다.

"당신들도 진짜 고집 셉니다. 결계로 다 막아 놨는데 굳이 그걸 왜 뚫습니까?"

이곳에 두루 있는 붉은 적송들도 결계고, 저 앞에 연못도 결계이며, 아니 그냥 이 집 전체가 결계였다. 게다가 얼마 전에 가주께서 집 담장을 두루 다니시면서 무언가 제를 올리신 것을 모르는 미르가 아니었다.

당시에는 연초니까 지나간 일 년과 다가올 한 해를 기리며 점검을 하시는 것이려니 하고 생각했는데 역시 그분께는 자신이 모르는 큰 뜻이 있었던 것이다.

그리고 그 덕분에 연화가 도망할 수 있는 약간의 시간이 생긴 것이고. 진짜 빅 픽처라니까.

그 몇 중의 결계를 거치면서 여기까지 왔을 테니 아마 놈들에게는 이곳까지 들어온 것만으로도 상당한 타격이 있을 터였다.

거기까지 생각이 미친 미르의 눈이 조금 가라앉았다.

'그만큼 저 영가 아가씨가 놈들에게 필요하다는 말이고, 그만큼 위험한 상황에 놓였다는 말이겠지.'

미르는 속으로 고개를 끄덕이며 천천히 팔짱을 꼈다.

"어차피 여기까지 들어오시느라고 많이들 지쳤을 거 아닙니까. 그러니까 이쯤 하시죠. 저도 업 쌓기 싫고 당신들도 죄 하나 더 지으면 손해고. 응? 서로 마이너스이니까 딱 여기까지만 합시다."

사실 미르는 지금 이 상황이 무엇인지 파악하기 힘들었다.

자신이 하현의 기운을 느낀 것은 사실이었다. 그의 기운은 영력을 가진 사람이면 모르려야 모를 수가 없을 정도로 강한 데다가 특이했으니까.

하지만 평소 하현은 안채 쪽으로는 절대로 오지 않았다. 만약 부득이하게 가주를 뵈러 와야만 한다면 정말 아주 잠깐, 그 약간의 시간만 보내고 곧바로 돌아가 버리는 그였다.

그런 그가 여기까지 웬일일까 해서 의아한 마음에 발 벗고 마중 나간 거였는데 막상 만나고 보니 꼭 자신을 만나러 온 것처럼 보였기 때문이었다.

그리고 들은 말은 더 황당했다. 웬 여자 영가 하나가 붙었다고 했고 그 영가를 지켜 달라니, 완전 3연속 어퍼컷인 것이다.

'그' 하현에게 영가가 붙었다? 게다가 '그' 영가를 지켜 달라? 떼어 내어서 환생도 못 하게끔 존재 자체를 깨끗하게 소멸시켜 달라고 해도 모자랄 판에 지켜 달라니, 어이없다 못해 해괴할 지경이었다. 게다가……

'오늘 밤, 내가 돌아오기 전까지만 이이를 지켜 줘. 부탁한다.'

미르는 고개를 살짝 저었다.

살다 살다 하현이 자신에게 부탁을 하는 날이 올 줄이야. 그리고 그것뿐만이 아니라 영가에 대해 말하는 말투가 온기가 있다 못해 정이 있었다.

"……."

생각해 보니 어이가 없네, 진짜.

미르는 하현을 잘 알았다. 아니, 안다고 생각했다. 처음 자신을 구해 준 사람이 다름 아닌 하현이었으며, 그 후로 자신은 본가에 머물며 하현과 본가와의 중간 다리 노릇을 해 왔으니까.

그리고 20여 년의 오랜 시간 동안 함께하면서 그가 지켜본 하현은, 굉장히 절제되어 있는 사람이었다.

'절제라고 해야 할지, 차단이라고 해야 할지 잘 모르겠지만.'

몸 안에 차고 넘치는 영력을 있는 힘껏 봉인하고 있는 사람, 주위의 모든 관심과 애정에도 벽을 치는 사람, 모든 것을 막고 버티고 견디는 사람.

그것이 하현이었다. 어렸을 적에 자신에게 손을 내밀었을 때도 온 집안이 들썩였다고 후에 전해 들었는데 지금 이 상황은 그야말로 놀랄 노 자인 것이다.

'정이 있었다, 다정이라고. 미쳤네, 진짜.'

미르는 고개를 절레절레 저었다.

그것이 자신의 착각인지 아닌지는 모르겠지만 어쨌든 급한 것은 눈앞의 이것이었기 때문이었다.

정리부터 깨끗이 마무리하고 생각해도 충분한 일일 터, 그리고 이제 코는 물론이거니와 머리까지 옥죄어 오는 진한 악취를 보니 자신의 '온건한' 제안은 저쪽에 씨알도 안 먹힌 모양이었다.

'그럴 거라고 생각은 했지만.'

그래도 난 평화주의자인데. 미르는 입술을 삐죽이다가 결국 그 평화를 계속 유지하기로 했다. 내가 먼저 치지만 않으면 되겠지, 뭐.

미르의 오른손이 소매 안으로 들어갔다 나오더니 묘하게 빛나기 시작했다. 손목에 매어 있는 팔찌에서 새어 나오는 빛이었다. 그리고 미르는 그 오른손을 앞으로 내밀며 싱긋 웃었다.

"혹 아시는지 모르겠지만."

우우웅.

미르가 손을 들어 올리자 그의 발치가 미세하게 패였다. 마치 파도가 밀려왔다가 사라진 흔적 같은 모습이었다.

그리고 그 미세한 금은 조금씩 빠르게 갈라져 그의 발을 기준으로 완연한 반원을 그렸고, 미르는 그 반원의 양 끝이 각각 두 그루의 나무에 닿은 것을 확인하고서 정면을 바라보았다.

"저의 전문은 공격이 아닙니다. 막는 거죠."

이것을 전문이라고 해야 할까, 아니면 전공이라고 해야 할까. 전공이라고 하기에는 무슨 대학교 같잖아. 그냥 전문으로 밀고 나가야지.

미르는 속으로 중얼거리면서 다짐했다. 나중에 하현이 형 돌아오면 꼭 칭찬받아 내야지.

"또한 지금 이 시간부로 저를 누르기 전에는, 이 앞으로 한 발도 못 들어가실 겁니다."

파바밧—

그 말이 떨어진 것과 거의 동시에 땅에 얕게 패여 있던 금이 순식간에 진해지면서 쩌적 소리를 내며 돌바닥을 깊게 갈랐고, 그 틈 사이로 투명한 막이 땅에서 솟구치듯 올라와서 미르의 앞을 가로막았다.

투명한 벽, 완연한 결계의 모습이었다. 그리고 그 막에 영가들이 닿았는지 미미한 연기가 곳곳에서 피어올랐고, 미르는 그 모습을 보면서 싱그럽게 미소 지었다.

"조심하세요. 닿으면 꽤 아플 테니까."

아픈 것에서 그칠까, 그대로 소멸할지도 모른다.

그래도 내 탓은 아닙니다, 라고 중얼거리며 미르는 하늘을 올려다보았다. 이제 낮인데 하현은 밤이나 되어야 돌아올 것 같고……. 하지만 나도 버틸 수 있는 시간이랑 한계라는 것이 있는데.

하늘을 올려다보던 미르의 눈이 조금 깊어졌다.

"……왠지 긴 하루가 될 것 같네."

그러니까 가능한 빨리 오세요, 하현 형.

* * *

우워어어엉—

바람이 저 스스로 소리를 낼 수 있다면 이런 소리일까, 공기가 저 스스로 울 수 있다면 이런 울림일까. 온 세상이 울리는 기분이었다.

그도 아니면 내 몸 안이 이리도 크게 울리는 것일까. 양 벽이 빠르게 움직였다. 연분홍색 치마와 붉은 댕기가 팔랑팔랑 앞뒤로 흔들렸다.

"하……. 하아……."

연화는 지금 있는 힘껏 달리고 있는 중이었다.

살면서 뛴 적이 단 한 번도 없었는데 죽어서는 이리 여러 번 뜀박질을 하고 있으니 이게 대체 무슨 조화일까. 생전에는 뛰기는커녕 걸음을 빠르게 떼지도 않았다.

후원을 밟은 것도 손에 꼽을 일이었는데 지금은 이렇게 발바닥에 불이 나도록 달리고 있으니 사람 일은 알 수가 없다는 게 참말이었다.

게다가 죽은 몸인데도 불구하고 심장이 쿵쿵쿵쿵 뛰고 이마에 땀이 송골송골 맺혀 턱을 타고 흘렀다. 그래서 연화는 생전에 서책에서 많이도 보던 글귀, '숨이 턱까지 차올랐다' 라는 말을 이제는 완연히 이해할 수 있었다.

'그게, 이리도, 힘든, 말이었구나.'

연화는 입술을 꾹 깨물었다.

점점 한계가 다가오고 있었다. 팔랑이는 댕기가 자꾸만 가슴팍으로 넘어와서 거슬렸고, 나무 바닥이 미끄러워서 걸음을 디딜 때마다 자꾸만 휘청휘청 미끄러졌다.

게다가 아까부터 쿵쿵 급히 뛰던 심장까지 찌르르 아파 오는 것 같아서 이제는 그만 발을 멈추려고 하는데 그 순간 하현의 동생, 미르라 불리던 그 사내가 귓가에 작게 사근거렸던 말이 머릿속을 스치고 지나갔다.

'제게 공격은 아직 어렵습니다. 하여 있는 힘껏 이 앞을 막을 것이니 제가 시간을 버는 동안 당신께서는 안으로 피하십시오. 어서요!'

공격은 어렵다는 말이 무슨 말일까, 그 급박한 와중에도 몹쓸 호기심이 생겨 순순히 그의 말에 고개를 끄덕이면서도 흘끗 뒤를 돌아보았다.

그리고 언뜻 보인 것은 연하늘색 막이었다. 그리고 미르가 낮게 외쳤다.

'어서 들어가세요!'

'나를 보지 못하신다면서 어찌 아직 예 머물러 있던 것을 아셨을까.'

그래, 향기 때문이겠지. 내 몸에서 나는 복숭아꽃 향기, 그래, 그 도화 내음 때문이겠지.

그리고 그다음은 보지 못했다. 아니, 보기 싫었다. 그이는 보이지 않는 모양인 듯 태연한 표정이었지만 푸른 막 그 바깥에는 새빨간 눈빛들이 흉흉했고, 양옆으로 길고 흉하게 찢어진 입들이 우글우글했다.

그득그득했다. 그리고 그 눈빛이 자신을 향해 일제히 꽂히는 것 같다고 느낀 순간 온몸에 소름이 쫘악 끼쳤다. 정말이지 머리끝부터 발끝까지 한기가 와락 덮치는 것 같아서 그 즉시 몸을 돌려 죽기 살기로 이 안으로 달려들어 온 것이었다.

"끔찍해."

연화의 몸이 다시 부르르 떨렸다. 하나도 둘도 아닌, 셀 수도 없이 많은 악령들이 모인 괴이한 모습이었다. 지난번 하현의 방 앞에서 마주했었던 그 여자 악령은 저것들에 비하면 귀엽다고 느껴질 정도였다.

아니, 아니, 아니. 다 싫어.

그에 도리질을 친 후, 앞을 바라보는 순간이었다.

[아가야.]

[고운 아가야.]

[작은 꽃송이야.]

"……!"

연화의 몸이 확 굳었다. 앞으로 뻗은 다리 그대로 시간이 멈춘 듯 굳어졌다.

소리가 들렸다. 무수히 많은 소리, 자신을 부르는 소리, 달큰하게 속삭이는 소리들이 사방에서 들려와 머리가 어지러웠다.

언제부터 들렸는지는 알 수 없었다. 정신없이 달리다 보니 언젠가부터 곁에서 여럿이 함께 달리고 있는 듯한 기분이 들었다.

연화는 바들바들 떨리는 손을 다른 손으로 꽉 잡으며 입술을 깨물었다.

'그이께서 막아 주신다 하셨는데, 있는 힘껏 막겠다고 하셨는데 어이하여…….'

어째서 벌써 이 귀에 들리는 걸까.

연화는 고개를 들 수가 없었다. 들었다가 그 빨간 눈동자들과 정면으로 마주한다면 그땐 꼼짝없이 이 다리가 맥없이 풀릴 것만 같았다. 그것을 알았을까, 목소리들이 다시 달콤하고 선명하게 사근거리기 시작했다.

[이리로 오렴.]

[춥고 외롭고 고통스러워.]

[와 주겠니, 착한 아이야. 이리로 와 주겠니.]

한 번 그 목소리를 깨닫고 나니까 사위가 왕왕 울릴 정도로 귀를 때렸다.

셀 수 없이 많은 목소리와 유혹, 애원, 회유의 말이 귀를 쉼 없이 파고들어서 연화는 두 손으로 귀를 막고 싶을 지경이었다.

'보면 안 돼. 들으면 안 돼. 필시 홀릴 거야.'

오래전, 아니 죽기 전 병상에서 읽었던 수많은 서책들 가운데에는 괴이하거나 무서운 이야기들도 상당수 있었다.

그 이야기 속에서 귀신에게 당하는 이들은 언제나 세 부류였다. 하지 말라는 짓을 하는 금기를 깨거나, 죽은 이를 욕되게 하거나, 요물의 달콤한 꼬임에 넘어가 홀리거나.

연화는 확신했다. 자신은 지금 금기를 깨지도, 죽은 이를 욕되게 하지도 않았다. 그리고 지금 들리는 이 사근거림은 분명 악령일 터, 정신을 바짝 차려야만 했다. 하지만……

'무서워.'

이 달음질의 목적은 분명히 있었다. 가주 할머님의 방, 그 붉은 방. 하지만 이 복도의 끝이 그 방일지 장담은 할 수 없었다.

하나 그렇다고 이 뜀을 멈출 수도 없는 노릇, 연화는 정말이지 소리 내어 엉엉 울고 싶었다.

"흑……."

무서워. 무서워. 무서워.

하현이 옆을 비우자마자 이런 꼴이라니 눈물이 날 것 같았다.

하현이 보고 싶었다. 하현이 간절했다. 그리고 그제야 연화는 완연히 인정할 수밖에 없었다. 함께 시간을 보낸 것은 얼마 되지 않지만 어느덧 그가 자신의 안에 들어와 있음을, 자신을 똑바로 바라봐 주고 자신의 목소리를 듣고 자신의 앞을 막는 이, 바로 그 사람을 연모하고 있음을 깨달았다.

안 된다고, 마음에 담아서는 힘들 사람이라고 계속해서 거둬 왔으나 이미 고여 버린 마음이었다. 감정이었다.

그래, 어쩌면 처음 시작은 그날이었을지도 모르지. 그날, 비에 흠뻑 맞아 담뿍 젖어 버린 그것은 사실은 옷이 아니라 내 마음이었음을, 물처럼 밖에다 쭈욱 짜내지를 못해 결국 몸에 짙도록 물들어 버린 붉은 연심이었음을 이제야 깨달았다.

'내가, 도령을 진정…….'

연화의 얼굴이 확 붉어졌다. 급박한 와중에도 마음을 쿵 치는 그 말이 커서 몸이 웅, 울렸다. 하지만 결코 부정하지 못할 것은 너무나도 확실하고 진심으로 수긍하는 감정이었기 때문이었다.

그때였다.

'저게 뭐지?'

바닥을 내려다보고 있던 연화의 눈동자가 순간 흔들렸다.

방금 전까지만 해도 이 나무 바닥에는 아무것도 없었다. 영가에게 그림자가 있을 리가 없었다.

자신이 '달리는' 것도 그래서 이상하다고 생각했었다. 실체와 형체가 없는 몸이 달린다니, 하지만 그것이 현실이었기에 일단 궁금증을 누르고 달리기 시작한 것인데 지금은 '그림자'가 보이고 있었다.

아니, 아니, 아니. 저건 그림자라기보다는…… 새까만 눈으로 바닥을 뚫어져라 보던 연화의 안색이 새하얗게 질리기 시작했다.

"저건……."

영가는 영가를 볼 수 있었다. 그리고 저것은 그림자가 아니었다. 저것을 어찌 그림자라고 할 수 있을까.

아까는 없던 것, 그리고 지금은 스멀스멀 생기고 있는 '그것'은 마치 검은 구정물처럼 마루의 끄트머리서부터 조금씩 바닥을 물들이고 있었다. 물이, 고이고 있어?

연화는 급히 고개를 돌려 마당을 바라보고서 숨을 크게 들이켰다.

"……!"

바닥이 일렁이고 있었다. 마른풀과 흙으로 가득하던 땅이 검은 물로 넘실거리고 있었다.

밑도 끝도 없이 새까만 물, 한 번 닿으면 흑색으로 흠뻑 물들어 버릴 것만 같은 시커먼 물이었다.

언제 이렇게 흘러들어 왔지, 언제 이리 밀려왔지. 연화의 입술이 파들파들 떨렸다. 무서워, 무서워요. 할머니, 도령, 도령!

[이리로 오렴, 아가.]

[이 뜰로, 그 대청 아래로 내려오렴.]

[첨벙첨벙 함께 놀자구나, 으응?]

무서워. 무서워. 무서워.

연화는 한 발 한 발 뒤로 물러났다.

어디로 가야 할까, 이 앞으로 마저 달려가야 할까. 하지만 이 끝이 막다른 길이라면 그때는 진정 이 검은 물에 와락 잠겨 버릴 텐데, 하지만 방법은 그것밖에 없어.

연화의 그 생각을 알아채었을까, 주춧돌 아래에서 넘실넘실거리던 물이 별안간 벌떡 일어나서 파앗, 기둥을 쳤고 그에 물방울이 나무 바닥에 후두둑 떨어져 또다시 고였다.

그리고 그것들은 서로서로 붙어 좀 전보다도 훨씬 큰 웅덩이를 만들어 내었고, 연화는 그 물 덩어리가 자신에게 '흘러' 오는 것을 보자 그만 혼절할 것만 같았다.

"시…… 싫습니다. 오지 마세요!"

연화는 바들바들 떨면서 그 유혹을 거부했다. 오지 말라고 외쳤다. 그리고 한편으로는 어서, 어서 발길을 재촉해서 저 안쪽으로 달려가야 한다고 생각했지만 막상 걸음을 떼자니 도저히 등을 내줄 수가 없었다.

이대로 저 물을 등지고 달리다가는 뒤에서 와락 덮쳐 올 것만 같았다. 그래서 연화는 그 검은 물을 마주하고서 주춤주춤 뒤로 물러났다.

한 발 한 발 떼는 것이 아니라 거의 밀면서 뒤로, 뒤로 물러났다. 하지만 연화가 걸음을 떼는 것보다도 나무 바닥이 적셔지는 것이 더 빨랐고, 넘실넘실 밀려오던 물은 마침내 그녀의 흰 버선발 지척까지 다가왔다.

그에 연화의 얼굴이 새하얗게 질렸다. 저게 닿으면, 닿으면, 닿으면—

“하현……!”

그 순간이었다.

쐐액, 바람을 찢는 듯한 날카로운 소리가 들렸다. 그리고 겁에 질려 있던 연화의 새까만 눈동자에 가득 비친 것은 푸른빛 단검이었다. 어디에선가 쏜살같이 날아온 파가 그녀의 앞을 가로막고 있었다.

* * *

“……!”

하현은 눈을 번쩍 떴다.

뭔가 기분이 이상했다. 느낌이 좋지 않았다. 순간적으로 소름이 돋는 것 같은 기분이었다. 그래서 반사적으로 주위를 둘러보았지만 특이한 것은 보이지 않았다. 아니, 사실 그의 눈에는 아주 많이 보였다.

‘……오늘도 사고가 많았나.’

평소 하현은 지하철이든 차든 시내를 가로지르는 교통수단을 탈 때면 언제나 눈을 감곤 했다. 여러 모습으로 엉망이 되어 있는 영가들이 도로와 철로와 사방에 가득했으니까. 그래서 지금도 눈을 감고 있었지만 순간적으로 이상한 기분이 들어 번쩍 뜬 것이었다. 그건 대체 뭐였을까. 게다가……

'시간이 좀 많이 걸리는데.'

예상 도착 시간이 한참 지났는데도 불구하고 아직도 반도 가지 못한 모양이었다. 오늘 무슨 행사라도 있나, 왜 이렇게 길이 막혀?

그래서 하현은 주위를 다시 둘러보다가 몸을 앞쪽으로 숙이고 택시 기사에게 말을 걸었다.

"기사님, 혹시 앞에 사고가 났습니까?"

"글쎄, 나도 그걸 잘 모르겠네요. 이 길이 막힐 길이 아닌데…… 게다가 이 시간이면 그냥 뻥 뚫려 있어야 하는 길이거든요. 그냥 저 사잇길로 질러갈까요? 길이 좁아서 좀 그렇긴 한데."

하현은 택시 내에 있는 전자시계를 보고서 고개를 끄덕였다. 늦어도 보통 늦은 게 아니었기 때문이었다.

"네, 좀 급해서요. 가능한 빨리 부탁합니다."

기사는 알겠다는 대답과 함께 곧바로 방향을 돌렸고, 하현은 다시 눈을 감으며 작게 한숨을 내쉬었다. 잔소리를 조금이 아니라 완전히 특급으로 듣겠네.

그리고 같은 시각, 미르는 천천히 쓰러지고 있었다.

* * *

"……읏."

대문 앞에는 미르 혼자 놓여 있었다.

굳게 닫혀 있는 붉은 대문, 좀 전과 같이 굵게 갈라져 있는 회색 돌바닥까지 이전과 같은 모양이었으나 다른 점이 있었다.

하늘빛 결계의 끝과 끝, 그 두 선이 맞닿아 있던 건장한 두 소나무는 여전히 푸르게 뻗어 있는 굵은 가지들이 무색할 정도로 허리 정중앙이 풀썩 꺾여서 새빨갛고 새하얀 속살을 그대로 드러내며 무참히 두 동강이 나 있었고, 미르는 그 사이에서 맥없이 주저앉아 있었다.

그의 두 무릎은 바닥에 닿아 있었고, 미르는 제 두 손바닥으로 간신히 땅을 떠받혀 몸을 버티고 있었다. 그러지 않았다면 분명 바닥에 얼굴을 묻어 버렸을 것이었다.

"차라리……."

정신을 잃었으면 덜 괴로웠을까. 아니, 그럼 애간장이 녹아내렸겠지.

바닥에 반쯤 쓰러진 채로 괴롭게 일그러져 있던 미르의 시선이 마당 한쪽에 고요히 찰랑이는 연못에 닿았다. 아무런 바람이 없는데도 물결치고 있는 그 물은 새까만 빛, 검은색이었다. 이 땅이 보내는 위험신호였다.

"큭……."

미르는 겨우겨우 몸을 일으키다가 울컥 올라오는 신물에 입술을 와득 깨물었다.

잘 막고 있다고 생각했고, 무사할 거라고 생각했다. 하지만…… 자신을 과신했다.

방심이 아니었다. 스스로의 능력을 너무 믿었던 것이다. 처음엔 잘 막고 있었지만 악령의 수는 자신이 생각하는 것보다도 훨씬 많았고, 도저히 그 무게와 밀도를 이겨 낼 수가 없었다.

자신의 능력은 아직까지는 '막는 것'이었고 공격은 무리인 상태, 그걸 미르 자신도 아주 잘 알고 있었기에 방어에만 치중했었던 것인데 그 방어마저도 무너져 버린 것이다.

맨바닥에 주저앉아 있던 미르가 후, 가쁜 숨을 내쉬며 심장 부근을 꾹 눌렀다. 시큰시큰했다. 울렁울렁했다. 미르는 마른침을 퉤 뱉고서 하늘을 올려다보았다.

하현이 간 지 얼마 되지도 않은 것 같은데 벌써 하늘이 어두워지고 있었다. 시간이 흐른 걸까 아니면 마음과 같이 하늘도 어두워지는 걸까. 그것도 아니면 그 둘 모두 다려나. 미르는 쓰게 웃으며 고개를 저었다.

"무리…… 였나."

속이 좋지 않았다. 아직 올라오진 않았지만 그들이 조금이라도 더 강하거나, 시간이 늦었더라면 안이 완전히 상했을 게 분명했다. 지금도 이렇게 힘든 걸 보니 내상이 생긴 모양이었다.

지켜 주겠다고, 막아 보겠다고 호언장담을 했는데 막기는커녕 이렇게 무너져 버렸으니…….

"하현이 형 볼 낯이 없네."

미르는 속에서 올라오는 신물을 다시 땅에다가 퉤 뱉으면서 다리를 잡고 몸을 일으키려다가 풀썩 주저앉았다. 일어날 힘조차도 없는 것이다. 제대로 다리가 풀린 모양이었다.

"젠장."

미르의 말끔한 얼굴이 일그러졌다.

방어막이 무너지던 순간을 기억했다. 그건 깨진 것도, 뚫린 것도 아닌 '휘어졌다'.

영가의 수가 워낙에 많아서 그 기세를 견뎌 내지 못한 것이었다. 한 곳이 안으로 휘자 작은 틈이 생겼다. 그 안으로 비집고 들어온 악령들은 일부는 그대로 안으로 쏟아져 들어갔고, 일부는 자신을 통과하거나 밟고 지나갔다.

그 소름 끼치는, 우악스러운 감각이 아직도 선명해서 미르는 몸을 부르르 떨었다. 보통 같았으면 이 몸에 빙의하려고 주위를 맴맴 돌았겠지.

그러나 그들은 피 냄새를 맡은 들개들처럼 오직 한 방향만 향하고 있었다. 마치 먹잇감을 노리는 듯한 맹수의 움직임 같은 모양이었다. 그들의 목적지는, 그 방향은, 그 끝에 있는 것은— 연화겠지.

"……!"

미르는 급히 고개를 돌려 그쪽을 바라보았다.

잘 들어가셨겠지, 그즈음이면 이미 안으로 들어가고도 남았을 시각일 터.

"……젠장."

하지만 장담을 할 수가 없었다. 안심을 할 수가 없었다. 자신의 방어막이 이렇게 무너진 것처럼 연화 또한 '만약'이라는 것이 있으니까.

미르의 안색이 확 변했다. 어쩌지, 어쩌지, 어쩌지.

"젠장!"

미르는 오늘로 벌써 몇 번째일지 모를 말을 중얼거리며 급히 품 안으로 손을 넣었다. 방해가 되고 싶지 않았는데, 내 힘으로 막고 싶었는데, 형을 도와 드리고 싶었는데!

더 이상 여기에서 지체하고 있을 수 없었다. 지금 이 순간에도 무슨 일이 일어날지 모르는 상황이었고 어서 가주께도 보고해야 했다.

미르는 곧바로 품에서 휴대폰을 꺼내 통화 목록을 살피고 바로 발신 버튼을 눌렀다. 빨리, 빨리 받으세요, 형.

Rrrrr—

통화 연결음이 길어질수록 미르의 표정이 다급해졌다. 어서요, 형. 어서 받아요.

"영가 아가씨가 위험해요, 어서 오셔야 해요, 형."

미안해요, 제가 지키질 못했어요.

* * *

스으으으—

연화는 덜덜 떨면서 앞을 바라보았다.

푸른 단검, 푸른빛 단검. 그 작은 단도가 자신의 앞을 가로막고 있었다. 마치 높은 파도에서 자신을 막아 내는 것처럼 앞을 막고 서 있었다.

꼭 그 번쩍이는 날 그 단면에 자그마한 소녀의 등이 보이는 것만 같아서, 그 작은 온몸으로 자신을 지켜 내는 것만 같아서 눈물이 났다.

다시금 뜨겁고 말간 물이 치솟아 눈앞이 일렁일렁거렸다. 와준 거예요? 나를 도와주러 온 거예요?

"파……."

연화의 부름에 대답이라도 하는 것일까, 파가 새파란 빛을 서슬 푸르게 뿜으며 앞을 똑바로 겨냥했다. 마치 이쪽으로는 조금도 다가오지 못하게 막을 것이라는 의지가 보이는 것만 같은 결연한 모습이었다.

그에 잠시간 주춤해 있던 물결이 염탐하는 것처럼 같은 자리를 일렁거리더니 찰팍, 조금 출렁였다. 어디 한번 건드려나 보자, 라는 모양이었다. 그리고 파는 그 모습을 놓치지 않았다.

콰악—

조금도 봐주지 않고 곧바로 홱 허공을 그은 것이었다. 그리고 그와 거의 동시에 그웩, 흉측한 소리와 함께 허공에서 회색 연기가 길게 뿜어졌고, 다음 순간 연화가 비명을 질렀다.

바닥에서 조용히 출렁출렁거리던 물이 춤을 추고 있었다. 그러다가 별안간 바닥이 높이 솟구쳤다. 새까맣고 커다란 눈동자에 공포가 가득히 떠올랐다.

안 돼, 안 돼, 안 돼—

"파!"

그 비명이 신호탄이었을까, 시작이었을까. 높이 솟아 있던 새까만 물이 한 줄기로 모여 연화에게 날카롭게 달려들었고, 파는 그 즉시 방향을 틀어 연화 앞으로 날아왔다.

자신이 물에 닿는 게 더 빠를까 아니면 파가 당도하는 것이 더 빠를까. 연화는 차마 그것을 보지 못할 것 같아 두 팔로 얼굴을 가리면서 두 눈을 질끈 감았다.

그때였다.

[비켜라, 소녀.]

[비켜라, 처녀.]

[비켜라, 단도.]

또다시 목소리들이 휘몰아쳤다.

살았구나, 라는 생각이나 파가 먼저 와 주었구나, 하는 안도보다 두려움이 더 크게 엄습했다.

저들이 말하는 소녀는 무엇이고 처녀는 무엇일까. 사위에서 웅웅거리는 목소리들은 그것을 생각할 수 없게끔 하는 만치 소름 끼치는 소리였다.

마치 쇠가 긁히는 듯한 소리였다. 원망하는 것처럼, 저주하는 것처럼 웽웽거리는 소리가 주위에 자욱했다. 연화는 두 귀를 있는 힘껏 꽉 눌러 막았다.

'듣고 싶지 않아, 나는 안 갑니다. 저리 가세요, 이제 그만 좀—'

파앗.

다음 순간, 목소리가 뚝 끊겼다.

한 자리를 줄곧 겨냥하고 있던 파가 시끄러우니 닥치라는 듯 그 말을 자르는 것처럼 힘껏 솟구쳐 횡으로 긋자, 허공 곳곳에서 회색 연기가 길게 뿜어져 나온 것이었다.

그에 바닥에서 출렁이던 물도 마치 한 몸처럼 갈라져 마른 바닥을 잠시간 드러냈고, 파는 물이 멈칫한 그때를 놓치지 않고 허공에서 춤추는 것처럼 가볍고 빠르게 움직였다.

작은 단도가 매섭게 움직일 때마다 어김없이 뿌연 연기들과 함께 괴성들이 울렸고, 연화의 발끝을 적실 만치 밀려와 있던 물은 어느덧 한참 뒤로 밀려나 있었다.

그리고 그녀의 몸을 단단히 묶고 있는 것만 같았던 느낌이 사라지고 있었다.

연화는 작게 몸서리를 쳤다. 가위에 눌린다는 것이 이런 것일까 싶을 정도로 기분 나쁜 느낌이었다. 사방에서 자신을 억누르는 느낌, 보이지 않는 끈으로 단단하게 묶여 있는 느낌이랄까.

그런데 파가 한 번 움직일 때마다 그 끈이 조금씩 투두투두 끊기는 듯하더니 이제 완연히 가벼워져 있는 것이었다. 과연 신검이라는 걸까, 영험한 검이라는 것일까. 연화는 탄성을 누르며 경이로운 눈빛으로 파를 바라보았다.

'파…….'

파가 스스로 움직이는 것을 보는 것은 이번이 처음은 아니었다. 지난번 하현의 방에서 그 의식을 치른 후에 봤었으니까.

한데 이런 모습은 생각지 못했다. 하현은 아니라고 했지만 자신의 오롯한 주체로 움직여 적을 베고 누군가를 지키다니, 완연한 신검이 아닌가.

검이 스스로 움직이고 날아다니는 것 자체로도 신비롭고 놀라운 일이었으나 이리 주체를 가지고 날을 놀려 악령들을 베는 모습을 보니 너무나 신기했다.

기특하고 고마웠다. 감사했다. 그래서 파에게 뭐라고 속삭이려던 찰나였다. 연화를 지키듯 그녀 주위로 빠르게 움직이며 오가던 단검이 순간 허공에 박힌 듯 딱 멎었다. 마치 얼어붙은 것 같은 모습이었다.

"파?"

계속 날쌔게 움직이고 있던 그녀가 일시에 멈춰 버린 모양에 연화가 의아한 표정으로 파를 바라보았지만 파는 조금도 움직이지 않고 있었고, 걱정스럽게 그녀를 바라보던 연화는 문득 기묘한 기분에 천천히 오른쪽으로 고개를 돌렸다. 그리고 파와 똑같이 그대로 얼어 버렸다.

"……."

나무 바닥에 그림자가 지고 있었다.

하나로 응어리진 물이 일렁일렁 차곡차곡 쌓여서 벽처럼 높이 서 있었다. 마치 거대한 거인이 내려다보고 있는 듯한 느낌, 기분 나쁜 것들이 하나로 뭉쳐 있는 느낌이었다.

그 기묘한 기운에 연화가 한 발 한 발 뒤로 물러났다. 이상했다. 위험했다. 온몸의 털이란 털이 모조리 다 빳빳이 일어나는 기분이었다. 도령, 도령…….

연화는 간신히 입술을 떼었다. 파들파들 떨리는 손을 들어 파 쪽으로 내밀었다.

"파, 파? 이리 와요. 어서, 이리로 와요."

연화는 직감했다.

아까와는 확연히 달랐다. 아까는 온몸이 끈으로 꽁꽁 매인 듯한 느낌이었다면 지금은 사방에서 잡고 누르는 느낌이었다.

아니, 아니, 아니. 이것을 뭐라고 해야 할까. 쥐어뜯는 느낌? 머리채를 휘어 잡힌 듯한 느낌, 목이 졸리는 듯한 느낌이었다. 연화는 새하얗게 질린 얼굴로 파를 불렀다. 못 지켜요, 파. 혼자는 무리야. 당신이 할 수 없어.

그 순간이었다.

촤아아악—

물보라가 치듯이 검은 물이 순간적으로 허공에 흩뿌려졌고,

연화는 비명을 지르며 뒤로 물러났다. 파가 방심한 사이에 물결이 파도가 덮치는 것처럼 밀려와 공격한 것이었다. 연화는 다행히 피했지만—

"파!"

파는 그 물을 미처 다 피하지는 못한 듯 새파란 단도 곳곳에서 연기가 피어오르고 있었다. 물방울이 닿은 곳이 삭듯이 회색으로 타들어 갔다.

연화의 눈동자가 크게 흔들렸다. 방금 전에 파는 분명히 피할 수 있었다. 피할 수 있었지만 일부러 몸을 날려 그 물방울들을 자신이 대신 맞은 것이었다.

그녀 덕분에 연화는 단 한 방울도, 옷의 끄트머리조차도 젖지 않았다. 연화의 눈동자가 울듯이 일그러졌다.

안 돼, 나를 지키기 위해서. 안 돼, 안 돼요. 그러지 말아요.

"파, 이리 오세요. 나한테 와요. 제발, 앞에 서지 말아요!"

하지만 파는 조금도 움직이지 않았다. 마치 자신의 목적과 존재 이유는 당신을 지키기 위해서라는 듯 연화 앞을 막고 꼼짝도 하지 않았다.

그리고 그 검은 물은 신이라도 난 듯 바닥에서 일렁일렁거리며 다시 틈을 엿보기 시작했고, 연화는 점점 화가 치밀어 오르는 것을 느꼈다.

좀 전까지는 공포였다. 무서웠다. 이미 죽은 몸이지만 고통이 무서웠고 저것에 적셔질까 봐 두려웠다. 그래서 그저 피하고 숨기만 했다. 하지만 지금은 그것보다도 더 큰 감정이 마음에 자리하기 시작했다.

'왜?'

왜 내게 달려들고, 왜 나를 탐하고, 왜 나를 유혹하지?

왜 나를 공격하고, 왜 나를 지키는 파를 공격하고, 왜 그녀를 아프게 하지?

나를 잡아먹기 위해서, 내가 탐나서, 나를 가지기 위해서?

"……."

여전히 자신의 앞을 똑바로 가로막고 있는 파를 바라보던 연화의 눈동자가 순간 묘하게 빛났다.

'신검.'

영을 벨 수 있는 것, 나를 지킬 수 있는 것, 그 무기.

그것은 파 하나가 아니었다. 전부가 아니었다. 하나가 더 있었다.

'영을 벨 수 있게 해 놓았습니다.'

연화가 처음 하현과 밤을 보낸 날, 그가 만들어 주었던 도화나무 단도였다. 연화의 몸을 친 그 복숭아 나뭇가지를 파로 깎아서 만든 단도, 연화와 하현을 묶어 주는 매개체이자 그녀를 하현에게 매이게 만든 그 단도. 그리고 그 단도는 언제고 연화의 품에 자리하고 있었다. 지금 이 순간에도.

연화의 붉은 입술에 엷은 미소가 떠올랐다.

'어쩌면 그래, 은장도 같은 것일 수도 있겠지. 이들에게 더럽게 적셔지느니 차라리 깨끗한 몸으로 사라지는 게 나을 터.'

연화는 품에 들어 있는 딱딱한 그 나무 단도를 쥐고 단숨에 끄집어내었다.

계속 품 안에서 덥혀져 있었기 때문일까, 나무인데도 불구하고 따뜻했다. 손바닥에 찰싹 달라붙는 듯한 느낌이었다.

그 다른 기운을 알아채었는지 파가 눈에 띄게 움찔하며 그녀를 돌아보았고, 바닥에서 위협적으로 찰랑이던 검은 물도 일시적으로 멎어 있었다.

그리고 연화는 자신을 뚫어져라 바라보는 파를 외면하며 검은 물을 똑바로 노려보았다. 바람 앞에 놓인 사시나무처럼 덜덜 떨리던 그녀의 몸이 더 이상 떨고 있지 않았다.

"그 귀를 열고 똑똑히 들으십시오."

사박.

이전에는 물러났으나 지금은 한 걸음 앞서 내디뎠다. 찰랑이는 검은 물이 바로 앞에 있었지만 연화는 더 이상 무섭지 않았다.

속이 상했고, 마음이 아팠다. 그래서 연화는 태어난 이래로 처음으로 그 붉은 입술에 독한 말을 머금었다.

"내게 이 검을 주신 이가 말씀하시길."

……하현 도령.

"이 검으로는 영을 벨 수 있다 하셨습니다."

무서워요. 너무 무서워요. 이 상황이 몹시 무섭습니다.

"그리고 당신들이 노리고 있는 것은 나일 터, 그러니 그 아이는 건드리지 마십시오."

그러나 지금 이 순간 소녀가 가장 두려운 것은 저 대신 다른 이가 상하는 것이니.

"만약 이 순간 이후 조금이라도 파를 상하게 한다면."

연화는 한 발 앞으로 내디뎌 파를 자신의 등으로 가만히 막고 섰다. 그리고 나무 단도를 들어 거꾸로 잡고 자신의 심장을 겨냥했다.

두근두근 뛰는 그 심장박동에 따라 나무 단도가 떨렸고, 연화는 땀이 배어 나와 손에서 미끄러지는 단도를 재차 단단히 잡으며 날 끝을 자신의 가슴팍, 저고리 그 옷자락에 닿도록 꾹 눌렀다.

"나를 반드시 잃을 것입니다."

그러니 소녀의 결정을 나무라지는 말아 주세요.

* * *

탁.

"감사합니다."

하현은 잔돈을 지갑에 넣으면서 택시 문을 닫았다.

원, 무슨 길이 이렇게 막히는지. 한낮인데도 불구하고 오는 길에 차도 많고 사람도 많고 영가도 많이 북적거려서 걸린 시간이 평소의 배는 된 것 같았다.

미터기에서 시시각각으로 올라가는 택시비도 아깝지만 무엇보다 아까운 건 시간이었다. 평소의 이 시간이었으면 면담이 끝났었을 수도 있는데. 한시라도 빨리 집으로 돌아가고 싶던 터라 그의 입맛이 썼다.

'……돌아가고 싶다고?'

자기가 하고도 말도 안 되는 생각에 하현의 표정이 애매해졌다. 방금 내가 생각한 '집'이라는 건 어디를 말하는 걸까. 자취방, 아니면 본가?

'…….'

인정하기 싫지만, 지금 생각한 '집'은 본가가 맞았다. 평소라면 얼굴만 간신히 비치고 도망가기 일쑤인 그였지만 연화와 만난 이후로 계속 본가에 머물렀고, 그곳에서 지낸 지 벌써 수일이 되어 가고 있었다.

처음에는 저를 볼 때마다 눈이 휘둥그레 커지던 수련생들과 시중인들도 이제는 조금 익숙해진 모양이었다. 그도 그럴 게, 본가로 가는 것도 많아야 일 년에 한두 번이었으며 갈 때마다 찬바람 쌩쌩에 서로 날카로운 말을 주고받던 가주와 하현이었기 때문이었다.

주제가 가업 승계와 선만 아니면 그나마 괜찮았지만.

아무튼, 그렇게 냉랭하던 하현이 웬일로 집에서 나가질 않고 있느냐며 결국에는 그 황소고집을 꺾고 운명에 순응한 게 아니냐는 말까지 은은히 돌고 있어 슬슬 나가야겠다고 생각은 하고 있었지만 연화가 걸려서 나가지를 못하고 있던 터였다.

'하지만 그것도 오늘로써 끝이지.'

가주가 과연 들어 줄까 고민하다가 밑져야 본전이라는 마음으로 끈을 늘여 줄 수 없냐는 말을 넌지시 꺼내 본 것인데 웬일로 바로 해결이 되었기 때문이었다.

마음속 커다란 돌덩어리 하나가 사라진 듯한 기분이었다. 뭔가 너무 쉽게 고민이 풀어져서 더 찝찝하긴 하지만…….

'좋은 게 좋은 거겠지.'

하현은 중얼거리며 윙 열리는 자동문 안으로 들어섰다. 그리고 바로 랩으로 가려고 하는데 그것을 마치 기다린 것처럼 주머니에서 휴대폰이 우웅 울었다.

<선배님, 교수님께서 바로 연구실로 오라고 하셨어요.>

"……."

화면에서 깜빡거리는 메시지를 눌러 확인한 하현은 습관처럼 오른쪽 이마를 슬슬 문질렀다. 교수 연구실이면 이야기가 좀 길어질 것 같은데…… 무슨 일일까.

하현은 고개를 갸웃거리며 복도를 빠른 걸음으로 걸어갔다.

그리고 의아한 표정을 지었다. 병동만큼은 아니어도 평소에는 몇 명은 돌아다니던 것 같은데 오늘은 유난히 보이는 게 하나도 없었기 때문이었다.

'도로는 유난히 막히더니 무슨 일이래. 안 그래도 아까 택시 안에서부터 밖에 영가들이 많이 떠다니는 것 같아서 일부러 눈을 감고 있었는데…… 뭐, 별일 아니겠지.'

하현은 대수롭지 않은 표정으로 고개를 돌리며 자리에 멈춰 섰다. 이제는 안 보고도 어디인지 알 정도로 익숙해진 방의 고동빛 문을 가볍게 두드렸다.

똑똑.

"교수님, 저 정하현입니다."

"어, 들어와라."

목소리로 봐서는 급하거나 안 좋은 일은 아닌 것 같은데.

하현은 고개를 갸웃거리면서 문을 열었다. 소리 없이 열렸다 닫힌 문, 그 위에 걸린 판넬에는 〈은가온 교수 연구실〉이라는 일곱 글자가 단정하게 적혀 있었다.

딸깍.

하현은 자신의 앞에 놓인 커피 잔을 한 손으로 감싸며 감사합니다, 라고 말했다. 택시를 타고 와서 별로 춥지 않다고 느꼈는데 그래도 겨울은 겨울인지 몸이 으슬으슬했다. 그래서 잔을 잠시간 쥐고 있다가 그 안에 찰랑이는 믹스 커피를 한 모금 마시는데 굵직한 저음이 그의 귀를 두드렸다.

"손은 왜 그 모양이냐?"

아.

하현은 반사적으로 자신의 손을 내려다보았다가 어색하게 웃었다. 딱 봐도 눈에 들어오는 '부상'이니 물어보는 것이 당연한데 변명조차도 생각하지 않았던 것이다.

그러나 곧이곧대로 칼로 그었다고 할 수도 없어서 하현은 아주 짧게 고민하다가 그냥 단순하게 "사고입니다."라고 대답했다. 하지만 은가온 교수는 그의 대답은 안중에도 없는 모양이었다.

"너, 요새 무슨 일 있냐?"

"……예?"

갑자기 무슨 일 있냐니?

하현은 의아한 표정으로 은 교수를 바라보았다. 하지만 은가온 교수는 무테안경 너머로 똑바로 그를 바라보고 있었고, 순간적으로 하현의 머릿속에 오만 가지 생각이 스치고 지나갔다.

'이건 또 무슨 상황일까.'

웬일로 호출이실까. 무슨 일이라도 터졌나, 연차 낮은 레지던트들이 무슨 사고라도 쳤나, 그것도 아니면 환자 혹은 보호자가 난동이라도 부렸나, 그도 아니면 개인적인 일일까 하는 별별 생각이 다 들어서 택시를 타고 날듯이 달려왔는데 대뜸 저를 보자마자 하는 소리가 무슨 일이 있느냐니.

일이야. 당연히 엄청나게 차고 넘치지만 저에게 묻는 것은 병원 일이 아닌 것 같은데.

하현은 의아한 표정으로 눈을 깜빡이다가 순순히 대답했다.

"예, 일은 많습니다. 환자들도……."

"아니, 자슥아. 그 일 말고."

"예?"

하현은 더더욱 알 수가 없어졌다. 그리고 동시에 기분이 묘해졌다. '그 일'이라면 역시 병원 일을 말씀하는 것일 텐데. 그럼 병원 일 말고 다른 일이 없냐는 말이었다.

뭐라도 알고 있는 것처럼 왜 저런 말을 하실까.

그리고 그런 하현을 안경 너머로 바라보던 은가온 교수는 쯧쯧 혀를 차면서 팔짱을 꼈다.

"마, 나 지금 가운 벗은 거 안 보이냐."

그러고 보니 그의 흰색 가운은 저 뒷 의자에 곱게 걸려 있는 채였고, 은가온 교수는 그냥 흰 셔츠에 연회색 베스트만 입고 있었다.

"……."

하현은 떨떠름한 표정으로 그를 바라보았고, 은가온 교수는 책상 맞은편의 의자를 빼고 천천히 앉았다.

평소 같았으면 지금 이 순간이 참 가시방석에다가 조마조마한 시간이겠지만 '가운 벗었다'라는 말로 정리가 된 것이었다.

그래서 하현은 방문을 열기 전보다 훨씬 가벼워진 마음으로 의자에 앉으면서 그를 바라보았다.

"입으시기 전인지 방금 벗으셨는지 제가 어떻게 압니까?"

하현은 작게 투덜거렸고, 그제야 은가온 교수의 입에 미소가 떠올랐다.

"왜, 당집 이어받을 사람이 그것도 모르냐?"

"안 받습니다. 능력도 없고 받을 마음도 없습니다."

집에서도 모자라 여기에서까지 그 이야기를 들어야 하냐며 투덜거리던 하현이 문득 은가온 교수를 바라보았다.

"그런데 갑자기 왜 그러십니까? 무슨 이야기라도 들으셨어요?"

은가온 교수는 그 말에 말없이 등을 의자에 기대었고, 하현은 들은 게 있구나 하고 짐작했다.

사실 하현과 은가온 교수는 사제 이전에 다른 인연이 있었다.

하현이 조금 어렸을 적, 지금보다 조금 많이 더 추웠던 날에 하현의 본가 그 붉은 대문이 급히 활짝 열렸었더랬다.

당시 하현은 후원 연못에서 팽이치기를 하고 있었는데, 노느라 정신이 팔린 그가 펄쩍 뛸 정도로 큰 소리와 함께 웬 남자가 나무 문을 급히 젖히고 들어온 것이었다.

남자는 품에 안고 있던 아이를 추스르면서 절규하듯 외쳤다.

'제 아들을 살려 주십시오!'

아주 어릴 적이지만 하현은 그때를 지금도 똑똑히 기억했다. 추운 겨울날인데도 불구하고 따뜻하다 못해 뜨끈뜨끈한 아니 펄펄 끓는 열이 나던 아이를, 그 아이의 온몸에 가득 붙어 있던 악령들을, 그리고 어린 몸에 채 붙지 못한 놈들이 그 주변을 뱅뱅 맴돌던 그 장면을 아주 선명하게 기억하고 있었다.

그리고 하현이 뭐라 말하려는 것과 동시에 가주가 안채에서 달려 나왔다. 표정이 몹시 무서웠다.

'드글드글하다, 냄새가 고약한 것이 시체 썩는 냄새에 코가 떨어져 나갈 것만 같구나. 거, 나가거라. 액이 들어올라. 이 문간 밖으로 어서 나가!'

가주는 말에서 그치지 않고 아이를 업은 사람에게 달려들어서 그를 밀어내기 시작했고, 자그마한 체구의 여인인데도 불구하고 무서운 힘으로 건장한 남자를 문간까지 밀어내었다.

처음에는 당혹감에 밀린 거라 쳐도 나중에는 남자도 두 발에 힘껏 힘을 줘 자리에 버텼는데도 불구하고 가주는 그 아이를 업은 성인 남자를 문턱 바로 앞까지 질질 밀어내었다. 제 말 좀 먼저 들어 보시라, 아이의 상태부터 보아 달라고 애원해도 요지부동이었다.

'오오냐, 보고 있다. 웅, 이 몸에 다닥다닥 들러붙은 것들이 아주 한 바가지인데 보지 못할 리가 있을까. 하니 나가라는 것이다. 그 고약한 냄새나는 것들 붙여서 여 안에 들어올 생각하지 말구 거 썩 나가라 하는 것이야!'

당황해서였을까, 화가 나서였을까. 그도 아니면 붙잡을 것이 이곳밖에 없어서 그랬을까. 그 냉대와 문전박대에도 불구하고 남자는 가주에게 화를 내지 않았고, 그 대신 화를 낸 것은 다름 아닌 어린 하현이었다.

'들러붙은 게 뻔히 보이는데 어째서 떼어 주지를 않으십니까!'

하현의 기억 속, 아버지는 언제나 그의 친어머니인 가주에게 극존칭을 붙여서 말을 했었고, 어린 하현은 그것을 고스란히 배웠다. 외모뿐만 아니라 말투까지 쏙 닮아 복제판이 아니냐는 말까지 우스갯소리로 나오곤 했으니까.

하현은 그렇게 똑 부러지게 말하며 남자 앞을 가로막았다. 아니, 정확하게 말하면 두 사람 사이에 끼어들어 가주를 노려보았다.

'할머님은 참으로 매정하십니다. 드글드글이라고 하셨습니까, 다닥다닥이라고 하셨습니까! 예, 제 눈에도 저 애에게 시

꺼먼 게 가득 들러붙은 게 보입니다. 한데 어찌 어른께서 그것을 떼어 주지를 않는 겁니까!'

후에 생각해 봐도 어디서 생긴 용기인지 몰랐다.

가주는 하현에게 언제나 엄한 할머니였고, 늘 호통을 달고 다녔고 무서운 눈이 귀까지 찢어진 사람이었다.

물론 크고 나서야 그것이 진한 화장인 것을 알았지만 어렸을 당시에는 굉장한 공포였다. 그 때문에 감히 가주와 눈을 마주할 생각을 하지 못했었으니까.

하지만 그때는 주먹을 꽉 쥐고, 있는 힘껏 용기를 내서 가주의 눈을 드물게 똑바로 바라보았다. 왜 그랬을까. 글쎄, 왜 그랬을까.

하현의 집에는 늘 검은 어른들이 왔다 가곤 했다.

새까맣고 번쩍번쩍한 차에서 내리는 새까만 옷을 입고 있는 남자들. 아니면 반짝반짝한 보석을 주렁주렁 달고서 동물 털을 뒤집어쓰고 있는 여자들.

그리고 그네들만 오면 하현은 그들이 보이지 않는 곳으로 도망치기 일쑤였다. 죄다 무섭고 괴이하고 징그러운 것들을 업거나 질질 끌고 다니곤 했으니까.

그래서였는지 모른다. 남자에게 업혀 있는 아이는 온몸으로 영들을 거부하고 있었고, 영들은 그 아이의 '몸'에 들어가려고 기를 쓰고 있었다.

그 모습을 보는 것이 너무나도 싫고 역겨워서 하현은 그 아이를 구하고 싶었다. 그래서 거의 처음으로 가주에게 목소리를 높인 것이었다.

'돈이 되지 않는다 하지 마십시오. 이분에게서는 피 냄새도 나지만 돈 냄새 또한 납니다. 저보다 할머님이 더 잘 아실 테지요. 하니 들여 주십시오. 저 애한테서 영들을 떼어 주세요.'

'이무기이니라.'

곧바로 튀어나오는 말에 하현이 눈을 동그랗게 떴다. 갑자기 뜬금없이 이무기라니?

그리고 가주는 이어 말했다.

'용이 될지 이무기로 남을지 아직 아무것도 모를 아이를 들이겠다고? 잘못했다간 괜한 화를 당할 게야. 완연히 거둘 게 아니면 허투루 그 손을 뻗지 말거라.'

화가 치밀어 올랐다. 아직 아무것도 모른다고? 무엇이 될지 그 무엇도 모르면서 저렇게 굶다 죽게 만든다고? 하현의 얼굴이 붉게 달아올랐다.

'말씀하신 대로 아직 아무것도 모를 아이이니 더더욱 이렇

게 두면 안 되는 것 아닙니까?'

'하현아.'

'해서 저 아이가 용이 되면 어쩌시렵니까. 그럼 할머님께서는 용이 될 아이를 손 놓고 보고만 계시는 겁니다. 할머님께서 죽이시는 겁니다. 하면 그 업은 어쩌실 겁니까?'

정말이지 겁을 상실해도 한참 상실한 말이었다. 지금은 하라고 해도 절대로 못 할 말을 어쩜 그리 패기 있게 했었는지.

하지만 가주는 화내지 않았다. 그저 물끄러미, 하현을 내려다볼 뿐이었다. 하현도 그 시선을 피하지 않고 똑바로 마주했고, 둘 사이의 분위기가 어찌나 무거웠는지 아이를 업고 있던 남자도 아무 말 못 할 정도였다.

그리고 그 침묵을 깬 것은 가주였다.

'하면, 네가 거둘 것이냐?'

답은 정해져 있었다. 아니라고 한다면 가주는 저 아이를 이대로 외면할 것이 분명해 보였기에 하현에게는 단 한 가지 답밖에 없었던 것이다.

그리고 말했듯이 당시 하현은 어렸기에 '거둔다'라는 말의 뜻을 완전히 알지는 못했다. 해서 그때 단번에 고개를 끄덕였다.

'예. 제가 거둡니다. 용이 되든 이무기가 되든 제가 거둘 터이니……'

'안으로 들어오십시오.'

마치 그것이면 되었다는 듯 가주는 하현의 말을 석둑 끊고 남자에게 공손하게 말했다. 순식간에 달라진 분위기와 태도에 하현과 함께 당혹스러워하던 남자는 여전히 쌕쌕 숨을 몰아쉬고 있는 아들을 업고서 급히 그 안으로 들어갔다.

그리고 그게 끝이었다. 아니, 시작이었다. 그날 밤, 단잠에 빠져 있던 하현의 꿈속으로 빛나는 새하얀 용 한 마리가 날아 들어왔으니까. 그리고 그 아이는 지금……

"미르가 그러더구나."

양반은 못 된다고, 지금껏 생각하던 그이의 이름이 언급되자 하현이 피식 웃었다. 그리고 그때 아들을 업고 있던 남자, 은 교수는 아직 말도 꺼내지 않았는데 뭣 때문에 웃느냐는 듯 고개를 갸웃거리다가 말을 이었다.

"네가 본가에 오면 볼일이 끝나자마자 곧바로 사라지곤 하더니 이번에는 아예 네 방에서 나오지를 않아서 걱정이라며. 어디 아픈 건 아닌지, 아니면 여기서 뭔 일이라도 있는지 고민하던데?"

자식, 귀엽기는.

하현은 끙끙거리며 고민했을 미르의 모습이 상상이 돼서 한

번 더 피식 웃어 버렸다. 혼자 고민하면 모를까 그걸 네 아버지에게도 말을 하냐. 아니지, 병원에서 일이 있느냐고 물을 거면 가장 적절한 사람을 짚은 것이니까. 거기까지 생각이 닿도록 고민한 게 기특했다.

그래서 이왕 생각난 것, 내내 궁금했던 것이나 마저 물어보자라는 생각으로 은 교수를 바라보았다. 교수님이 먼저 가운을 벗으셨다 했으니 이런 질문도 괜찮겠지.

"미르와 떨어져 사는 건데 괜찮으십니까?"

은 교수가 갑자기 뜬금없이 무슨 소리냐는 표정으로 하현을 보았다가 하현의 진지한 표정에 멈칫했다. 그리고 쓰게 미소 지었다.

"어쩌겠어, 방법이 없는 것을. 뭣 모르고 막았다가 애를 다 죽일 뻔한 게 나잖냐."

하지만 하현은 그를 이해했다. 옛날에도 이해했고, 의학 공부를 하는 지금은 완전히 이해할 수 있었다.

일반적인 사람들은 거의가 그럴 것이었다. 특히 은 교수는 젊은 시절부터 천재라는 말을 들은 유망한 의학 박사이자 의사였고, 그런 그에게 악령이니 귀신이니 하는 것은 농담으로라도 들리지 않았을 것이었다.

하지만 그의 아들, 미르는 언제부턴가 악령의 냄새를 맡기 시작했고 그것 때문에 극도로 예민해져서 사회에 녹아들지 못했다고 했다.

집안에서도 피 냄새가 난다며 매일 울었고 길을 걷다가도, 어린이집에 가도 온갖 냄새가 다 난다며 한 발짝도 움직이기 싫어했다. 그리고 당연하게도 은 교수는 그것을 이해하지 못했다. 그는 아들의 고통을 사회 부적응으로 보고 의학적으로 치료하려고 했지만 병동에 '강제로' 입원한 미르는 얼마 지나지 않아 흰 거품을 물고 쓰러졌다.

그제야 은 교수가 심각성을 깨닫고 온갖 전문가에게 자문을 받고 검사를 하고 치료를 하려고 했지만 치료는커녕 병명과 증상조차도 확인할 수 없었고, 결국 미르의 상태가 최악으로 치닫게 되자 그는 가장 용하다고 소문이 난 당집을 찾아오게 된 것이었다.

'이것을 운명이라고 해야 할까, 우연이라고 해야 할까.'

그리고 생사의 갈림길에 서 있던 미르를 하현이 거두었고, 그 후로 미르는 그곳에서 계속 수련 중이었다. 물론 그의 출입을 막지도, 외부인이 방문하는 것을 금하지도 않았지만 어쨌거나 오랫동안 떨어져서 사는 것일 테니까.

그래서 물은 것인데 은 교수는 선선히 고개를 저어 보였다.

"여태 무탈하게 지낸 것만으로도 다행이야. 그게 네 덕분이라는 것도 알고 있고."

"……."

그게 사실이라고 하더라도 이렇게 직설적으로 듣는 것은 심히 쑥스럽고 머쓱하다. 그래서 하현은 머리를 긁적이면서 시선을 피했다.

참, 이 집 사람들은 쓸데없이 솔직하고, 직진이란 말이야. 그래서 나도 좀 옮은 것 같기도 하고.

“저도……”

“응?”

이걸 말해, 말아.

운을 떼고서도 잠시간 고민하던 하현은 ‘뭐냐?’라며 다시 재촉해 오는 은 교수의 압박에 못 이겨 오래도록 말하지 않고 속에만 담아 두었던 말을 답지 않게 머뭇거리며 꺼냈다.

“아니, 저도 그때 교수님한테 의사라는 직업을 처음 들었거든요.”

‘제발 살려 주십시오’ 하고 울며불며 찾아와서는 ‘살려 주셔서 감사합니다’ 하며 절을 하며 돌아가는 사람들을 많이도 보았다. 하지만 하현은 그게 마뜩지가 않았다. 물론 내리 가업이기도 했고, 가주가 사람들을 도와주는 것은 사실이며 익히 잘 알고 있었지만 무당 일은 막연한 거부감이 있었다.

그러던 와중에 은 교수와 미르가 나타난 것이었다.

의사, 병을 고치는 사람, 몸이 아픈 걸 고치는 사람, 사람을 살리는 사람. 그래서 하현은 그 운명에 감사했다. 미르를 만나 그를 살렸고, 은 교수를 만나 사람을 살리는 길을 알게 되었으니까.

“무당 일 빼고 사람을 살리는 길이 또 있구나 싶어서 그때부터 준비한 겁니다. 교수님이 제 롤모델이셨어요."

그리고 간과하지 말아야 할 것은, 물든 것인지 아니면 원래부터 그런 것인지는 모르겠지만 하현 또한 은 교수 못지않게 직설적이라는 것이었다.

자기가 했던 것 그대로 혹은 그 이상으로 역공당한 은 교수는 잠시간 아무 대답도 하지 못하고 입을 벙긋거리기만 했고, 하현이 그만 알았으니 이제 말 좀 하시라고 투덜거리려던 때였다.

시큰—

"윽……."

하현은 외마디 신음과 함께 다친 손으로 가슴을 콱 짚었다. 아니, 가슴이 아니었다. 심장이었다.

고통으로 순간 눈앞이 흐릿해져 등받이에 등을 기대자, 끼익 하는 소리가 났다. 하현은 인상을 찡그리며 가슴을 눌렀다.

'갑자기 여기가 왜…… 아프지?'

그러자 의자가 밀려나는 쿵, 하는 소리가 들렸고 곧바로 은 교수가 책상을 돌아와서 하현의 손을 홱 가져가 맥을 짚어 보았다. 그리고 하현은 아직도 지끈거리는 심장을 손바닥으로 누르며 깊게 심호흡을 했다. 진짜 아, 프다.

"맥은 정상인데. 혹시 친척 중에 심장병 환자 계시냐?"

"가문 내력 사상…… 후, 없습니다. 자연사, 사고사는 있어도 병사는 없거든요."

"자랑이다, 인마. 그럼 정말 요즘 무리했냐? 애들이 너 눈이 맨

날 시뻘겋다던데 진짜 잠 안 자? 일이 그렇게 많아?"

하현은 고개를 저었다. 아무리 일이 많다 해도 최소한의 휴식은 챙기면서 일한다. 그렇지 않았으면 이미 이 병원에 그득그득한 영 중 하나가 되었을걸.

안 자는 게 아니라 못 자는 거지만…… 교수님에게 말할 것은 못 되었다. 아마 믿지도 않고 거하게 놀림이나 받을걸. 하현은 말없이 고개를 저었고, 그러자 은 교수의 표정이 한층 더 심각해졌다.

"너 조심해라, 하현아. 그러다가 훅 오는 수가 있어. 몸의 신호를 무시하면 안 돼."

몸의…… 신호라.

하현은 은 교수의 말을 곱씹다가 천천히 고개를 끄덕였다. 그리고 이제 아픈 게 거의 가셨기도 해서 조금 머쓱하기까지 했다.

뭐랄까, 되게 열심히 최선을 다하여 몸과 성의를 바쳐 연구만 하는 사람처럼 보이잖아. 그래서 교수에게 뭐라고 말하려던 참이었다. 하현의 주머니가 부르르 떨리며 요란한 소리가 방 안을 가득 메웠다.

짜르르릉—

그건 마치 방울이 울리는 듯한 시끄러운 소리였고, 하현은 '야, 매너 모드 모르냐? 이런 매너 없는 자식 같으니'라고 타박하는 교수에게 죄송하다며 고개를 꾸벅이고서 급히 바지 주머니에서 휴대폰을 꺼냈다.

아까 집에서 나오며 매너 모드 풀었던 걸 이제까지 풀고 있었던 것이다. 연구실 들어올 때 꺼 뒀어야 했는데.

이건 정말 실례가 맞았기에 하현은 다시 한번 죄송하다고 하면서 액정을 보다가 그대로 굳어 버렸다.

짜르르릉— 짜르르릉—

"뭐 하냐? 안 받아?"

그 요란한 벨소리에 은 교수가 재차 타박했지만 하현은 액정에 뜬 이름에서 쉽게 시선을 떼지 못했다. 지금까지 이야기하던 사람, 생각하던 사람, 그리고 자신이 부탁하고 나온 사람의 이름이 화면에 떠 있었기 때문이었다.

그리고 그 익숙한 이름을 봤는지 교수도 천천히 입을 다물었고, 하현은 얼어붙은 듯 그 이름을 내려다보다가 천천히 액정을 밀어서 요란하게 울리는 방울 소리를 멎게 했다.

그리고 순식간에 조용해진 방 안, 그 가라앉은 분위기에서 하현이 수화기 너머로 그 사람의 이름을 불렀다.

"그래, 미르야."

* * *

탁, 타악—

양옆이 휙휙 지나갔다. 계단이 몇 개나 있었지만 칸이 몇 개이든 상관하지 않고 그저 달렸다. 뛰고 뛰어내리고 달렸다.

그를 알아보는 사람들이 반갑게 손을 들었지만 마주 인사해 줄 겨를 따위 없었다. 하현은 여전히 손에 들려 있던 휴대폰을 코트 주머니에 아무렇게나 쑤셔 넣고서 있는 힘껏 달리기 시작했다.

'하현 형, 저 미르예요.'

목소리가 가라앉아 있었다. 떨리고 있었다. 그리고 힘이 없는 게 유선상으로도 바로 전해져서 하현은 아무 말 하지 못했고, 다시 말을 꺼낸 것은 미르였다.

'힘껏 막았는데…… 제 결계가 무너졌어요. 미안해요, 형. 지키지 못했어요.'

"젠장."

하현은 후회했다.

미르에게 연화를 부탁한 것을 후회한 게 결코 아니었다. 하현이 후회하는 것은 단 한 가지였다.

'끈을 늘여 달라고 하지 말 것을 그랬어.'

원래 있던 대로, 처음부터 매였던 대로 그대로 둘걸. 인위적으로 사람의 술수로 그것을 늘여서 이 사달이 일어났다.

처음부터 그랬던 것처럼 가까이에 매여 있었다면 연화가 위험에 처할 일도 없었을 것이고 만약에 처했더라도 자신이 지켜 주었을 테니까. 미르가 힘들어하지도 미안해하지도 않았을 테니까, 지금처럼 이렇게 초조해하지 않았을 테니까.

그래서 하현은 깊이 후회하고, 후회하고, 또 후회했다. 연화를 두고 온 것이 후회스러웠다.

그리고 다시 만나면 다시는 멀리 두지 않을 것이라고, 절대로 옆에 둘 것이라고 다짐했다. 그 늘어 버린 끈, 다시 도로 줄여 달라고 가주에게 억지라도 부려 볼 생각이었다.

하현은 있는 힘껏 달리다가 눈앞에 택시가 보이자 그대로 오른손을 들고 크게 외쳤다.

"택시!"

'영가 아가씨가, 위험해요.'

제발 파, 제발 연화. 무사히.

*　　*　　*

아무 소리도 들리지 않았다.

찰랑찰랑이던 검은 물도, 공기를 가늘게 떨며 울고 있던 파도 조용했다. 연화가 그렇게 나올 줄 상상도 하지 못한 듯 당황한 모습이었다. 그리고 연화는 입술을 가만히 깨물었다.

'할머니.'

연화는 속으로 사근거렸다. 제발, 들리시나요. 그곳에서 듣고 계시나요. 부디 들어 주세요.

'하늘 할머니, 그때 말씀하신 드글드글한 악령이 무엇인지 이제 완전히 알았습니다. 이렇게 직접 겪고서야 완연히 알게 되었으니 이를 어찌하면 좋을까요. 무슨 방법이 있을까요.'

그리고 그제야 겹쳐 생각이 나는 것은, 지금 이 상황을 마치 예상이라도 하듯 저에게 말을 건넨 가주 할머니의 충고였다.

> '그래도 반드시 꼭 기억해야 할 것은, 혹여라도 누가 이 집 밖, 심지어는 저 앞마당에 서서 '아가, 이리 온나' 하고 달큰히 부른다 해도 절대로 가서는 안 된다는 것이야. 그것이 세상 고운 선녀 얼굴을 하고 있더라도 이 신당 주변에서, 아니 아예 저 대청마루 아래를 내려가지 말어. 으응?'

식은땀이 계속해서 샘솟아 손바닥이 미끈미끈했다. 연화는 치맛자락에 그 손바닥의 땀을 문질러 닦고 싶은 충동을 간신히 억누르며 단도를 다시 두 손으로 단단히 쥐었다.

나무가 닿은 가슴팍이 멍든 것처럼 아파 왔다.

'예. 하여 할머니의 당부를 기억하고 홀리지 않도록 정신을 바짝 붙들어 매었습니다. 하나 가주 할머니, 이제 저는 어찌해야 할까요. 제 목숨을 담보로 이리 선포한 것, 이제 어째야 할까요.'

단 하나밖에 없는 패를 지르기는 했지만 낭패인 기색을 드러내거나 아주 작은 틈이라도 보인다면 저들이 다시 출렁하고 파도칠 것, 어쩌면 제게서 이 단도까지 앗아 갈지도 모른다. 아니, 이 단도가 제거 목표가 될 수도 있을 터. 그렇다면 하현에게도 나쁜 영향이 미칠지 몰라.

그에 닿는 생각에 연화의 입매가 단단하게 굳었다. 제발, 제게 혜안을 주세요. 지혜를 주세요. 제발, 제발.

그때였다.

귀가 먹은 것처럼 온 사방이 웅웅거렸다.

마치 두 귀를 손바닥으로 꽈악 눌러 아무 소리도 새어 들어가지 못하게 막은 것 같은 모양이었다. 순식간에 달라진 분위기에 연화가 주위를 급히 둘러보는데 파도, 그리고 검은 물도 그녀와 같은 상황인지 당혹스러워하는 것이 역력했다.

'이건 또 갑자기 무슨…….'

찌르르릉, 찌르르릉—

온몸의 털이 다 솟구치는 느낌이었다.

먹먹해진 귀 바로 옆에서 갑자기 방울 소리가 요란하게 들렸다. 제 심장 소리밖에 들리지 않는 상황 가운데 마치 소리로 심장을 찌를 듯이 커다랗게 울린 것에 연화는 제자리에서 펄쩍 뛰었다.

그런 당혹스러운 상황임에도 익숙하다고 생각한 것은 그 방울 소리를 어디선가 들어 보았다는 것이었다. 아직까지 요란하게 울리고 있는 이 소리, 방울 소리는……

'그때!'

하현을 처음 만났을 때, 그가 건드린 방울 소리였다. 당혹으로 가득 물들어 있던 연화의 두 눈이 반가움으로 반짝였다.

'하면 여기로 도령께서 오신 걸까?'

머릿속을 탕, 치는 듯한 생각에 연화는 하현을 찾고자 이리저리 고개를 돌렸다. 하지만 그보다도 먼저 눈에 들어온 것은 검은 물이었다.

마루 위에서 물이 출렁출렁 일렁거리고 있었다. 방금 전의 그 너울과는 다른 느낌이었다.

좀 전에는 몹시 위협적이고 공격적이었다면 지금은 완전히 겁에 질려 있는 듯한 느낌, 살얼음이 떨리는 느낌이라고 해야 할까 물이 바들바들 떠는 듯한 느낌이었다.

그리고 연화는 순간 퍼뜩 드는 생각에 주위를 다시 둘러보았다.

'설마 이 방울 소리 때문에?'

처음에는 짐작이었으나 이제는 완연한 확신이 되었다. 물은 못 들을 것을 들은 듯, 못 볼 것을 본 듯 슬금슬금 뒷걸음질을 치기 시작했고, 연화의 발치 바로 앞까지 밀려들어 왔던 검은 물은 이제 주춧돌을 타고 내려가고 있었다.

물이 쓸고 지나간 나무 바닥에 얼룩이 진 것이 그 물의 일부는 아예 말라 버린 듯한 그런 느낌이었다.

그동안 방울 소리는 그치지 않고 계속 요란하게 울려 대었고, 물이 한 방울도 남기지 않고 마룻바닥에서 물러나고 나서야 그 울림이 사라졌다. 검은 물이 연화와 파를 덮치려던 순간부터 들리기 시작해서 완연히 쫓아 버린 것이었다.

연화는 그 생각지도 않은 도움에 얼떨떨해서 눈을 깜빡이다가 물이 다 사라진 것을 똑똑히 확인하고서 급히 두 손을 뻗었다. 그리고……

"파!"

어느새 자신의 곁에 떠올라 있던 푸른색 단도를 손안에 가득 담고 자신의 몸 쪽으로 끌어당겼다. 파가 놀라서 바르르 떨었지만 연화는 상관하지 않고 그녀를 두 손으로 꼬옥 잡고서 푸른 그 검신에 뺨을 대며 말했다.

"움직이면 나 화낼 거예요."

아마 파에게 입이 있었다면, 그녀가 말을 할 수 있었다면 한바탕 잔소리가 늘어졌을지 모를 행동이었다. 신검을 몸 가까이에 대는 영가라니, 있을 수 없는 일이었으니까.

한 번 찔리거나 베이기만 해도 아까 그 악령처럼 회색 연기로 스러져 버릴 테니 가급적이면 멀리 떨어지는 편이 안전했다. 파에게 연화를 지키라고 명령했던 하현도 사실 그것을 걱정했었고.

하지만 연화는 아랑곳하지 않고 빳빳하게 굳은 그 검을 가만히 보듬어 잡았다. 아니, 아니야. 아니에요, 파.

"날 구해 주러 왔지요?"

연화는 아까 빛처럼 날아왔던 파를 똑똑히 기억했다.

그래, 그것은 과연 빛이었다. 빛이라는 말이 아니고서는 달리 표현할 게 없었다.

파는 그야말로 푸른빛, 한 줄기 섬광처럼 지체 없이 날아와 자신의 앞을 가로막았고 온몸으로 지켜 주었다. 과연 피의 맹약이라는 것일까, 이 작은 단신에 어떠한 힘이 깃들어 있기에 그렇게 용감할까.

연화는 여전히 뺨을 댄 채로 가만히 있다가 천천히 얼굴을 들었다. 파는 놀란 것인지 아니면 체념한 것인지 연화의 손에 얌전히 잡혀 있었고, 연화는 파를 가만히 내려다보다가 푸른 단검 날이 점점이 하얗게 슬어 있는 것을 보고서 한숨을 쉬며 그것을 가만히 손끝으로 만졌다.

파가 파드닥하면서 움찔했지만 꼭 잡고 놔주지 않았다.

"하지만 당신도 다쳤잖아요. 아프지 않다는 거짓말은 통하지 않아요, 파. 아까 치익하고 흰 연기가 올라오는 거 분명히 봤으니까. 그리고 지금도 보이거든요."

언제부터일까, 아까 전에는 언뜻언뜻 검날에 비쳐 보이던 여자의 모습이 이제는 비교적 뚜렷하게 보이고 있었다. 그건 마치 검 위에 겹쳐 보이는 듯한 형상이었고, 그 여자는 어이없다는 표정으로 입을 딱 벌리고 있었다.

'아까 전보다 좀 나이가 들은 것 같은데.'

이전에는 십 대 후반, 혹은 이십 대 초반 같은 모습이었으면 지금은 완전한 이십 대 여성으로 보이는 모양이었다. 하지만 파는 이 상황이 몹시 당혹스러운지 얼어붙은 그대로 움직이지 않고 있었고, 그래서 연화는 하고 싶은 말을 아주 수월하게 할 수 있었다.

"나를 지키라는 그 명령에 따라 준 거라면 고마워요. 도령과의 계약이니 반드시 지켜야 할 테지요. 하지만 나와 하나만 약속해 주세요."

새까만 물을 뚫고 자신에게 날아와 주었을 때, 그 푸르른 빛에 얼마나 위안을 얻었는지 모른다. 감사했는지 모른다. 저 멀리에서도 자신의 위험을 알아챌 만큼 촉각을 곤두세우고 있었다는 말이니까.

그리고 그녀가 자신의 앞을 가로막고 온몸으로 지키려고 노력할 때에는 감사함을 넘어 감동이었고, 그녀가 다쳤을 때에는 심장이 쿵 떨어지는 기분이었다. 그래서 스스로에게 검을 들이대는 과감한 행동까지 할 수 있었다. 그녀가 자신을 막다가 다치는 것을 보아서, 막아 주는 것을 보아서.

파는 여전히 그녀의 손에 꼭 잡혀 있었고, 연화는 더는 바둥거리지 않는 그 검에게 마저 속삭였다.

"스스로를 희생하지는 말아요."

연화는 고개를 끄덕였다. 그래, 저것만 아니면 돼.

"당신에게만 고백하자면…… 살아 있을 적에 일평생을 혼자 앓아 왔던 생각이 어머니는 나를 대신해 돌아가셨다는 거였어요. 내가 살거나, 어머니가 살거나 둘 중 하나인 상황에서…… 저를 택하셨다는 말을 들었으니까요."

당연히 직접 들은 말은 아니었다. 그런 말을 직접 했다가는 당장에 아버님의 불호령이 떨어졌을 테니까. 하지만 이 세상에 온전한 비밀은 없다고, 집 안에서 시중인들끼리 수군수군거리는 그 말을 우연히 전해 들었다. 아기씨와 마님 둘 중 하나를 살려야 하는 상황 속에서 아기씨가 살았다는 것, 그것을 엿듣게 되었다.

그리고 그날부로 연화는 자신의 병을 받아들였다. 어미를 죽이고 대신 생명을 얻은 아이, 그래서 하늘이 악하다고 벌을 주어 병을 몸에 심고 태어났다고 생각했다.

하여 아파도 내색하지 않았고, 온몸이 조각나는 것처럼 고통스러워도 그 아픔을 달게 받아들였다. 죽고 난 다음에야 좀 덜해졌지만.

연화는 속으로 생각을 다시 접으며 자신을 빤히 올려다보고 있는 파를 가만히 내려다보았다.

"그러니 부탁할게요. 대신은 정말 싫어요."

입술은 있되, 여전히 말은 못 한다는 것일까. 파는 여전히 말은 없었지만 연화는 그녀가 천천히 고개를 끄덕이는 것을 보고서 그제야 환하게 웃었다.

"약속이에요, 이것도 맹약이에요. 알았지요?"

그에 알겠다며 다시 까닥거리는 모양에 연화는 그녀를 두 손바닥 위에 올려 둔 그대로 와락 품 안에 안았다. 파가 다시 빳빳하게 굳었지만 상관없었다.

"너무 기뻐요, 벗이 생긴 것만 같아. 아니 우리 둘 다 영이니까 앞으로 벗이 될래요?"

그에 파가 연화 품 안에서 파닥거리려던 찰나, 순간 귀가 시원해졌다. 요란했던 방울 소리가 멎은 지 좀 되었는데도 여전히 먹먹하게 귀가 막힌 느낌이었고, 그에 점점 익숙해지고 있었는데 마치 꼭꼭 막고 있던 투명한 막이 사라진 듯했다.

그리고 다음 순간, 눈앞이 환해졌다.

"연화 씨!"

귀가 반응했다. 몸이 반응했다. 영혼이 반응했다.

마치 구름 가득 낀 하늘이 맑아지는 느낌, 눈앞을 가득 가리고 있던 진한 회색빛 천이 완연히 걷히는 느낌, 빛 하나 없는 깊은 물에 풍덩 빠져 있다가 저 환한 하늘로 온전히 건져지는 느낌이었다.

연화는 천천히 고개를 들어 앞을 바라보았다.

저 앞에서 달려오는 그림자는 그녀가 오래전부터 부르던 사람, 마음속으로 애타게 찾던 사람, 이 세상에서 오직 믿을 수 있는 단 한 사람을 그리고 있었다.

하현이었다.

* * *

하현은 정신이 없었다.

어떻게 결제를 했는지, 어떻게 택시에서 내렸는지, 어떻게 문을 열고 여기로 뛰어 들어왔는지 기억이 하나도 나지 않았다.

미르를 만나 연화가 어디로 갔는지 물어볼 생각이었지만 택시에서 내리는 순간 그저 직진으로 달리기만 했다. 마치 끈이 당겨지는 느낌, 팽팽히 당겨져 있던 끈의 감각이 이제야 느껴지는 기분이었다.

그래서 하현은 주저하지 않고 그 감각을 따라 달렸고 그 길의 끝에는 역시, 연화가 서 있었다. 그제야 심장이 놓이는 듯했다. 꽉 옥죄여져 있던 그 불안이 그제야 사라졌다. 연화가, 무사했다. 감사했다. 그러다가 생각이 난 것은,

'내가…… 왜 이렇게 안도하지?'

자신의 감정이었다.

왜 이렇게 떨리고 왜 이렇게 걱정되고 왜 이렇게…… 안도가 될까. 저 사람이 무사하다, 라는 그 사실이 왜 이렇게 안심이 될까.

나와 묶여 있어서, 나와 연결되어 있어서. 단지 그것 때문에?

그리고 뒤이어 떠오른 것은, 은 교수의 말이었다.

'너, 요새 무슨 일 있냐?'

무슨…… 일이라.

하현은 자신의 앞에서 얼굴이 새하얘진 채로 서 있는 연화를 천천히 바라보았다. 무슨, 일이라.

머리가 멍했다. 혼란스러웠다. 이 마음이, 이 감정이 어지러웠고 그 와중에도 마음 저 아래에 가라앉아 단단하게 붙어 가고 있는 사실이 무거웠다.

'내가 저 사람을…….'

차마 그 뒷말까지 생각할 수가 없어서 하현은 고개를 저었다. 마음을 저어 흐트러뜨렸다. 대체 내가 왜 이러지. 아니, 언제부터 이랬지. 언제부터 이토록……

"괜찮습니까?"

담고 있었을까.

*　　*　　*

한편 연화도 정신이 없었다.

좀 전에 있었던 무서운 일도 문제였으나 지금 이 순간 다시 돌아온 이래로 가장, 가장 많이 놀랐다. 심장이 쿵 떨어지는 기분이었다. 모든 공포와 무서운 기억이 다 날아가는 기분이었다. 그도 그럴 게,

'이름을 불러 주셨어.'

내려온 이래로 처음으로 듣는 이름이었다.

하늘 할머니도, 가주 할머니도 그녀를 '아가'라고만 불렀고, 첫 대면 때 이름을 밝혔음에도 불구하고 하현도 '당신'이라고만 불렀다. 아니면 아예 부르지 않고 그냥 말만 하거나.

그래서 연화는 처음으로 하현의 입에서 나온 자신의 이름이 마음에 벅차서 아무 말도 하지 못하고 있었다.

'어쩌지, 어떡하지. 이름만 들었는데도 온 세상이 두근거려, 쿵쿵 박동하는 것만 같아.'

이름 한 번에 세상이 떨리면, 손끝이라도 닿으면 무너지는 게 아닐까. 그리고 자신을 바라보는 하현의 눈길이 새삼 부끄러워져 연화는 살짝 고개를 숙였다.

복숭앗빛으로 물든 얼굴을 부러 아래로 돌려 숨겼다. 어느덧 파를 꼭 안고 있던 손은 스르르 풀어져 있었고, 그것을 뒤늦게 깨달은 파는 그녀의 손에서 날아올라 바르르 온몸을 떨었다. 마치 재채기라도 하는 듯한 모양이었다.

그리고 그제야 하현의 시선이 연화에서 파로 옮겨졌다. 그녀를 보는 하현의 시선에 온기가 묻어났다. 그녀가 연화를 보호해 주었을 테니까, 막아 주었을 테니까.

"고맙다, 파. 약속을 지켜 주었구나."

파는 당연한 것 아니냐는 듯 허공에 동동 떠 있었고, 하현은 그녀를 애정 어린 눈으로 가만히 바라보다가 고개를 갸웃했다.

"이 흰 건 뭐지?"

연화는 괜찮냐고 했던 하현의 질문에 대답할 틈을 놓쳐서 말을 고르고 있다가 번쩍 고개를 들었다. 하얀 것, 파의 검신에 맺혀 있던 검은 물방울, 삭아 버린 그 칼날.

그녀가 반사적으로 바라본 파는 괜찮다는 듯 허공에서 탈탈 몸을 털고 있었지만 연화는 그녀의 푸른 검신에 물들어 있는 하얀색 흉을 보는 것이 마음 아파서 고개를 돌리면서 말했다.

"저를 지키다 생긴 상처입니다."

처음에는 이름에 마음이 떨렸지만 지금은 미안함으로 심장이 떨렸다.

어디서부터 말을 해야 할지, 어떻게 말을 꺼내야 할지 몰라서 머릿속으로 한참이나 말을 고르던 연화는 하현이 자신을 바라보자 그냥 생각나는 대로 말을 이었다. 괜찮다는 말이 우선인데, 걱정해 줘서 고맙다는 말이 먼저인데.

"아까 낮에 도령께서 대문을 나서시는 순간 동생분이 제게 안으로 도망하라 하셨습니다. 하여 정신없이 도망쳤으나 악령들이 돌연 검은 물이 되어 이곳으로 밀어닥쳤고, 제가 절체절명의 위험에 처한 순간 파가 날아와서…… 저를 그들에게서 보호해 주었습니다."

원래는 더 길게 말하려고 했다. 더 상세하게 설명 드리려고 했다. 하지만 그때의 기억은 다시 생각하기엔 너무나도 끔찍했고, 잠시 떠올렸는데도 온몸이 부르르 떨려서 연화는 덜덜 떨려오는 손을 다른 손으로 꼭 잡으면서 허공에 떠 있는 파를 바라보았다.

아까는 잘 몰랐으나 이리 빛 아래에서 자세히 들여다보니 푸른 검신에 점점이 생긴 흰 자욱이 참으로 많았다.

그 검은 물방울이 튄 자리마다 하얗게 타 버린 것이었다. 약을 바르면 나을까, 시간이 흐르면 사라질까. 연화는 마음이 다시 아파 와 입술을 깨물었다.

하현은 아무 말도 하지 않고 그녀의 나머지 말을 가만히 기다리고 있었고, 연화는 잠시 숨을 고르다가 말을 마저 이었다.

"하여 제가 그 앞을 막고 악령들에게 말하기를, 당신들이 노리는 것은 나일 터이니 더는 파를 괴롭게 하지 말라 일렀습니다. 만약 그래도 괴롭게 할 시에는 이 단도로……."

말을 이으며 품 안의 도화 단도를 꺼내려던 연화의 눈이 순간 동그랗게 커졌다. 분명 이 품 안에 들어 있을 텐데? 아닌가? 아니, 아니었다. 아까 필시 이렇게 심장을 겨냥하고 있다가……

"……!"

연화는 말을 마저 잇지 못했다. 바닥에 떨어져 있는 그 나무 단도를 하현이 집어 들었기 때문이었다. 그가 허리를 굽히고 팔을 뻗어 단도를 집어 드는 것이 시간이 멈춘 것처럼 천천히 천천히 보였다. 그리고 하현은 그 단도를 온전히 잡고서 연화를 바라보았다. 마치 하던 이야기를 계속하라는 표정이었다.

"단도로?"

"……."

연화는 살짝 그의 눈치를 보았다.

인상을 찡그리지도, 언성을 높이지도 않았으나 왠지 화가 난 것 같은 느낌이었기 때문이었다. 손수 만들어 주신 것을 소중히 하지 않고 바닥에 떨군 것에 화나신 걸까, 아니면 아버님의 유품이자 피로 맹약한 신검을 다치게 한 것에 화가 나신 걸까.

둘 다 가능한 일이라서 연화는 조금 침울해졌다.

"그래도 계속 파를 공격한다면 그 단도로 제 심장을 찌르겠다 일렀습……"

연화는 말을 멈췄다. 순식간에 하현의 표정이 싸늘해졌기 때문이었다. 좀 전까지만 해도 그래도 온기가 있었는데 지금은 얼굴에서 따뜻한 기운은 다 빠진 것처럼 아주 냉랭하기 그지없는 표정이었다.

순식간에 달라진 그 느낌에 연화가 멈칫 놀라 있는데 하현이 그녀를 차갑게 쳐다보았다.

"실망입니다."

"예?"

연화의 눈이 동그랗게 커졌다.

실망이라고? 무엇 때문에 실망하셨을까. 짚이는 것이 없지는 않았으나 그렇다고 그거라고 생각하고 싶지도 않아 연화는 대답을 하지 못하고 커다란 눈만 깜빡였고, 하현은 그녀를 보다가 시선을 돌렸다.

그 눈길이 무어라고, 그저 눈동자를 돌려 버린 것뿐인 작은 행동이었으나 연화는 심장이 발등까지 쿵 떨어지는 기분이었다. 그리고 그것을 짓누르듯 하현이 말을 이었다.

"당신은 저의 말을 귀담아듣지 않으시나 봅니다."

"귀담아듣……"

그게 무슨 말이냐는 듯 되묻던 연화의 입술이 천천히 멎었다. 하현이 진심으로 화가 난 표정으로 그녀를 똑바로 바라보았기 때문이었다.

"제가 이 단도를 드리면서 뭐라고 했습니까. 영을 벨 수 있게 해 놓았다고 하지 않았습니까. 당신은 영이 아닙니까?"

"그……"

"또한 과거로 다녀왔던 날, 처음으로 악령에게 공격당할 뻔했을 때 제가 분명히 말했습니다. 묶인 영가가 다치게 되면 그 주체자도 적든 크든 타격을 입는다고요. 당신은 저를 소중하게 생각하지 않는 겁니까?"

연화는 아무 말도 하지 못했다. 아니, 할 생각도 하지 못했다.

그래, 생각을 하지 못했다. 당시에는 파를 지키기에 급급해서, 홀로 외로이 버티고 서 있는 파를 노리는 놈들이 너무나 괘씸하여 나에게 있는 유일한 비수, 나를 지킬 수 있고 남을 해할 수 있는 그 비수를 들어 겨냥했다.

해도 남에게 상해를 끼칠 수 없어 날을 돌렸다. 나를 겨냥했다. 그런데 그것이 이렇게 꽂히는구나.

"하현 도령……."

연화의 새까만 눈에 투명한 눈물이 서서히 차올랐다.

미안하고 미안했다. 그의 말을 허투루 들은 것도 아니었고, 마음과 머릿속에 온전히 다 담겨 있는데도 불구하고 왜 그 생각을 하지 못했을까. 가장 중요한 것, 그에게 타격을 입힐 수도 있다는 것을 왜 간과했을까. 그리고 가장 슬픈 것은—

'당신은 저를 소중하게 생각하지 않는 겁니까?'

그럴 리가 없었다. 그럴 수가 없었다. 자신을 이곳에 발 딛고 서게 해 준 사람도 이 사람이었고, 자신을 지켜 주는 사람 또한 이 사람이었다.

무엇보다 하늘 할머니가 명하신 그것, '사랑을 찾아 돌아오거라'라는 과제를 단번에 해결해 준 사람이었다. 그런데 어찌 그 사람을 소중하게 생각하지 않을 수 있을까. 자신의 연약한 심장이 온 힘을 다해 향하는 사람인데.

하지만 연화는 이번 역시 그 말을 하지 못했다. 뒤이어 나오는 하현의 말 때문이었다.

"그리고 이제야 알았습니다. 왜 갑자기 심장이 아팠는지 그 이유를요."

"아프셨습니까?"

연화의 얼굴이 새하얗게 질렸다. 하현에게 미안한 마음과 스스로를 책하는 마음에 꾹꾹 눌려 굳게 닫혀 있던 입술이 빗장이 걷힌 것처럼 활짝 열렸다.

"어디, 어디가 아프셨습니까? 저는 찌르지 않았습니다. 그저

이 위에 대고 겁박만 했을 뿐입니다. 실제로 찌른 건 아니어요. 단지, 단지 그들을 물러나게 하기 위하여 그랬을 뿐이온데 도령께서 아프셨다니요. 진정이시어요?"

순식간에 말이 쏟아져 나왔다.

만약 말에 밀도와 모양이 있었다면 하현을 왈칵 덮쳐 버렸을 것이었다. 하지만 연화는 멈추지 않고 그의 손을 와락 잡았다.

하현이 눈에 띄게 움찔했지만 아랑곳하지 않는 모양이었다. 정신없이 하현의 손을 주무르고 얼굴을 들여다보고 하는 그녀의 표정에서 당혹스러움과 죄책감, 슬픔이 가득 묻어 나왔고, 그야말로 어찌할 방도를 몰라 하고 있었다.

"심장이라 하셨습니까? 하면…… 하면 큰일입니다. 아아, 어쩜 좋아요. 제가 겨냥하고 누른 곳이 여기 제 심장이 쿵쿵 뛰고 있는 곳입니다. 한데 도령 또한 그 부근에 통증이 오신 거면……."

"저기, 조금 진정하시고……."

"제가 이 마당에 어찌 진정합니까! 도령께 늘 폐만 끼치고 있는데 이번에는 고통까지 드렸습니다. 저 또한 가슴 병을 앓아 왔던지라 그 고통이 얼마나 크고 괴로운지 아주 잘 압니다. 한데 그 고통을 드린 제가 어찌 진정합니까!"

연화는 정말이지 엉엉 울고 싶었다. 아니, 이미 울고 있었다. 아버님을 뵙고 돌아온 이래로 처음 터져 버린 눈물샘이었다. 하지만 그때와 다른 것은 그때는 홀로 계신 아버지의 모습이 슬프고, 마음 아프고 안타까워서 울었지만 지금은 스스로가 너무나도 미워서 우는 것이었다.

그래서였을까 속에 담아 두고 있던 말들이 울음에 섞여서, 눈물에 섞여서 흘러나왔다. 마구마구 범람했다.

"저는, 흑, 파를 지키려고 했습…… 니다. 도령께서는, 흡, 파에게 저를 지키라…… 고, 명령하셨지만 파 또한, 흑, 당신에게 큰 의미, 인데……."

울면서도 꿋꿋하게 말을 이으려는 것을 기특하고 가상하다고 생각해야 하는 걸까, 울음과 딸꾹질로 흐느끼면서도 말을 이어가려던 연화는 눈물이 다시금 차오르는지 두 손으로 눈가를 닦아 내면서 말을 이었다.

"그래서 지키려고 했습니다. 이미, 상처를 입은 것은 어찌할 수 없으나, 흑, 다시 다치는 것만큼은 막고 싶었습니다. 그래서, 그래서 겁박하려고 저 나름으로 생각한 것이온데……."

"……."

하현은 정말이지 머리를 감싸 안고 싶어졌다. 마치 자신이 큰 잘못을 한 것 같은 기분이 들기 시작했기 때문이었다. 게다가 저런 이유 때문이라니…… 정말이지 이 사람은 어디까지 사랑스러우려고 이러는 걸까.

하지만 그런 그의 마음을 모를 연화는 엉엉 울고 있었다. 아무래도 악령에게 시달렸던 것에 대한 공포와 두려움, 억울함에 미안함과 서러움, 그리고 놀란 것이 복합적으로 섞여 버려서 평

터져 버린 모양이었다.

그래서 하현은 더 달랠 생각을 하지 않았다. 이럴 때는 차라리 크게 우는 편이 나을 수도 있을 테니까. 속이라도 후련하게 해 주고 싶었다. 그리고 연화는 과연, 후련하게 우는 중이었다. 그리고 조금 뒤, 한참이나 들썩이던 흰색 저고리 아래로 삐죽, 세모난 목소리가 새어 나왔다.

"하나, 흑, 도령께서도 말이 심하셨습니다."

나?

하현은 눈을 껌뻑거리다가 연화를 내려다보았다. 너무 울어서일까, 연화의 얼굴은 자신이 입고 있는 복숭아색 치마 그 빛깔이 되도록 달아올라 있었고, 눈물로 흠뻑 젖어 있었다.

그 모양에 이제 그만 닦을 거라도 줘야겠다는 생각이 들어 하현이 몸 어디엔가 있을 손수건을 찾아 한 손을 더듬더듬하는데 다음 나온 말에 그 손이 딱 멎었다.

"저는, 도령 외에는 그 아무것도 없습니다."

하현은 연화를 천천히 내려다보았다. 하지만 그녀는 두 손으로 얼굴을 덮어 손등으로 눈물을 닦고 있었다.

"그것은 익히 도령도 알고 계실 터, 이 세상에 제가 의지할 분은 도령밖에 없다는 걸 이미 잘 알고 계시잖습니까."

하현의 표정이 약간 허탈해졌다. 그래, 이런 의미겠지. 기댈 사람, 아는 사람이 나밖에 없다는 것이겠지.

'……그런데 내가 왜 실망을 하지?'

방금 전의 그 말에 무엇을 기대했길래 이런 서운함이 드는 걸까.

스스로도 알 수 없는 감정에 정신이 팔려 하현이 대답을 하지 못하고 있는데 연화가 천천히 고개를 들어 그를 올려다보았다.

어찌나 울었는지 눈도 토끼처럼 빨갛고 코도, 입술도 죄다 빨개져 있었고 이제 좀 진정이 되었는지 딸꾹질은 멎어 있었으나 눈은 여전히 눈물로 흠뻑 젖어 있었다.

한껏 고인 감정은 결국 말간 물과 함께 흘러내렸다.

"저는, 진정으로 도령을 소중하게 생각합니다. 이 세상 단 하나밖에 없는 소중한 이십니다. 하니 앞으로는 그런 말 마십시오. 도령을, 흑, 소중하게 생각하지 않느냐는……."

'……미치겠네.'

결국에는 또 흘러내리는 눈물에 하현은 진심으로 두 손을 들고 말았다. 완패였다.

저런 얼굴과 저런 말투와 저런 모습에다가 눈물까지 더해지면 정말 당해 낼 수가 없었다. 게다가 그 말의 내용이 어찌 들으면 꼭 고백하는 것처럼 들려서 자꾸만 귀가 뜨거워지는 것 같았기 때문이었다. 그래서 하현은 잠시 천장을 올려다보다가 후, 한숨을 짧게 내쉬었다.

이걸 어떻게 말해야 할까. 이 정도면 괜찮을까. 그래, 숨긴 것은 아니니까 괜찮겠지.

"미르에게 전화가 왔을 때."

어느덧 연화의 등은 더 이상 흔들리지 않고 있었고, 그 모양에 다시금 안도하며 하현은 말을 이었다.

"후회했습니다."

하현은 그 전화를 받은 즉시 벌떡 일어나 그대로 뛰쳐나왔다.

아무리 편한 사이라고 하더라도 교수와의 면담 중이었다. 그가 이해를 해 주어서 다행이었지, 어떻게 보면 굉장한 실례인 것이다. 하지만 그 당시에는 아무런 생각도 들지 않았다. '영가 아가씨가 위험해요'라는 그 한 마디에 머릿속이 새하얗게 지워졌다.

평소 같았으면 미르에게 넌 괜찮냐는 말 정도는 했을 테지만 그때는 그 말조차도 할 수 없었다. 그래서 은 교수에게 양해를 구하고 그대로 뛰어나와 도로에서 지나가던 택시를 거의 온몸으로 잡아서 타고 달려온 길이었다.

연화는 그의 말을 아무 말 없이 듣고 있었고, 하현도 딱히 그녀에게 대답을 바란 것이 아니었다. 그저 속에 찰랑이는 말을 밖으로 조금이나마 붓고 싶었다.

"괜한 짓을 했다고 생각했습니다. 처음 끈이 이어졌던 그대로 두었다면 일어나지 않았을 상황이니까요. 그러나 내가 자초한 상황이라 누구에게 화도 낼 수 없었지요. 정말 여기로 오는 내내 심장이 말라붙는 기분이었습니다."

그리고 지금까지 계속 그 이유를 생각하는 중이었다.

왜 이렇게 당신이 생각날까, 왜 이렇게 걱정될까, 왜 이렇게…… 화가 날까. 연화에게 화가 나는 건 아니었다. 아까 그 도화 단도 때에는 잠시 화가 나긴 했지만 아직까지 이렇게 부글부글 끓을 일은 아니었다.

지금 화나는 것은, 이제 화나는 것은 그녀를 노린 악령들 때문이었다. 그녀가 위험하다는 것은 익히 알고 있었다. 가주에게 누누이 듣기도 했고, 연화에게서 직접 전해 듣기도 했다. 그런데 그녀가 스스로에게 검을 들이밀어 겁박을 할 정도로 그런 극한 상황까지 가게 될 줄은 몰랐다.

'감히 나와 연결된 이 사람을…….'

하현은 아까를 기억했다. 자신을 보자마자 환해지던 얼굴을, 파들파들 떨던 몸을 기억했다. 그런 잔상들이 연거푸 쌓이자 놈들을 향한 화가 계속 치밀어 올랐다. 자신에게는 다가오지도 못하는 그림자 놈들이 감히.

한편, 연화는 고개를 들지 않았다. 아니 얼굴을 들 수가 없었다. 제가 꺼내 놓았던 말에 담겨 있는 마음의 무게에 깜짝 놀라 혹여 들키지는 않았을까 두근두근 조마조마하고 있는데 이리 되돌아오는 대답이라니.

아까 전이 심장이 말라붙는 기분이라면 그래, 지금 그녀의 마음은 심장이 부풀어 오르는 기분이었다. 그리고 다음 순간 나온 말에 연화는 결국 고개를 번쩍 들고 말았다.

"어쨌든, 당신에게는 미안……"

"사과하지 마십시오!"

거의 동시였다.

하현이 말을 꺼내는 것과 거의 동시에 연화가 막듯이 단언한 것이었다. 그녀는 말하는 것에서 그치지 않고 마치 그 입을 멎게 하려는 듯 하현의 입 쪽으로 두 손을 뻗고 있었다.

그 모습이 굉장히 단호해 보여 하현은 더 말을 잇지 못하고 멈칫했고, 연화는 그를 똑바로 올려다보았다.

"저는 더 이상 죄송하고 싶지 않습니다."

죄송하고 싶지 않다고?

하현이 눈을 깜빡이며 그녀를 말없이 내려다보자 연화가 숨을 고르고서 말했다. 아까와는 사뭇 다른 떨림이 발끝부터 올라오고 있었지만 애써 무시했다.

"도령께서도 본래의 업무가 있으시다는 거 잘 압니다. 할머님께 끈을 늘여 달라 부탁드린 것도 그 이유 때문이겠지요. 내내 말씀드렸듯 죄송한 건 소녀입니다. 느닷없이 날아와 도령께 묶여 일상생활에 피해를 드리고 있으니까요."

"아니, 피해가 아니라……."

"하면 지장이라고 하지요."

하현은 뭐라고 말하려다가 도로 입을 다물었다.

연화는 이제까지 싫은 소리도, 서운한 소리도 하지 않았다. 감정을 표현하는 것이 서투른 것이 아니었다. 기쁘고 즐겁고 신기한 것이 생기면 온몸으로 나타내곤 했으니까. 그녀는 하지 못하는 것이 아니라 참고 있는 것이었다. 스스로를 답답하게 하고 있는 것이랄까. 그런데 지금 그 단단한 둑이 조금 금이 간 것이었다. 저렇게 조금씩 새어 나오는 감정이 바로 그 안에 갇혀 있던 그녀의 마음이겠지.

그래서 하현은 가만히 입술을 다물었고, 연화의 말을 기다렸다.

"한데 여기에 도령께서 죄송하다 하시면 소녀의 마음이 어떻겠습니까. 감한 것에 더 감해지는 것, 송구스러워 얼굴을 마주할 수 없을 것입니다. 하나 기 말했듯 소녀는 도령을 놓을 수 없습니다. 그러니……"

연화의 눈동자와 하현의 눈동자가 똑, 마주쳤다.

그리고 왜일까, 연화는 하현이 웃고 있는 것 같다고 생각했다. 아까와 달리 눈빛이 따스했다. 그 눈빛이 너무나도 보드라워서 연화는 홀린 듯 잠시 말을 잇지 못하고 사이를 두다가 흘리듯이 말을 맺었다.

"미안하다라든가 그런 말씀은 하지 말아 주시어요. 외려 제가 송구스러우니."

처음에는 당당하게 말하는 것 같더니 결국 마지막은 자그맣게 줄어들고 만다. 그러면서 살짝 자신을 올려다보는 모양이 꼭 순한 고양이 같은 모양이라 하현은 결국 웃고 말았다.

어쩔 땐 고양이 같기도 하고, 또 어쩔 땐 강아지 같기도 하고. 그리고 하현은 그녀를 향해 천천히 손을 뻗었다.

"그럼 저와 약속 하나 더 하시지요."

"약조 말씀이시옵니까?"

하현이 고개를 끄덕였다. 조건을 붙여서 약속하는 것이니 약속이라는 말보다는 약조라는 말이 더 어울리겠지.

"앞으로 절대로 무모한 짓을 하지 않을 것."

연화의 고개가 갸우뚱했다.

"무모한 짓이라 하오시면……."

"예를 들면 저 검으로 심장을 누르는 그런 행동 말입니다."

"하오나 그것은…… 예."

그때에는 다른 방법이 없었단 말입니다, 라고 항변하려고 했지만 연화는 순순히 입을 다물고 말았다. 하현이 자신의 심장 쪽을 손가락으로 가리켰기 때문이었다.

"우연의 일치일지 모르겠지만 그건 제 심장이 무언가에 찔리는 듯한 아픔이었습니다. 미리 말해 두지만 저희 집안에는 심장병 환자가 없습니다."

연화는 약간 겁먹은 표정으로 하현을 바라보았고, 하현은 자신이 들고 있는 도화 나무 단도를 내려다보았다.

단도, 라고는 하지만 겉보기에는 그저 나무토막으로만 보였다. 혹시라도 품고 있다가 그녀가 긁히기라도 할까 봐 단도 날끝도 일부러 뭉툭하게 다듬어 둔 것이다. 그런데 이걸 심장에 대자 자신이 아팠다. 그녀와 '연결'되어 있다는 게 확실했다.

하현은 검에서 시선을 돌려 연화를 진지한 표정으로 바라보았다.

"다시 말씀드리지만 당신과 저는 이어져 있습니다. 당신이 다치면 제가 아프니까요. 그러니 앞으로는 그런 행동을 하지 말아 주십시오. 아픕니다."

연화의 얼굴이 조금 달아올랐다.

이어져 있다느니, 당신이 다치면 자신이 아프다느니 이런 말은 연서를 엮은 서책에서나 보았지, 이렇게 직접적으로 들은 적은 없었기 때문이었다. 그래서 연화는 어쩔 줄을 몰라 하다가 결국 작게 고개를 끄덕였고, 하현은 그 모습을 만족스러운 표정으로 보다가 공을 넘겨주기로 했다.

"그럼 이번에는 당신 차례입니다."

"예?"

"왜 그렇게 놀랍니까? 약조라고 했는데요."

아아, 약조.

연화는 괜히 약속을 약조라고 정정했나, 살짝 후회하다가 이왕 이렇게 되어 버린 것, 약조로 걸 만한 것이 무엇이 있을까 곰곰이 생각에 잠겼다.

하현에게 요구할 것, 하현에게 요청할 것. 무엇이 있을까…….

'아.'

잠시 생각에 빠져 있던 연화가 문득 무언가가 생각난 듯 고개를 반짝 들었다. 그랬다가 다시 폭 숙였다.

'말해도 되나…….'

그리고 하현은 그 모양을 재미있다는 듯 내려다보고 있었다.

사실 이것은 작은 심술이었다. 아팠던 것도 사실이었고, 화났던 것도 사실이었으니까. 그런데 이렇게 심각하게 고민을 하다니 이제 재미의 여부를 떠나 궁금해지고 있었다.

도대체 뭐길래 이렇게 고민에 뜸을 들이는 걸까. 그리고 그녀를 바라보면서 점점 정리되어 가고 있는 마음은 단 한 방향을 짚고 있었다. 아니, 아니, 아니야.

하현은 고개를 살짝 저었다. 이 사람은 영가였다. 혼이 육신을 떠난 상태인 것이다. 그런 이를 마음에 품는다는 건 말도 안 되는 일이었다.

미친 짓이었고, 웃기지도 않는 일이었고 있을 수도 없는 일이었다. 귀신과 사람이 사랑에 빠지는 드라마가 나올 때마다 가차 없이 비웃던 자신이었다. 절대 있을 수 없는 일이라고 생각했는데…….

'게다가.'

하현의 시선이 연화에게 닿았다. 그녀는 아직도 깊이 고민에 잠겨 있는 표정이었고, 어찌나 골몰을 했는지 양 눈썹 사이의 미간에 얇게 주름까지 지어져 있었다.

게다가 연화가 이곳에 내려온 목적은 '사랑'을 찾는 것이었다.

'그렇다면 그녀의 목적을 이루는 데에 내가 방해가 되는 것은 아닐까? 아니…… 방해라니, 뭐라는 거야. 내가 뭐라고. 아직 아무것도, 내 마음도 정해지지 않았는데 방해는 무슨…….'

그때였다.

"도령께 여쭈어볼 것이 있습니다."

그의 생각을 들여다본 것처럼 연화가 톡, 말을 꺼냈고 하현은 하마터면 펄쩍 뛸 뻔하다가 간신히 표정을 관리하며 고개를 끄덕였다.

"뭡니까?"

"제게 했던 말씀 그대로 역으로 드리는 겁니다."

역이라고?

더욱더 알 수 없는 말에 하현은 고개를 갸웃했고, 연화는 잠시 숨을 고르다가 손을 꾹 마주 잡고 하현을 똑바로 바라보며 물었다.

"도령께서는 소녀를 소중히 생각하시나요?"

하현은 순간적으로 아무 말도 할 수가 없었다.

영은 사람의 속마음까지 들여다볼 수 있는 것일까, 그 생각까지 들었으니까. 하지만 연화는 알 수 없는 표정으로 그를 반듯하게 올려다보고 있었고, 하현은 뭔가 그 눈동자를 똑바로 바라보면서 대답하기 어렵다고 생각했다. 아니, 예의가 아닌 것 같았다.

그녀의 시선에는 티가 하나도 없었다. 솔직하고, 오롯하고 곧은 눈빛. 그 눈빛으로 묻는 질문, '소중히 생각하시나요?' 그것이 못내 마음이 불편했다.

평소라면 쉬이 고개를 끄덕일 말이었다. 계약자로 소중히 생각하고 있으니까, 연결되어 있으니까. 당연히 소중하게 생각해야만 했다.

하지만 지금은…… 마음이 복잡했다. 소중히 생각하는 것은 분명했다. 하지만 그것의 방향이라고 해야 할까, 밀도라고 해야 할까. 그도 아니면 빛깔이라고 해야 할까 그것이 미묘해서 쉽게 대답을 할 수 없었다.

그래서 하현은 아주 잠시 대답하는 것을 망설였고, 연화는 그것을 놓치지 않았다. 새까만 눈동자에 흐린 빛이 미미하게 어렸다가 사라졌다.

"하면 소녀의 약조는 다음번으로 미루겠습니다."

"예?"

하현이 되물었지만 연화는 생긋 웃으며 말했다.

"약조라는 것은 중한 것 아닙니까. 이리 바로 사용할 수는 없지요. 소녀도 깊이 생각한 다음 말씀드릴 터이니 도령께서는 그때까지 마음껏 궁금해하시어요."

이제까지 한껏 뜸을 들인 것은 그럼 다 뭘까. 잔뜩 궁금하게 만들고서 더 기다리라니, 어째 묘하게 놀리는 것 같은 느낌이었다.

하지만 더 이상 재촉하지 말라는 마음이 얼굴에 떠올라 있는 것 같아서 하현도 순순히 고개를 끄덕였다. 그의 마음과 머리는 이미 복잡할 대로 복잡해져 있었다.

그리고 그때, 마치 이때를 기다리고 있었다는 듯 휴대폰이 우웅 울렸다. 사실 아까 전부터 계속 줄기차게 반짝거리고 있었는데 하현과 연화 둘 다 생각, 혹은 말하는데 정신이 팔려 알아채지 못했던 것이었다.

정적을 깨는 고마운 진동 소리에 하현은 실례, 라고 작게 말하며 액정을 켰고 곧바로 뜨는 부재중 전화와 메시지에 질린 표정을 지었다.

'다행…… 히 교수님께 온 부재중은 없네.'

제일 먼저 전화 드려야겠다고 생각했지만 하현은 그보다 먼저 미르에게 전화를 하기로 했다. 메시지는 차치하고서라도 부재중 전화만 아홉 통이 찍혀 있었기 때문이었다. 그리고 그가 확인한 것을 알았다는 듯 휴대폰이 다시 웅웅 울었다.

검은 액정에 또렷하게 떠 있는 이름은 '은미르', 마침 딱 열 번을 채우는 전화였다.

* * *

미르는 혼잣말을 좋아하지 않았다.

혼잣말을 하다 보면 다른 기척이 와서 엿듣는 것 같기도 하고, 가끔은 같이 사근거리기까지 했기 때문이었다. 그래서 가급적이면 속으로 생각하거나 그냥 멍 때리기 일쑤였다.

한때는 휴대폰 메모장에다가 적어 보기도 했었는데 이게 뭐하는 짓인가 싶어서 금방 때려 쳤다. 하지만 지금은 그 혼잣말을 안 할 수가 없었다.

"이게 대체 뭔 일이래."

벌써 같은 말을 중얼거린 지 열다섯 번째.

하지만 이렇게 얼이 빠질 수밖에 없는 게 연달아 겹쳐 오는 충격 때문이었다. 일단은 속이 좋지 않았고, 몸도 좋지 않았고, 기분도 좋지 않았다.

몸과 정신, 마음과 컨디션 모두 다 완전히 바닥인 것이다. 이런 최악의 상황에서 정신적인 어퍼컷을 연거푸 맞았으니 정상일 리가 없지.

"하지만 이 형도 정상은 아닌 것 같은데."

미르는 애꿎은 휴대폰을 지그시 노려보았다. 설마 네가 귀신에 들린 건 아니겠지?

"그럼 정말 형이 홀린 걸까……."

미르는 좀 전에 오기 반 걱정 반으로 하현에게 마지막 전화를 걸어 보았다. 이쯤이면 형이 이 집에 도착했을 텐데, 영가 아가씨를 만났을 텐데 하면서 조마조마하게 기다리다가 걱정되어서 전화를 했는데 도통 받지를 않는다.

마음 같아서는 저 안쪽으로 직접 찾아가고 싶었지만 어떠한 결계가 있을지도 모르고, 또한 자신과 같은 수련생들이 안채까지 들어가는 것은 가주의 부름 혹은 행사가 아니고서는 극히 드문 일인 까닭에 차마 들어갈 수가 없어서 밖에서 맴돌며 휴대폰만 하염없이 바라보았다.

그러다가 더는 못 참고 다시 전화를 해 본 것인데 건너편에서 넘어오는 목소리는 아주 평이했다.

—우리 좀 만나야겠다, 미르야.

그건 좀 평이하다 못해 얄미울 정도로 침착한 목소리였다.

내내 걱정한 게 허탈할 정도로 평소와 같은 목소리에 안심한 것도 잠시, 바로 들려오는 다음 말에 미르는 다시 귀를 의심했다.

—내 방으로 와 줄래? 이야기가 좀 길어질 것 같은데.

다시 한번 분명히 말하지만 하현은 이 집에 거주하는 사람이 아니었으며, 더는 강요에 시달리며 살 수 없다며 약 십여 년 전에 가출 아닌 독립을 선언하고 나가 버린 사람이었다.

그리고 그의 방은 이곳에서 반평생 살아온 미르 자신도 들어가 본 적이 없는 곳이었다. 아, 아니 딱 한 번 있다. 악령들 때문에 죽을 뻔했다가 간신히 살아났을 때 그의 방에서 깨어났었으니까.

미르가 꿍얼거리면서 걷는 동안 어느덧 다 왔는지 저만치 앞에 불 켜진 방이 허공에 떠 있었다.

일반 저택이 아니라 주춧돌과 대청이 있는 고택, 아주 오래전부터 대대로 이어 온 한옥을 일부 개조한 집이라서 멀리에서 보면 허공에 불이 켜진 방이 있는 것처럼 보였다.

"그리고 쓸데없이 넓기도 하고."

뭐 좋기도 하지만.

미르는 작게 중얼거리면서 신발을 슬슬 벗어 아래에 두고 대청으로 올라갔다. 그러자 끼이, 나무 바닥에서 소리가 나는 것이 들렸는지 미르가 말하기도 전에 문 안쪽에서 하현의 목소리가 건너왔다.

"미르면 들어와."

어이가 없네. 그럼 뭐, 귀신이면 멈춰 서 있으라는 말인가?

미르는 픽 웃으며 고개를 절레절레 저었다. 그러고서 문을 열고 들어가려다가 멈칫했다. 언뜻 복숭아 향이 저만치 복도 끝에서 나는 것 같은데 착각인가?

'하도 코를 많이 썼더니 거리 가늠이 안 되네.'

미르는 중얼거리며 문을 닫았다. 탁, 하는 소리와 함께 밖의 공기가 차단되었다. 그리고 복숭아꽃 향기가 옅어졌다.

"너 나한테 할 말 많지."

미르는 어이가 없다는 표정으로 하현을 바라보았다.

할 말 많지? 많다 못해 여기 목까지 차오르고 있는 판이었다. 안 그래도 전화로도 하려고 했고, 카톡으로도 하려고 했었다. 직접 하는 게 여러모로 나을 것 같아서 둘 다 꾹꾹 눌러 참았지만.

미르는 여러 말보다 가장 큰 긍정인 깊은 한숨을 한 번 쉰 다음 하현의 맞은편에 앉았다.

"너무 많아서 고르기 힘드니까 형이 먼저 말해요. 들으면서 리스트 좀 꼽아 보게."

"그러다가 날 새면 어쩌려고?"

"밤새 형이랑 이야기하는 것도 좋죠."

"되게 징그러워졌다, 너."

예전에는 곧바로 얼굴이 빨개지곤 했는데 이제는 완전히 맞먹는 것을 넘어 놀리는 모양이었다. 그러자 미르가 상처받았다는 표정을 과장되게 지었다.

"너무해요, 제 순정을 짓밟았어."

"그거라면 얼마든지 밟아 주마."

피식거리는 웃음에 미르도 마주 웃고 말았다.

정말이지, 아까 걱정했던 게 싹 다 거짓말 같잖아. 미르는 고개를 저으면서 웃다가 하현을 바라보았다.

"그래서, 할 말이 뭔데요. 나한테 할 말 있다고 했잖아요."

"내가 먼저 말하는 것보다 네가 먼저 묻는 게 나을 것 같은데. 너 지금 궁금해 죽겠잖아."

농담 같으면서도 농담이 아니었다. 좀 전과 동일하게 온기가 있는 대화였지만 다른 느낌 또한 옮게 올라왔다. 그것은 긴장이었다.

그리고 미르는 이번에는 공을 되돌리지 않고 하현을 똑바로 바라보았다.

"길게 묻지는 않을게요. 형이 허튼소리 하는 사람도 아니고, 제가 봐 온 형은 이유와 목적이 분명히 있어야 움직이는 사람이니까 형의 결정을 믿어요. 하지만 걸리는 게 있어요."

하현은 말해 보라는 듯 고개를 끄덕였고, 미르는 곧바로 질러

물었다.

"아까 그 영가 아가씨, 무사한 거죠."

"일단은."

"다행이네요. 그럼 형의 지금 임무는 그 아가씨를 악령에서 보호하는 건가요?"

"응."

이제 좀 면역이 돼서 다행이지, 하현이 누군가를 지킨다니 진짜 놀랄 일이었다. 책임지는 것이 싫어서 애완동물 한 마리도 키우지 않는 그였으니까.

하긴, 결과를 책임지는 의사의 길을 선택한 것도 놀랄 일이었다만.

미르는 잠시 입을 다물었다가 하현을 바라보았다.

"언제까지요?"

"내년 1월까지. 정확히……."

하현은 달력을 보면서 날짜를 가늠하다가 이어 말했다.

"첫 번째 보름날, 정월 대보름 때 왔어. 그럼 내년 첫 보름까지겠지."

여기에서도 달인 건가. 하현은 피식, 엷게 웃었다.

그리고 미르는 그런 하현을 의아하게 바라보다가 어깨를 으쓱였다. 자세한 사정은 모르겠지만 가주께서도 알고 있다고 했으니 피치 못할 일이었겠지. 그래서 미르는 왜 웃느냐고 물어보는 대신에 가장 궁금한 것을 물어보기로 했다.

"그럼, 대가는요?"

모든 일에는 이유와 목적, 결과가 있는 법이었다.

밥을 먹는 것조차도 '살아간다'라는 목적, 혹은 결과 아래 일어나는 일이었으니까. 그렇다면 영가를 악령에게서 지키는 것에 대한 대가로 하현이 무엇을 얻을까, 미르는 그것이 걱정스러웠다.

"형은 이제까지 무가 쪽과 엮이지 않으려고 애쓰면서 살았어요. 가장 가까운 곳에서 지켜봤으니까 다 알아요. 그런데 이제 와서 영가와 엮이는 것이 좀 걱정스러워서 그래요. 업이 쌓이는 것도 그렇고, 그럴 일은 없겠지만 혹시나 형이……."

"내 마음."

미르는 순간적으로 말을 멈췄다. 아니, 숨이 멈춰진 것 같았다. 들을 거라고는 생각하지 못한 말이 나왔기 때문이었다. 그래서 미르는 잠시 아무 말 하지 못하다가 하현을 천천히 바라보았고, 그의 눈이 똑바로 자신을 향해 있는 것을 보고 입을 딱 벌렸다.

"형?!"

하현은 잠시 말을 고르다가 천천히 말했다.

아니, 사실은 고를 필요도 없었다. 그저 안에 있는 실타래의 그 끝을 잡아당겨 밖으로 풀어낼 뿐이었다. 엉켜 버린 실도 끝을 잡고 조금씩 당기면 풀어지곤 하니까 마음도, 말도 같겠지.

"우리는 계약자야. 아니, 계약자였지. 나의 실수 때문에 그 사람은 일 년 동안 나에게 매여 버렸고, 그 기간 동안 나는 그녀를 악령으로부터 지켜 줘야만 해."

그리고 중요한 것은 지금부터였다.

"네가 말한 것처럼 나도 생각해 봤어. 그녀를 지키면서 내게 돌아오는 것은 뭐가 있을까. 내가 얻는 것은 뭘까. 그리고 나온 결론은 그거다. 내 마음."

"잠깐만요, 형. 마음이라니요? 지금 무슨 말을 하는 거예요? 설마 영가에게 마음을……."

"그래서 내가 너를 부른 거야."

하현은 당혹으로 가득 물든 미르의 얼굴을 바라보며 고개를 살짝 끄덕였다.

역시 말도 안 되는 일이었고, 있을 수 없는 일이었지만 이렇게 말로 풀어내니 마음이 정리가 되는 것 같았다. 나는 정말,

"이걸 말하려고."

그 사람을 진심으로 마음에 두고 있어.

* * *

방 안에는 아무런 소리도 나지 않았다.

시계마저도 없는 방, 숨소리조차도 나지 않는 그 숨 막힐 듯한 고요는 잠시간 이어졌고 그것을 깬 것은 역시 미르였다.

미르는 정말이지 미치고 팔짝 뛸 것만 같았다. 역시, 역시 이

형이 제정신이 아니었던 거야. 홀려 있던 거야. 제대로 홀린 거라고. 오, 주여.

"있잖아요, 형."

"응?"

미르는 굉장히 진지하게 물었다.

"만약 제가 파를 사랑하게 되었다고 하면 뭐라고 하실 거예요?"

"너 미쳤냐?"

1초의 망설임도 없이 바로 나오는 대답에 미르는 자리에서 거의 벌떡 일어났다. 바로 그게 제가 하고 싶은 말이라고요!

"형, 지금 빙의된 거 아니죠? 그 아가씨 여기 있어요? 형 안에 있는 거예요? 아니죠?"

하현은 거의 자기의 멱살을 틀어쥐려는 미르의 손을 거둬 내면서 말했다.

"나는 제정신 맞고, 그 사람은 잠시 나가 있어. 손님이 온다고 했더니 방해되면 안 된다면서 파와 함께 옆방에 있겠다고 하더라고. 걱정은 되지만 바로 옆방이니까."

"하지만 형."

"내가 미친 것 같다는 거 나도 알아. 나도 내가 왜 이러는지 모르겠고, 이게 잘하고 있는 짓인지도 모르겠어. 사실 끝이 어떻게 될지 어느 정도 나와 있고, 분명 힘들 테지. 하지만 모르겠다, 저 사람에게서 눈을 뗄 수가 없어."

미르는 자신이 미쳐 버릴 것 같았다.

아니, 언제나 지나치리만치 이성적이고, 냉정하고, 사리 분별에 정확했던 하현이 도대체 왜 이렇게 되어 버렸을까. 정말 귀신에 홀린 걸까? 그렇다면 적임자는 자신이 아니라 가주님인데.

"형, 이거 가주님은 아세요? 지금 이런 상황인 거 아시면 분명……."

"알다마다. 그 사람을 나와 연결시킨 게 할머님이야."

"……예?"

"연결만 시켰겠냐, 계속 인연이라고 그러지를 않나, 같이 자라고 이부자리를 펴 놓지를 않나. 내 이성을 시험하는 건지 아주 진짜 미쳐 버리겠다고. 덕분에 매일 밤마다 몸에서 사리가 나올 것 같다."

"사……."

그럼 같이 나란히 누워서 잠까지 잔다고? 여자랑? 하현이? 나란히? 잠을 자?

그의 아연한 표정을 보았는지, 하현이 급히 말을 이었다.

"오해하지 마. 손끝도 댄 적 없으니까. 그냥 그녀가 자는 것을 머리맡에서 지켜보는 것뿐이야."

미르는 '그건 또 몹시 불쌍한 말이네요'라고 중얼거리다가 아릿한 목덜미를 잡았다.

'맙소사, 내가 지금 무슨 말을 들은 거지?'

하지만 하현의 표정은 진지했고, 미르는 소리를 지르고 싶은 것을 꾹 참으면서 그다음 말을 재촉했다.

어째 왠지 고민 상담, 혹은 연애 상담 쪽으로 흘러가는 것 같기는 한데. 후자는 하현에게서는 절대로 들을 일이 없을 거라고 생각한 거지만.

그러나 미르는 내색하지 않고 다음 말을 해 보라고 눈썹을 까닥였고, 하현은 표정 하나 변하지 않은 모습으로 한숨을 살짝 내쉬었다.

"나는 혼자 좋아하면 그만이다. 그런 표정 짓지 말고 들어 봐. 하지만 그 사람은 아니야. 그 사람은 일 년이라는 시간이 있고, 그 시간 동안 하늘에서 내린 과제를 풀어야만 해. 그런데 내가 내 감정에 치우쳐서 그 사람을 돕지 못하……"

"그게 무슨 과제인데요?"

하현은 잠시 고민했다. 이 이야기까지 하면 좀 길어지는데.

그래서 아주 짧게 줄여서 말해 주었다.

"사랑을 해 보고 돌아가야 한대."

"근데 뭐가 문제에요?"

하현의 표정이 흔들렸다. 뭐가, 문제냐고?

그리고 미르는 황당한 표정으로 그를 바라보았다. 아니, 이 형이 다른 곳에서는 빠릿빠릿하더니 여기에서는 왜 이렇게 머리가 안 돌아간대?

"절대로 형의 그 발언을 지지하고 응원하는 건 아니지만요, 그렇잖아요. 그 아가씨가 뭐 영가랑만 사랑하고 돌아가야 한다는 조건 있어요? 쌍방으로 사랑하고 돌아가야 한다는 조건 있어요? 아무것도 없이 '사랑하고 와라' 그거 하나가 과제라면 난 뭐가 문제인지 모르겠는데요."

하현이 눈을 깜빡였다. 문제가, 없다라.

그러자 미르가 답답하다는 듯 말을 이었다.

"봐요, 형. 형은, 맙소사, 그 아가씨를 마음에 두고 있다고 했고 그 아가씨의 과제는 이곳에서 사랑을 하고 돌아가는 거랬잖아요. 그럼 딱 됐네. 형은 그 아가씨 좋아하고, 그 아가씨는 형 좋아하면 되는 거고. 그럼 과제도 해결, 쌍방통행 러브, 해피 엔딩 이거잖아요. 물론 절대 절대 나는 반대예요. 형이 마음고생할 게 뻔한데 시작을 왜 해요, 그걸?"

미르는 너무나도 간단하고 명쾌하게 딱 말하고서 투덜거리기 시작했다.

"아니, 진짜, 정말 내가 이해가 안 가서 그러는데 대체 무슨 바람이 분 거예요? 상식적으로 영가와 인간이 맺어질 수 있다고 생각해요? 그래, 백보 양보해서 사랑할 수 있다고 쳐요. 천보 만보 이해해서 서로 마음을 확인했다고 치자고요. 그런다고 둘이 맺어질 수 있어요? 무슨 플라토닉러브도 아니고 뽀뽀는 어떻게 하고 그건 또 어떻게 참아요? 어우, 난 그런 거 못 해. 그리고 뭐 기한이 일 년? 무슨 시한부 사랑해요? 난 형이 힘든 거 진짜 싫다고요."

하지만 하현은 머리가 뻥 뚫린 것 같은 기분이었다. 이제까지 내내 속이 답답했는데 한 번에 풀려 버린 것 같은, 꽉 막혀 있던 속이 시원하게 녹아내린 기분이었다.

그래서 하현은 아직도 투덜거리고 있는 미르를 감탄 어린 눈으로 바라보았다.

"세상에……."

"형?"

"이렇게 똑똑할 수가."

"……."

주여.

미르는 작게 중얼거리고서 고개를 저었다. 이건 하지 말래서 안 할 단계가 아닌데. 이미 지나가도 한참 전에 지나간 모양이었다.

'그럼 난 여기 왜 부른 거야? 이거 말하려고? 이건 자랑도 아닌데.'

영가와의 시한부 사랑을 시작한다는데 축하를 해 줄 자신도 아니었다. 그래서 불퉁하게 하현을 바라보다가 멈칫했다. 하현이 드물게 감정이 있는 눈으로 자신을 바라보고 있었기 때문이었다.

"……형?"

그런 눈빛은 조금 부담, 아니 감동인데.

(다행히) 미르의 속내를 모를 하현은 여전히 그를 가만히 바라보면서 천천히 손을 들어 올렸다. 그리고,

"하현 형?"

"고맙다."

미르는 얼떨떨한 표정으로 자신의 머리를 쓰다듬는 하현을 올려다보았다.

사랑을 하면 사람이 변한다더니, 아니 아직 사랑까지는 아니겠지만 이게 도대체 무슨 일이래? 미르는 영문을 모르는 표정으로 하현을 올려다보면서 고개를 갸웃했다. 이 형이 갑자기 왜 이러지?

"대문 앞에 소나무 봤어. 무리했지?"

아.

미르는 조금 어색한 듯 고개를 살짝 숙였다. 아까 전의 일이 떠올랐기 때문이었다. 분명 막겠다고 호언장담을 했는데 완전히 무너져 버렸었지. 좀 괜찮아진 것 같은 속이 다시금 부대끼는 것 같아서 미르는 살짝 입술을 깨물었다.

"아니요, 제대로 지키질 못했는걸요. 그래서 형을 불렀잖아요."

"그래도 그만큼이라도 막아 준 게 어디야. 그리고 파가 힘들어할 때 도와줬잖아."

민망하다며 자리에서 일어나던 미르가 고개를 갸웃했다.

"도와주다니요?"

"아까 언뜻 그 사람이 그러던데, 파도 움직이지 못할 만큼 위험한 상황이 있었는데 그때 방울 소리가 들렸다고. 그래서 그 덕분에 무사할 수 있었대. 그거 너 아니야?"

미르는 영문을 모르겠다는 표정으로 고개를 저었다.

"완전 금시초문인데요. 저는 그때 거의 뻗어 있었다고요."

미르는 아직도 속이 메슥거리는 것 같다며 투덜거리며 자리에서 일어섰고, 방문을 열다 말고 하현을 바라보았다.

"그리고 분명히 말하지만요, 저는 응원은 못 해요. 형이 내린 결정이니까 뭐라고는 안 하지만 응원도 아무것도 안 할 거라고요. 가끔 뭐, 이야기는 들어 줄게요."

"오냐, 아주 고맙다."

"별말씀을. 근데 형."

미르는 나가려다가 문간에다가 발 하나를 걸치고 고개를 갸웃거렸다.

"방울이라고 하니까 문득 생각이 나는 건데, 혹시 가주님께서 도와주신 게 아닐까요? 신당이 그 근처인 데다가 그곳에는 그 방울이 있잖아요."

하현은 그 말에 멈칫하다가 천천히 고개를 끄덕였다.

그 사람이 도와줄 거라고는 생각 자체를 하고 있지 않아서 틀림없이 미르일 거라고만 생각했던 것이다. 그런데 미르 말대로였다.

방울, 신당, 그리고 모든 악령을 한 번에 떨어내 버릴 정도의 영력이면 분명 그녀밖에 없었다. 그리고 그런 하현의 표정을 읽었는지 미르가 문을 닫기 전에 말을 덧붙였다.

"가주께서는 형이 생각하고 있는 것보다 형을 많이 아끼고 계세요. 진심으로요."

"미르야."

"그럼 나는 이만 가요. 밤이 늦었는데……. 아, 영가 아가씨 오라고 해야죠! 제가 옆방에다 말해 주고 갈게요."

꽤 시간이 흘렀는데, 하면서 중얼거리는 목소리와 함께 발걸음이 멀어졌다. 그리고 하현은 한숨을 내쉬며 고개를 돌리려다가 심장이 발등까지 단 한 번에 떨어지는 기분을 느꼈다.

"이미 예 왔습니다만."

"어, 언제 왔습니까?"

오가려면 소리라도 좀 내 주지.

영이라서 그냥 벽을 통과할 수 있는 건가? 아닌데, 꼬박꼬박 문을 여닫고 다녔는데. 그리고 들어왔으면 기척이라도 보이지, 진짜 이번에는 정말 진심으로 놀라 버린 것이다. 그리고…… 어디까지 이야기를 들은 걸까?

하현은 놀란 가슴을 쓸어내리며 연화가 앉아 있는 맞은편 자리로 걸어갔고, 다행히(?) 통과를 하면서 다니는 것은 아닌지 연화는 순순히 대답을 해 주었다.

"방금 도령께서 문을 여셨을 때 그 틈으로 들어왔습니다. 아직은 바깥공기가 차네요."

하현은 그 새초롬한 대답에 그만 웃고 말았다.

영가가 추위를 느끼다니 새삼 재밌었기 때문이었다. 하긴 추위만 느낄까, 여러 감정 다 느끼고, 이렇게 실체가 있는 모습인데다가 심장까지 쿵쿵 뛰고 있으니 사람이랑 다른 게 없겠지. 특히 다른 사람은 몰라도 자신의 눈에는 똑똑히 보이고 분명히 만져지기까지 하니까.

하현은 연화를 가만히 바라보았고, 두 손을 모으고 그 위에 치맛자락을 덮고 있던 연화는 고개를 갸웃거리며 그를 올려다보았다.

"도령?"

할 말이 있으시거든 하시라는 표정이었다. 그리고 하현은 그녀에게 붉은색 무릎 담요를 건네주면서 천천히 그 앞에 다리를 굽히고 앉았다.

새까만 구슬 한 쌍과 다갈색 구슬 한 쌍이 맞닿았고, 두 사람의 눈높이가 같아졌다.

"도령? 무슨 할 말이라도……."

"아까, 당신을 소중하게 생각하느냐고 물어보셨지요."

"그―!"

순간 연화의 얼굴이 담요의 색만큼이나 새빨갛게 확 달아올랐다.

하현이 먼저 말을 꺼낼 거라고는 생각지도 못한 데다가 이렇게 가까이에서 마주 보고 들을 것이라고는 전혀, 조금도 예상하지 못했기 때문이었다.

아니 이렇게 직설적으로 말할 줄은 정말 몰랐다. 그래서 연화는 붉어진 얼굴을 어떻게 가리지도 못하고 당황해 있다가 아주 가까스로 정신을 차리고 대답했다.

"그, 갑자기 왜, 아니, 그렇게 여쭈어보기는 했사온데……."

"늦었지만 지금 말씀드립니다."

이리저리 흔들리던 연화의 시선이 다시 하현에게 향했다. 하현은 앉은 이후로 지금까지 단 한 번도 시선을 돌리지 않은 채였다. 그래서 연화가 더 안절부절못하는 것이기도 했다.

이렇게 뚫어져라 바라본 사람은 이제껏 그 누구도 없었으니까. 그리고 하현은 여전히 연화를 바라본 채로 분명하게 말했다.

"소중합니다."

답이 늦은 만큼 대답은 단호했다. 그리고 오히려 놀란 것은 연화였다. 연화는 눈을 깜빡깜빡하다가 당황한 표정이 되어 손을 파닥거렸다.

"아니, 아니, 소녀가 여쭈어본 것은 계약자로서가 아니라—가 아니라, 그러니까!"

몹시 당황한 게 분명했다.

얼굴은 한순간에 발갛게 달아올랐고, 손은 어찌할 바를 모르고 이리저리 움직이고 있었다. 저러다가 정말로 훨훨 날아갈 것만 같은 모양이라 하현은 그 날갯짓을 멈추게 만들어 주기로 했다.

"처음엔 계약자였지만."

작은 새의 날갯짓이 약간 잦아들었고, 하현은 그녀에게서 고개를 살짝 틀며 이어 말했다.

"지금은 당신이라는 사람을 소중하게 생각합니다."

잠시간 아무런 소리도 들리지 않았다.

연화는 아무 말도 하지 않았고, 하현 또한 그녀에게 다시 말을 하지도, 답을 재촉하지도 않았다. 게다가 두 사람은 여전히 마주 보고 있는 상황이었고, 하현의 무릎과 연화의 치맛자락은 거의 맞닿을 만치 가까웠다.

오직 두 사람의 숨소리만 들리는 고요한 밤의 방, 온전히 두 사람만 있는 공간이었다. 그리고 하현은 뒤늦게 생각했다.

'이 정도면 고백 아닐까.'

하지만 후회는 하지 않았다. 그의 '둑'도 조금은 금이 간 것일까.

그때였다.

"하면 아까 말씀하셨던 약조, 소녀가 바라는 것을 말씀드리겠습니다."

이제껏 미묘하게 비껴져 있던 까만 눈동자가 다갈색 눈동자에 가득 담겨 있었다.

사실 연화는 조금 어색했다. 민망했다. 아까 전 자신의 마음을 들킨 것 같아서, 그리고 하현이 약간 밀어낸 것 같아서 조금 시무룩해 있었다.

약간 풀이 죽었다고 해야 할까, 그래서 하현을 제대로 바라보지 못하고 시선을 어긋나게 두었던 것이었다. 그런데 이런 상황이라니, 애써 눌러두었던 심장이 다시 두근두근 박동하기 시작했다. 손목과 가슴의 맥이 점점 크게 뛰었다.

그리고 연화는 살짝 입술을 깨물었다가 하현이 뭐라고 말하기 전에 먼저 속삭였다.

"소녀를…… 이름으로 불러 주십시오."

하현의 눈동자가 살짝 흔들렸다. 이름, 이라고.

'아느냐, 하현아.'

순간적으로 가주의 목소리가 들린 듯했다.

아주 오래전, 언제였는지 잘 생각도 안 나는 어렸을 적 영가들의 한과 넋들을 이야기하다가 언뜻 나온 말이었다. 하지만 지금까지도 똑똑히 기억하고 있는 것은 그 말이 마음속에 깊이 남아서겠지.

'이름이라는 것은 가장 완벽하고 완전무결한 계약이란다. 서로의 이름을 부르는 것은 각자 자신의 일부를 상대에게 건네주는 것이나 마찬가지야.'

그 말이 선뜻 이해가 되질 않아 고개를 갸웃거리자 그녀의 어깨가 미미하게 흔들렸다.

'어려운가 보구나. 하면 이렇게 생각해 보자꾸나. 만약 네가 새로운 친구와 만났다 치자. 하면 무엇을 할까?'

'자기소개요!'

무엇을 좋아하고 무엇을 싫어하고 어디에 살고, 나는 누구다…… 라는 것을 밝히는 것. 그 말에 가주는 고개를 끄덕이며 이어 말했다.

'이름을 말하는 순간 너는 상대의 일부가 되는 것이다. 귀로 들은 것이지만 마음에 닿아 그 한 칸을 차지하고 앉는 것이야. 마음과 영혼에 닿는 거란 말이다. 이해하겠니?'

당시에는 무슨 말인지 완전히 이해하지는 못했다. 그저 이름은 아주 중요한 것, 그 정도였다. 그러나 지금은 아주 잘 알았다.

한편 그가 망설이고 있는 거라고 생각했을까, 연화의 고개가 살짝 떨구어졌다.

"소녀는, 소중히 생각하는 이에게는 이름으로 불리고 싶다 생각했습니다."

"……."

하현은 더 이상 지체할 수 없다고 생각했다.

앞으로 어찌 될지 모르지만, 어떠한 방향으로 흘러가게 될지 모르지만 가주가 '인연'이라고 그랬었다. 그렇다면 그 인연이라는 것을 만들고 예정하신 분께도 책임이 있겠지.

그리고 이미 이렇게 마음이 정해져 버렸으니 더 이상의 망설임은 스스로에게도 비겁한 짓이었다. 이 이상은. 그래서 하현은 망설이지 않고 그녀의 이름을 입술에 담았다.

"연화 씨."

"……!"

연화의 몸이 눈에 띄게 움찔했다. 그리고 까만 눈에 서서히 눈물이 차올랐다.

이제 죽은 몸, 두 번 다시 연화라는 이름으로 불리지 못할 것이라 생각했고, 이미 헌것이 되어 버렸다고 생각했는데 아까 하현이 자신의 이름을 부른 순간 저 아래에 가라앉아 있던 것이 드러난 느낌이 들었다.

하지만 하현은 그 후로 다시 '당신'이라는 호칭으로 그녀를 불렀고, 연화는 혹시나 그가 다시 불러 줄까 싶어 자신을 볼 때마다 이름을 불러 주길 기대했다.

기대했다.

기대했다.

'……그리고 내 결정은 틀리지 않았어.'

연화는 여전히 고개를 숙이고 있었고, 하현은 그 모습을 내려다보다가 천천히 바닥에 앉았다. 그러자 하현이 연화보다 낮아져 버린 모양이 되었고, 그는 눈물이 그렁거린 채로 자신을 바라보는 연화에게 재차 이름을 분명히 불러 주었다.

"서연화 씨."

"……."

이름이 달았다. 그리고 이름이 닿았다.

이곳에 와 처음으로 들은 이름, 그리고 그 이름을 처음으로 불러 준 이. 아버지가 아닌 사내에게 처음으로 불린 자신의 이름, 그것이 달아 연화는 희게 웃었다.

그리고 그 웃음을 보며 하현은 천천히 몸을 일으켰다.

"그 이름, 앞으로는 제가 불러드리겠습니다."

감정과 마음을 막고 있던 두툼한 백색 벽 하나가 있었다. 그 가운데 갈라진 얇은 틈으로 새어 나온 물은 밖으로 물길이 되어 흘러내려 새하얀 마음을 물들였고, 마음은 그 물빛대로 붉은색을 담았다. 새하얀 바탕에 처음으로 물든 그 색의 이름은 연심이었다.

그리고 그날 밤, 하현은 앓아누웠다.

* * *

하현은 천장을 올려다보았다.

이렇게 바보 같을 수가 없었다. 아니, 바보는 감기에 걸리지 않는다고 하니까 그럼 바보만도 못한 걸까. 딱히 감기라고 할 수는 없지만…….

"고뿔이 제대로 걸리셨나 봅니다."

고뿔이면 감기다. 역시 남이 보기에도 감기인 모양이었다. 엄밀히 말하자면 몸살감기였지만 하현은 긴장이 풀어져서 그런 거라고 주장하고 싶었다. 연화에게 설마 무슨 일이라도 생긴 건 아닐지 바짝 긴장해 있다가 그게 풀어져서 그런 거라고.

하지만 연화는 다른 게 걸리는 모양이었다.

"혹여 얼마 전에 비를 맞아서 몸이 약해지신 걸까요?"

비? 무슨 비, 하며 중얼거리던 하현은 순간 스치는 생각에 아, 눈을 몇 번 깜빡였다.

그러고 보니 그때 비가 와서 연화를 안고 달렸었지. 그렇게 비를 쫄딱 맞은 것은 또 오랜만이었는데 가급적이면 연화를 조금도 젖게 하고 싶지 않아서 온몸으로 가렸었다.

이렇게 들으니까 또 신빙성이 있네. 하지만 그런가 보다며 고개를 끄덕이기에는 울망한 눈동자로 자신을 내려다보고 있는 연화가 몹시 걸렸다.

안 그래도 지금도 그렁그렁한데 당신 생각이 맞다고 해 버리면 또 내 탓이오 하며 자책할 테니까. 하지만 말입니다, 그때 그런 건 내 자의였다고요.

하현은 속으로 중얼거리며 고개를 저었다.

"그것보다는 요즘 잠을 좀 못 잤더니 피로 누적인 것 같습니다."

이것도 사실이었다.

연화가 오기 전에는 연구에다가 실습, 시험도 걱정되고 이래

저래 개인 사정이 좀 있어서 그것으로 골머리를 앓고 있었는데 연화가 온 이후에는 그것들 플러스 잠까지도 제대로 자지 못한 것이었다.

아무리 그래도 한 이불에서 자는 건 좀 난감하기도 하고 왠지 모르게 미안하기까지 해서 연화는 이불에서 자고, 하현은 그녀의 머리맡에서 벽에 등을 기대고 잔 것이 벌써 여러 날이었다.

정신력으로는 괜찮다 괜찮다고 해도 이렇게 전면적으로 항의를 하는 것을 보니 그의 몸은 절대로 안 괜찮았던 모양이었다. 그것도 오늘이 끝이니 이제 따로 잘 수 있겠지 싶었는데 그 긴장감이 풀린 것도 한몫한 것 같았다. 그래서 지금 이 꼴이고.

'정말 쪽팔린다.'

무슨 핑계와 변명을 대도, 포장을 해도 그래도 이건 좀 우스워 보이잖아.

지금 하현은 이제 연화의 전용이라고 해도 과언이 아닌 그 이부자리 위에 누워 있었고, 연화가 늘 하현이 앉아 있던 그 자리에 앉아 있었다.

평소와 자리가 완벽하게 바뀌어져 있는 것이었다. 괜찮다고, 열은 이제 거의 내렸다고 해도 요지부동이었다. 손을 다쳤을 때 보였던 반응이 약과일 정도로 이부자리에 누워야만 하는 이유 열 가지를 순식간에 대는데, 알겠다고 눕겠다고 두 손을 들지 않았다면 여태껏 내도록 늘어놓았을 모양이었다.

그래서 그녀의 요구, 아니 부탁대로 하현은 지금 이부자리 위에 누워 눈을 깜빡거리고 있었다.

그리고 연화의 말마따나 이것은 감기가 맞았다. 낮부터 살짝 지끈거린다고 생각했던 머리가 점점 아파 오더니 이제는 정말 스스로도 확연히 느낄 수 있을 정도로 열이 나고 있었기 때문이었다.

명색이 레지던트라는 사람이 이렇게 자기 관리를 못해서야, 이거 부끄러워서 어디 가서 말할 수도 없겠네.

그래서 저도 모르게 작게 한숨을 쉬며 쓴웃음을 짓는데, 눈을 감은 채 누워 있던 하현의 위로 그림자가 길게 늘어졌다.

"……?"

반사적으로 눈을 살짝 뜬 하현의 속눈썹이 얇게 떨렸다.

가늘게 눈을 뜬 사이로 연화의 팔이 보였고, 이제 절대로 못 알아볼래야 그럴 수 없는 고운 빛 저고리, 그것이 자신의 얼굴이 살짝 닿아 있었다. 그리고 그것보다도 더 확실히 닿아 있는 것은 —

"어쩌지, 열이 많이 높네."

연화의 자그마한 손이었다.

연화는 하현을 가만히 내려다보았다.

연을 맺은 지 오랜 시간이 흐른 것은 아니었으나, 알고 지낸 이래로 하현은 언제고 강한 모습만 보였고, 당당하고 자신감에 차 있는 사람이었다.

때문에 알게 모르게, 그리고 이제는 대놓고 그에게 많은 의지를 하고 있었다. 한데 역시 사람은 사람인 모양이었다. 이리 아프기도 하고. 그것이 조금은 귀여워 보인다고 생각하면 하현에게 너무 실례인 것일까. 분명 무슨 소리냐며 투덜거리겠지.

연화는 엷게 웃으며 고개를 젓고서 하현의 이마와 자신의 이마를 번갈아 만져 보았다. 아직도 열이 높은 게 찬 것으로 식히기라도 해야 할 것 같았다.

'하지만 내가…… 도움이 될까.'

지금 자신에게 있는 것은 이 두 손뿐이라서 연화는 잠시 고민하다가 일단은 그의 이마에 대고 있기로 했다. 그러면서 생각을 좀 해 봐야지.

'하지만…….'

이렇게 가만히 하현의 얼굴을 내려다보고 있자니 그 어떤 생각도 할 수가 없었다. 따지고 보면 그래, 처음으로 이리 자세하게 얼굴을 들여다보는 것이었다.

아니, 두 번째일까. 이곳으로 온 첫날밤에 벽에 기대어 잠든 하현의 얼굴을 저 자리에서 올려다보았으니.

그렇게 생각한 연화의 얼굴에 희미하게 미소가 어렸다. 그때와 꼭 닮고도 다른 상황이었다. 그때에는 자신이 아파 저 자리에 누워 있었고, 지금은 하현이 아파 저 자리에 누워 있는 모양이니까.

연화는 한 손은 여전히 하현의 이마를 짚고 있는 채로 다른 손으로 그의 머리카락을 가만가만히 만져 주었다. 아프지 마세요, 열은 이제 그만 사라져 주세요.

"처음 이곳에 왔을 때 참으로 난감했습니다."

생각하고 말한 것은 아니었다. 그저 이 안에 담아 두었던 말이 톡 하고 나온 것뿐이었다. 그리고 그것은 하현이 듣지 못하기 때문에 안심하고 흘러나온 말이었다.

어디로든 말을 하고는 싶었으나 그와 언제고 붙어 있었기 때문에 속으로만 삭힌 갈 곳 없는 말들, 그것이 쌓이고 쌓여 이렇게 범람한 것뿐이었다.

연화는 방향 없는 말을 사근거리며 하현의 머리카락을 손끝으로 만지작거렸다.

"제게 왜 왔느냐고 말씀하셨지요. 사실 저도 그 이유는 알지 못했습니다. 그저 하늘 할머니께서 보내셔서 저를 도와줄 이가 예 있나 보다 하고 그대로 날아왔을 뿐이었어요. 저의 의지가 아니었지요. 그리고 여기에 도착해서도 제 의지와는 상관없이 당신에게 묶였어요. 어쩌다 보니, 예기치 않게, 우연이라는 것들이 그렇게 쌓였습니다. 하지만 지금에 와 생각해 보면……."

연화는 잠시 말을 멈추었다. 왠지 이것은 소리 내어 말하면 안 될 것 같았다. 낮말은 새가 듣고 밤말은 쥐가 듣는다는 그 속담이 꼭 맞아떨어질 것만 같았다.

그래서 연화는 지금 하려던 말은 다시 속에 담아 두기로 했다. 나중에, 다음에 하현에게 직접 할 수 있는 날이 올 때, 그런

꿈같은 일이 만약에 일어난다면 그때 말해야겠다고 생각하고 입을 다물었다.

답답해진 것은 하현이었다.

'생각해 보면, 그리고?'

열이 올라서 어질어질한 와중에 그의 이마에 닿은 손은 시원했고, 머리카락을 매만지는 손길은 다정했다. 그리고 자장가처럼 조곤조곤 들리는 목소리에 귀를 기울이고 있는데 갑자기 그게 뚝 끊긴 것이었다.

그래서 하현은 한참을 귀를 기울이다가 그래도 들리지 않자 천천히 눈을 떴고, 자신을 바라보고 있던 한 쌍의 새까만 구슬과 똑 마주쳤다. 그리고 놀란 것은 연화였다.

"꺅!"

"……."

눈만 마주쳤을 뿐인데 비명이라니, 어이가 없다 못해 황당하다. 내가 꼭 무슨 짓이라도 한 것 같잖아.

"갑자기 눈을 뜨셔서 놀랬잖습니까!"

"아, 미안합니다."

역시 감기가 걸려서 바보만도 못해졌나 보다. 여기에서 미안하다는 말은 왜 나오는데.

스스로 말하고도 어이가 없어서 하현은 고개를 절레절레 저었다. 한편으로는 하던 말을 왜 멈췄냐고, 무슨 말을 하려고 했던 거냐고 하고 싶었지만 그랬다가는 그럼 이제껏 자는 척하고 다 듣던 거냐는 말이 돌아올 것 같아 말문을 닫았다.

딱히 자는 척한 것도 아니었고, 그저 들리니까 들었던 것뿐이지만 연화는 더욱더 꽁꽁 입을 닫을 게 분명했다. 그렇다면 그냥 아무 말 하지 않는 게 훨씬 나았다. 그래서 하현은 잠시 고민하다가 부탁을 하기로 했다. 어쨌거나 필요한 것은 사실이니까.

"연화 씨, 지난번에 그 약통 기억합니까?"

확실히 감기가 맞는 모양이었다. 머리는 완전히 지끈지끈했고, 목까지도 잠겨 있었다. 이대로 있다가는 제대로 앓을 것만 같아서 약이라도 먹을 생각이었다.

평소라면 대수롭지 않게 생각했을 테지만 지금은 확실히 약해진 것은 사실이니까.

그리고 연화는 곧장 고개를 끄덕였다. 그것을 하현이 어디에서 꺼내 왔는지도 기억했고, 그 안에 들어 있던 각종 물건들도 기억했다.

사실 이 세상에 온 이후로 제일 신기한 물건 중 하나였다. 그 투명한 상자 속에 상처를 싸는 얇고 긴 천과 끈적거리는 하얀색 종이, 그리고 작은 병 안에 담긴 붉은색 액체와 투명한 액체들, 딸깍거리는 것 안에 들어 있는 알록달록한 것들을 기억했다.

연화가 고개를 끄덕이자 하현은 그것을 가져다 달라고 부탁했고, 연화는 그것을 곧장 가져와 하현의 머리맡에 두었다. 하지만 그 짧은 시간 동안 하현은 잠이 든 모양이었다.

"도령, 도령?"

고작 몇 분이나 되었을까, 그사이를 견디지 못하고 완전히 닫혀 버린 눈꺼풀에 연화는 당황한 표정으로 하현의 어깨를 살짝 흔들어 보았다. 하지만 하현은 대답이 없었고, 연화는 그제야 정말 진심으로 덜컥 겁이 나기 시작했다. 어떡하지, 진짜 아팠나 봐. 내가 너무 안일하게 생각했나 봐. 어떡하지, 어떡하지?

"도령!"

연화는 하현을 애타게 불렀지만 하현은 여전히 대답이 없었고, 대답 대신 쌕쌕거리는 숨소리만 들려와서 연화는 정말이지 눈물이 날 것만 같았다.

혹시나 해서 약통을 뒤져 보았지만 보이는 것은 꼬불거리는 글씨뿐이었고, 자신이 아는 글과 너무나도 다른 모양이라 도무지 알아볼 수가 없었다.

대체, 도움 되는 게 하나도 없다니 자신이 이렇게 초라할 수가 없었다. 그래서 연화는 약통은 뒤로 밀어 두고 하현에게로 몸을 돌렸다. 그나마 그를 만질 수는 있어서 다행이라고 해야 할까, 하현의 이마를 다시 만져 본 연화는 당황스러움 가득한 얼굴로 그를 내려다보았다.

'열이 너무 높아!'

그리고 과연 하현은 열이 펄펄 끓는 모습이었다.

오르락내리락하는 단단한 가슴팍과 뜨겁게 내쉬는 가쁜 숨, 인상을 찡그릴 때마다 움찔거리는 짙은 눈썹과 마른침을 삼킬 때마다 움직이는 목울대…….

'내가 뭘 보는 거야!'

연화는 급히 고개를 저었다. 지금 하현은 아파서 끙끙 앓고 있는데 자신은 그 아픈 모습을 홀린 듯 바라보고 있었던 것이었다.

하지만 그도 그럴 게, 평소의 하현의 단정한 모습과는 달리 약간 흐트러진 듯한 모습이 눈길을 빼앗았기 때문이었다.

모성애 자극이랄지, 그러면서도 굉장히 나른한 모양이라 자꾸만 시선이 갔다. 그리고 그 힐금거리는 시선이 마지막으로 닿은 것은 하현의 목 끝까지 잠겨 있는 단추였다.

'어…… 어떡하지.'

연화는 난감한 표정으로 하현을 내려다보았다. 아니, 정확히 말하면 그의 옷을 내려다보았다. 이곳의 복식이 자신이 살던 곳과 아주 많이 다르다는 것은 그에게도 들었고, 이제 많이 보기도 해서 익히 잘 알고 있었다. 하지만……

이렇게 될 줄은 정말이지 꿈에도 몰랐는데. 아니, 상상조차도 한 적이 없었다. 당연하지, 어떻게 이런 상상을 할 수가 있었을까.

하지만 현실은 늘 상상을 뛰어넘는 법이었고, 연화는 목 끝까지 단단히 채워져 있는 단추를 한참이나 내려다보다가 결국 결심한 듯 손을 뻗었다.

정말 부끄럽고 이래도 되나 싶었지만 그것이 하현의 숨을 누르고 있는 것처럼 보여서 그냥 넘어갈 수 없었다. 그래서 연화는 태어나 처음으로 남자의 옷에 손을 대었다.

"……뜨거워."

얼마나 열이 나면 옷에서도 그 뜨끈함이 느껴질까.

그렇게 생각이 되니까 걱정이 그 위를 가득 덮어 더 이상 부끄럽지 않았다. 연화는 곧바로 새하얀 셔츠 끝까지 채워져 있는 단추를 두어 개 정도 풀어 주었고, 그러자마자 곧바로 하현의 얼굴이 좀 전보다 훨씬 편해졌다.

역시 숨을 쉬는 게 불편했던 모양이었다. 그의 모습에 살짝 안도하던 연화는 다시 홀린 듯 하현의 얼굴을 바라보았다.

열로 살짝 상기된 얼굴, 조금 벌어져 있는 입술, 깊이 감겨 있는 눈과 긴 속눈썹, 그리고 조금씩 움직이는—

"정신 차리자."

저 사람은 아픈 사람이고, 지금 자신은 이럴 때가 아니었다. 아무리 서책으로 읽고 쌓아 왔던 온갖 미사여구가 잔뜩 떠올라도 아픈 사람에게 붙일 것은 아니었다. 그래서 연화는 급히 고개를 젓고서 그에게서 눈길을 돌렸다.

"이제 어쩌지……."

안절부절못하던 연화는 울망한 눈으로 급히 방문을 바라보았다. 어쩌지, 이제 어떡해야 하지. 파를 불러야 하나, 아니면 할머님을 만나러 가야 하나.

하지만 파를 부른다고 해도 파에게 조언을 들을 수도 없었고, 할머님을 만나러 가자니 하현을 두고 가는 것도 걸릴뿐더러 이 방 밖을 나서는 것이 무서웠다.

평소라면 하현과 함께 다니니까 걱정이 없었지만 지금 나가게 된다면 그 넓은 복도를 또 혼자 가야 했기 때문이었다.

지난번 악령에게 첫 번째로 습격받았던 것도 저 문 앞이었고, 싸움 아닌 싸움을 한 것도 바로 오늘 있었던 일이라 무서운 게 당연한 일이었다. 하지만 지금으로서는 그것이 유일한 방법이었다. 이 방을 나서서 할머님을 만나는 것, 그리고 그분께 도움을 청하는 것.

"그래……. 그분은 내 목소리도 들으시니까."

다른 사람을 만난다손 쳐도 자신의 목소리는 듣지 못할 터, 그럼 도움을 청할 수도 없었다.

결국 연화는 단단히 마음을 먹고 자리에서 일어났다. 하현은 언제나 자신을 도와줬으니까 이제는 자신이 하현을 도울 때라고 생각했다. 하지만,

"앗……."

연화는 일어나려던 그대로 굳어 버렸다. 숨을 얕게 내쉬던 하현이 손을 뻗어 그녀를 잡은 것이었다. 뜨끈한 열이 그대로 전해져 오는 손에 팔을 잡혀 연화는 일어나지도, 앉지도 못한 채 하현을 내려다보았고 하현은 천천히 고개를 저으며 그녀를 가만히 잡아당겼다.

"위험…… 합니다."

연화는 하현의 말을 곧바로 이해했다. 그 역시 밖은 위험하다

고 생각한 것이었다. 하지만 연화는 고맙기도 했지만 한편으로는 마음이 아프기도 했다. 이런 상황에서도 하현은 아픈 자신보다도 저를 생각해 준 것이다. 그래서 연화는 고개를 저었다.

"괜찮습니다. 이제 하늘에 달도 떴고, 당신께서도 이 집 안에 계시니까요. 빨리 다른 사람에게 도움을……."

"걱정되니까."

다시 자리에서 일어나려던 연화는 마치 말에 몸을 잡힌 듯 다시 멈칫했고, 곧이어 흘러나온 말에 이번에야말로 얼어붙은 듯 굳어졌다.

"가지 말아요."

연화는 천천히 하현을 돌아보았다.

이 사람은 자신이 무슨 말을 한 것인지 알까. 하마터면 심장이 멎어 버릴 뻔했다. 아니, 어쩌면 멎었다가 간신히 다시 뛰는 것일지도 몰라.

아프면 사람이 이렇게 되는 건지, 평소의 단정하고 차분한 느낌도 좋았지만 이렇게 흐트러지고 나른한 모습도 좋았다. 아니, 좋다기보다는…… 여러모로 당황스러웠다.

그래서 연화는 하현에게 팔을 붙잡힌 그대로 앉은 것도, 일어난 것도 아닌 모습으로 있다가 천천히 다시 자리에 앉았고, 하현은 그녀의 팔을 놓으며 천천히 고개를 돌렸다. 그리고 연화는 순간 허전해지는 자신의 팔을 무심코 바라보며 생각했다.

'팔을 놓은 게 아쉽다고 생각되면 나 너무 파렴치한인 거

겠……'

"연화 씨."

"……!"

진정 이 사람은 내 머릿속을 들여다보는 것일까?

연화는 이번에야말로 자리에서 펄쩍 뛸 뻔했지만 아주 간신히 최선을 다하여 아까와 같은 비명을 지르지 않았고, 하현은 눈에 띄게 움찔하는 그녀를 의아하게 바라보다가 천천히 입술을 뗐다.

"미안합니다. 애써 갖고 오라고 했는데 저도 모르게 잠이 들어서요. 괜찮다면……."

하현은 말을 흐리며 약통을 바라보았고, 연화는 그의 시선을 따라 그 투명한 통을 바라보다가 노란색 환약이 들어 있는 케이스를 집으며 하현을 돌아보았다.

하현은 맞다는 듯 고개를 끄덕이며 자리에서 일어나려고 했고, 연화는 그 통을 하현의 옆에 두고 반사적으로 그의 등을 받쳐 주며 일어나기 쉽게 도왔다.

생전에 아팠을 때의 경험이 이렇게 도움이 된다는 게 우습기도 하고 재밌기도 했다. 당시에는 남에게 도움을 받기만 했는데 그것이 이렇게 돌아갈 줄이야. 가장 큰 공부는 경험이라고, 연화는 능숙하게 하현의 상체를 부축해서 일으켜 주었고, 그가 숨을 편하게 쉴 수 있도록 베개를 등에 기대게 해 주었다.

그리고 책상 위에 올려져 있는 물병을 가지고 왔다. 컵도 방

어딘가에 있겠지만 마음이 급해서 물병째로 갖고 온 것이었다. 그것을 알았는지 하현이 쿡 작게 웃으면서 연화의 손에서 약과 물병을 받아 들었다.

그가 알약을 입에 담고 물을 머금어 삼키려는 순간이었다. 땀으로 젖어 살짝 안이 비치는 셔츠에 꽉 끼인 탄탄한 어깨와 긴 목, 그 가운데 또렷하게 움직이는 목울대에 닿아 있던 시선이 물기가 묻어 있는 그의 붉은 입술로 옮겨졌다.

"……끈이 길어진 덕에 이제 이부자리를 함께 쓰지 않아도 된다는 것은 알고 있습니다."

사레에 걸릴 뻔했다.

저도 모르게 숨을 멈춰 버린 하현은 입 안에 약과 물을 머금은 채로 연화를 올려다보다가 아주 간신히 꿀꺽 삼켰고, 연화는 두 뺨이 붉게 달아오른 채로 잠시 입술을 깨물고 있다가 결심한 듯 하현을 똑바로 바라보았다.

"하지만 오늘 밤만은 함께 있어도 괜찮을는지요?"

하현의 등을 받치고 있던 베개가 툭, 바닥으로 떨어졌다.

* * *

그곳은 먼지 한 톨 없이 새하얗고 정갈한 방이었다.

깔끔한 하얀색 블라인드가 커다란 창을 덮고 있었고 깔끔하게 정리되어 있는 방 안을 채우고 있는 테이블과 의자, 책장까지도 모두가 다 하얀색으로 통일되어 있었다.

바닥에 깔린 붉은색 러그만 유일하게 색이 있어 온통 새하얀 와중에 흘러있는 피처럼 유독 튀어 보였다. 그리고 그 방의 가장 안쪽, 제일 깊숙한 곳에서는 끊임없이 작은 소리가 새어 나오고 있었다.

타닥타닥—

흰색 키보드 자판 위를 새하얀 손이 날듯이 뛰놀았다. 가느다랗고 흰 손가락들은 마치 악기를 연주하듯 자판 위를 빠르게 돌아다녔고, 그 손이 움직이는 것에 비례해서 커다란 화면에는 여러 가지 글씨, 그리고 사이트들이 바쁘게 움직이고 있었다.

그때, 손이 잠시 멈칫했다. 우우웅, 진동 소리가 울렸기 때문이었다.

"나 지금 기분 별로니까 가만히 있어라."

아무도 그녀에게 말을 걸지도 않았고, 이 방에 사람 자체가 없었지만 여자는 누군가와 얘기를 나누는 것처럼 행동하고 있었다.

여자는 천천히 시선을 들어 책상 위에 놓여 있는 나무 상자를 바라보았다. 눈길로 누군가를 누른다면 아무 말 못 하도록 찍어누를 정도로 사나운 눈빛이었다.

그것이 전해졌을까, 마치 휴대폰 진동이 울리는 것처럼 가늘게 울리던 진동 소리가 점차 멎어졌고, 여자는 진동이 완전히 멎을 때까지 시선을 떼지 않고 있다가 방 안이 고요해지자 그제야 고개를 돌렸다.

그리고 잠시 뒤 두 개의 액정을 오가면서 바쁘게 움직이던 마우스가 인터넷 창을 크게 확대했다. 의과 대학 홈페이지 중 레지던트 과정, 그리고 회진 사진이 떠 있는 창이었다.

다른 쪽 모니터에는 각종 증명 서류와 포토샵 프로그램 등이 어지럽게 떠 있었고, 새하얀 마우스 아이콘이 사진 중 한 장을 클릭해서, 확대되려는 찰나였다.

지이이잉—

기다란 진동 소리가 방 안을 꽉 메웠고, 여자는 순간적으로 모든 행동을 정지했다. 마치 얼어 버린 것 같은 모양이었다.

방금 전과는 전혀 다른 진동 소리, 그것은 거치대 위에 있는 휴대폰에서 나는 소리였다. 자신에게서 나온 소리가 맞다는 듯 휴대폰 액정이 깜빡거리며 다시금 우우웅 길게 울었다.

"……."

이원은 컴퓨터 모니터 하단의 시계를 바라보았다. 오전 열두 시를 몇 분 넘긴 시각, 받아도 되지만 안 받아도 되는 시간이기도 했다.

피곤해서 일찍 잠들었다고 하면 그만이니까. 하지만…… 이 시간에 웬일이실까. 잠시 흔들리던 새까만 눈동자가 책상 위의 상자에 닿았다.

'이걸 알려 주려고 웅웅거렸던 거야?'

눈으로 상자를 바라보았지만 조용해진 상자는 아무 소리도 내지 않았고, 여자는 살짝 망설이다가 천천히 손을 뻗었다. 그리고 휴대폰의 통화 버튼을 눌렀다.

"네, 아버지."

"거실로 잠시 나와 보거라."

"……네."

이 밤중에 무슨 일이실까.

같은 집 안에 살면서도 그와 전화로 대화하는 것이 익숙한 듯 여자는 입 안으로 무언가를 작게 중얼거리며 마우스를 몇 번 움직여 절전모드로 바꿔 놓고서 천천히 자리에서 일어났다.

모니터 화면이 새까맣게 변하기 전 마지막으로 보인 화면에는 한 남자의 사진이 떠 있었다. 그리고 그 증명사진 아래에 적힌 이름은, 정하현이었다.

* * *

세 사람의 표정은 아주 심각했다.

하현은 잔뜩 찡그려져 있었고, 연화 역시 입술을 꼭 다문 채였으며 가주도 팔짱을 굳게 끼고 있었다.

연화는 하현의 얼굴을 살짝 올려다보았다. 아침에 재 보았을 때 열은 많이 내렸었는데 역시 아직도 아픈 것일까, 미간이 잔뜩 찌푸려져 있는 게 지금까지 두통이 심한 모양이었다.

그리고 그녀의 생각은 반은 맞고, 반은 틀렸다. 아직 머리가 아픈 건 사실이었지만 그가 미간을 찌푸린 이유는 그 외에도 이런저런 생각이 많았기 때문이었다. 그리고 그 많고 많은 생각 중 가장 큰 자리를 차지하고 있는 것은 단연 연화였다. 엄밀히 말하자면 그녀의 말이랄까.

'오늘 밤, 이라고 하니까 뭔가 굉장히 의미심장하잖아.'

어젯밤 연화가 했던 말이었다.

아무리 여자를 별로 좋아하지 않는 하현이라도 분명히 남자였다. 감기에 걸렸다지만 그의 건강 상태는, 그러니까 정상적인 성인 남자로서의 건강 상태는 지극히 정상적이었다.

이제까지 견디고 있는 것도 정신 승리에 매일매일 도를 닦는 기분이었는데 안 그래도 정신과 몸이 약해져 있는 상태에서 그런 발언이라니, 마음이 뿌리째 흔들릴 만한 일이었던 것이다.

무엇보다도 연화를 향한 마음이 확실히 굳어져 버린 상황에서는 더더욱.

'하지만…….'

다행이라고 해야 할지, 아니면 그 반대라고 해야 할지. 실제로 어젯밤에는 아무 일도 일어나지 않았다.

연화는 정말 말 그대로 밤새도록 간호를 하며 그의 옆을 지켰을 뿐이었다. 하현 또한 초인적인 인내로 그녀에게 손끝 하나 대지 않았고.

그러나 아쉬운 것도 분명한 사실이었다. 딱히 뭘 기대하지는 않았지만, 아니 그녀의 성격과 그 뭐냐 조상님 시대의 보수적인 그것으로 생각해 봤을 때에는 절대 기대를 할 수도 없는 상황이었지만 그래도 뭔가 아쉬운 것은 사실이었다.

연화의 속내는 밤새 간호를 할 테니 자신을 내보내지 말라는 마음이었지만 애초에 하현은 그녀와 방을 따로 쓴다는 생각 자체를 하고 있지 않았기 때문에 생긴 일이랄까.

물론 그를 간호하던 연화가 도중에 졸음을 이기지 못하고 그의 바로 옆에서 기대어 자다가 새벽녘에 깨어 후다닥 일어났다는 것은 상상조차도 하지 못하는 하현이었다.

그리고 그다음으로 그의 신경을 건드리고 있는 것은 지금 이 상황이었다. 이 상황과 방금 가주가 한 말.

"또 선이라고요?"

하현의 눈썹이 미미하게 찡그려졌다.

안 그래도 어제 미르에게 들은 게 있기도 하고 마음에 짚이는 게 있기도 해서 일어나는 대로 채비하고, 약 좀 먹고 찾아뵈려고 했었는데 새벽에 닭이 울자마자—진짜 닭이다— 가주가 직접 찾아온 것이었다.

다행히 연화도, 하현도 아침에 일찍 일어나는 편이라 허둥거리는 모습을 보이지는 않았지만 이렇게 일찍부터 웬일이실까 싶었는데 오자마자 그녀가 한 말은 저거였다. 선.

"그래, 선이 또 들어왔다."

"하……."

하현은 한숨을 내쉬며 이마를 짚었다. 이것은 열 때문일까 아니면 다른 무엇 때문일까. 어떤 쪽이든 제발 이 머릿속에서 좀 사라져 주었으면 했다.

한동안 조용하다 싶었는데 왜 또 이런 소리가 나올까. 게다가 자신에게 연화를 엮어 준 게 본인이시면서.

그리고 자신의 마음이 정해진 이상 이제 더 이상은 견딜 수 없었다.

연화가 있는 상황에서는 더더욱 들을 이유도, 마음도 없었다. 그래서 하현은 백 마디 말 대신 인상을 노골적으로 찡그리며 가주를 바라보았다.

"선은 싫다고 몇 번이나 말씀드렸습니다. 지금 시대가 어떤 시대인데 선이에요, 그리고 저 올해는 여러모로 바쁜 거 알고 계시잖습니까."

시험에서 떨어지라고 고사를 지내는 것도 아니고.

"……."

농담이었지만 순간 그럴 수도 있다는 생각이 들어 하현은 설마 하는 표정으로 가주를 바라보았다. 아니, 아무리 가업을 이어야 한다고 해도 그렇지 설마하니 친손자의 미래가 달린 일을 두고 제를 올리지는 않겠지.

설마 그것까지는 아닐 거라고 생각하며 하현은 고개를 저었다. 순간적으로 진짜 흔들릴 뻔했네.

그러나 그런 그의 마음을 아는지 모르는지 가주의 표정은 평소와 조금도 다른 게 없었다. 언제나 그렇듯 무표정하고, 감정이 없는 듯한 눈동자였다.

화가 나지 않았어도, 기뻐도 언제나 저 표정.

나고 자랐을 때부터 함께 있으면 옮고 밴다고 하현 역시 그녀와 오랜 세월을 함께 지내며 그 표정을 닮게 되어 버려, 그녀와 하현이 나란히 앉아 있는 것을 보는 다른 사람들은 열 명이면 열 명 다 슬금슬금 자리를 피하기 일쑤였다.

그래서 연화도 지금 몹시 불편한 표정이었다. 불편이랄지, 조마조마랄지. 그것도 아니면 둘 다겠지.

하현은 불안한 표정으로 자신과 가주를 번갈아 바라보는 연화를 흘끗 보고서 이어 말했다.

"그리고 저에게 연화 씨를 묶어 주신 것도 어찌 보면 할머님이십니다. 그 일에 어느 정도 책임이 있다는 건 할머님께서도 알고 계시리라고 생각하고요."

"연화?"

아차.

하현은 저도 모르게 연화 쪽을 바라보았다가 애써 태연한 표정으로 고개를 끄덕였다.

"예. 계속 그쪽, 당신 이렇게 말하는 건 상대에게 대한 예의가 아닌 것 같아서요. 어쨌거나 일 년은 같이 지내야 하니까 이름 정도는 말해도 되지 않을까 싶어서……."

"안 물어봤다."

"……."

꼭 그렇게 사람을 민망하게 해야겠냐고 중얼거리는 소리를 들었을까, 가주가 엷게 웃는가 싶더니 하현을 똑바로 바라보았다.

"그리고 이건 내 쪽에서 거절이다."

"예?"

웬일이래?

하현은 의아한 표정으로 가주를 바라보았다. 그녀는 선 자리가 들어오기만 하면 자신에게 내밀던 사람이었기 때문이었다. 네가 이어받지 않을 거면 아이라도 빨리 만들어 이 가문의 대를 이으라는 압박 아닌 압박이랄까.

하지만 당연하게도 하현에게는 그럴 생각은 조금도 없었다. 무당 운명을 넘기기 위해 아이를 낳으라고? 결혼을 하라고? 전혀, 결코, 절대로 그럴 생각 없었다. 하지만 가주는 다른 생각에 잠겨 있는지 그의 표정을 보지 못한 눈치였다.

"어쩌다 이리 자꾸만 얽히는지 모르겠다만 이것도 모두가 다 이유가 있을 터, 하니 이제 네게도 말을 해 주어도 될 것 같구나."

"……할머님?"

하현은 의아한 표정으로 가주를 바라보았다. 그녀의 표정이 조금 전보다 훨씬 더 어두워졌기 때문이었다. 선 이야기를 하다가 갑자기 왜 저러시는 것일까. 게다가 거절은 또 뭐고. 도무지 감을 잡을 수가 없어 고개를 갸웃거리는데 가주가 하현을 가만히 바라보았다.

"이십일 년 전 겨울을 기억하느냐?"

하현의 얼굴이 곧바로 굳어졌다. 그나마 옅게 띠어 있던 웃음기도 일시에 사라졌다.

연화가 흠칫할 정도로 서늘해지는 그의 표정에 가주가 찬찬히 고개를 끄덕였다.

"아직도 기억하고 있구나."

"절대로 잊지 못할 겁니다."

하현은 대답하며 경직되어 있는 어깨를 조금 내렸다.

이십일 년 전 겨울, 이라는 말을 듣자마자 온몸이 굳는 듯한 느낌이었기 때문이었다. 그날은, 그 겨울의 가장 추웠던 날은 하현의 부모가 교통사고로 세상을 뜬 날이었다.

당시에는 제대로 못 들었지만 나중에 직접 찾아보고, 또 전해 듣기로는 그의 아버지가 직접 운전하시던 차 브레이크에 이상이 생겨 그대로 가드레일을 들이받았고, 조수석에 타고 있던 어머니와 함께 절벽 아래로 떨어져 두 사람 모두 다 즉사했다…… 라고 했다.

하지만 하현은 이해가 되지 않았다. 멀쩡히 잘 움직이고 작동되던 브레이크가 갑자기 안 잡혔다고?

몇몇 사람들은 졸음운전 아니냐, 음주운전 아니냐고 수군수군거렸지만 대응할 가치도 없는 헛소리였다. 그의 부모는 술은 입에도 안 대었으니까.

그래서 그 사건이 사고사로 처리가 되었음에도 불구하고 하현의 마음속에서는 언제나 미제로 남아 있었다. 그리고 응어리이기도 했다. 남의 운은 잘도 봐주던 분들이 어째서 본인들의 죽음은 막지 못했을까. 왜, 자신만 두고 그렇게 함께 한날한시에 가셨을까.

그의 생각을 깨듯이 가주가 천천히 입술을 뗐다.

"이제야 와서 말하지만, 당시 네 부모는 어떤 이의 의뢰를 받고 집터를 정화시키러 갔었다. 땅 위에 집을 지을 때는 멀쩡한데 세를 줄 때마다 번번이 사람이 죽어 나간다는 소문이 가득하다고, 가서 좀 봐 달라는 의뢰였지. 나에게 먼저 왔으나 아비는 자기가 가겠다고 했다. 나보고 안 그래도 차에 타는 것을 싫어하는 양반이 무얼 먼 길을 가느냐고 짧은 여행 겸 며늘아기와 같이 다녀오겠다고 했지. 그리고…… 그 여행은 긴 여행이 되어 버렸고."

드물게 섞여 있는 감정 어린 목소리에 하현은 눈을 들어 그녀의 얼굴을 바라보았다.

왜일까, 늘 표표하고 당당하게 보이던 얼굴이 지금에서야 갑자기 그녀의 나이로 보였다. 그녀는 한순간에 늙어 버린 듯한 노인의 얼굴이 되었다. 그래서 뭐라고 말하려다가 하현은 순간 드는 생각에 그녀를 다시 바라보았다.

"의뢰라고 하셨지요."

집터가 이상하다고 확인을 요청하는 의뢰. 그렇다면 악령이

얽힌 이야기일까.

하지만 하현은 고개를 저었다. 악령을 이용해서 사람을 죽인다고? 그런 일은 있을 수 없었다. 그렇다면 자신의 부모가 일을 처리하다가 살을 받아 죽었을까?

아니, 하현은 단정할 수 있었다. 그럴 리는 없었다. 두 분 역시 이 바닥에서는 알려질 대로 알려진 유명한 분들이셨으니까. 그리고 그의 생각을 끊듯이 가주가 말했다.

"후에 찾아가 본 그곳은 지극히 정상이었다. 흉가가 아니었어. 액도 없었을뿐더러 오히려 명당 축에 속했지. 하면 무엇 때문에 거짓으로 두 사람을 아래로 이끌었을까. 만약 그 둘이 아니었다면 내가 가게 되었을 터, 그럼 그것을 의뢰한 것은 누구일까."

모든 것이 정상이었다고? 누군가 멀쩡한 땅으로 거짓 의뢰를 한 건가?

하현은 잔뜩 가라앉은 눈으로 가주를 바라보았고, 그녀는 천천히 두 손을 모아 무릎에 놓으면서 눈을 감았다. 피처럼 새빨간 치맛자락에 가닥가닥 주름이 잡혔다.

"그 무엇도 사실인 것은 없었다. 연락처도 없는 번호로 나왔고, 의뢰자의 이름 또한 가명이었다. 그런 표정 짓지 말거라, 요청을 받는 것들은 아랫것들인데 일이 이렇게 되어 버릴 줄 알았겠느냐. 그들도 많이, 아주 많이 후회했지. 아무튼 이름, 연락처, 주소 모든 것이 다 거짓이고 심지어는 신분증 같은 것들도 모두가 다 도용된 것으로 나와 어찌 손쓸 방도가 없었다. 남은 것은 선급금, 그래, 그 검은 돈뿐이었지. 들고 있기 찜찜하여 그것 또한 털어 버렸지만."

하현은 천천히 팔짱을 끼고 생각에 잠겼다.

의뢰를 한 사람의 정보가 모두 거짓이었다고? 이름부터 연락처, 주소, 신분증까지 전부 다? 그렇다면 이상했다. 그간 자신의 신분을 드러내고 싶지 않아 하는 사람들은 아주 많았으나 이렇게까지 거짓으로 덮는 사람은 없었다.

게다가 이 건 같은 경우는 사람이 둘이나 죽었다. 가능한 그렇게 생각하지 않으려고 해도 자꾸만 이상한 생각이 드는 것이었다. 예를 들면……

"일부러 유인을 했다고 보십니까?"

어떠한 목적을 가지고 두 사람을 부른 걸까요, 하현은 그렇게 묻고 있었다.

하현은 가주를 바라보았고, 가주 또한 하현을 바라보았다. 그 순간이 억만년처럼 길게 느껴져 입술이 잘근, 짓이겨졌고 그녀가 천천히 고개를 끄덕인 순간 온 세상이 새까맣게 느껴졌다.

"그 후로 난 그 땅에 직접 내려가 모든 것을 수소문했다. 최근에 매입한 사람부터 그 이전 사람까지 내 힘이 닿는 한 꼼꼼히 다 조사할 요령이었지. 그러나 깊게 파고들 것도 없더구나. 옛말에 세 사람만 거치면 모든 사람들을 다 안다고 했지. 바로 그 짝이었어."

"무슨…… 말씀이십니까."

"송씨 가문이라고 아느냐? 우리 가문과 함께 무가 쪽에서는 꽤나 유명한 집이지."

하현은 고개를 끄덕였다. 그쪽에 일절 관심은 없지만 그래도 지식은 갖고 있었다. 송씨 가문은 아주 옛날부터 그의 가문과 무가 쪽에서 앞뒤를 다투던 집안이었다.

오래도록 이웃, 혹은 라이벌로 지내 온 집안인데 모를 리가 없었다. 아직까지도 그쪽 수련생과 이 집 수련생들 사이에 묘한 기류가 흐른다는 말까지 있을 정도였으니까.

하현이 고개를 끄덕이자 가주가 천천히 숨을 내쉬며 이어 말했다.

"그 땅의 원주인은 송도민이의 처였다. 계약서의 먹물도 마르지 않았을 정도로 판 지 얼마 되지 않은 땅이었지. 송씨 가문의 소유였던 것이야."

"잠시, 잠시만요. 잠시만요, 할머님."

하현은 머리를 짚었다. 갑자기 몰려온 이야기에 정신이 없었기 때문이었다. 가주는 그를 가만히 기다려 주었고, 하현은 잔뜩 복잡해진 머리를 정리하려고 애쓰며 말을 골랐다.

"그러니까 정리하면, 흉가를 처리해 달라고 우리에게 의뢰를 한 게 송씨 가문의 사람이었다는 겁니까? 그것을 처리하러 갔다가 부모님이 그 사고를 당하신 거고요?"

하현은 점점 마음이 굳어지는 것을 느끼며 가주를 바라보았다. 그리고 그녀 역시 하현과 같은 표정이었다. 만약 거울을 들여다보았다면 둘은 아주 똑같은 표정을 짓고 있을 것이었다.

"심증은 있으나 물증은 없었다. 그 땅의 원주인이 송씨 가문의 사람이라는 사실은 아무런 문제가 되지 않았고, 그 사건은 사고사로 처리되고 말았어. 귀신이 곡할 노릇이지. 한이 맺힐 일이지. 하지만 억울하게 간 두 사람의 한을 풀어 주는 것은 어려웠다. 이 시대에 그 누가 무당의 말을 곧이곧대로 믿겠느냐."

그리고 증거도 부족했다. 아니 사실상 없었다. 두 사람이 그곳을 뜬 것이 가장 확실한 사실이었으니까.

"……."

하현은 입술을 악물었다. 속이 부글부글 끓어 견딜 수가 없었다. 원한을 갖는다는 게 이런 것일까. 그저 가정일지 모르지만 그 사람을 찾아내어 응당 그 벌을 받게 하고 싶었다. 마음 같아서는 정말 갈기갈기 찢어 죽이고 싶은 심정이었다.

두 분은, 하현의 부모님은 어쩌면 사고사가 아니었다, 죽지 않아도 될 일이었고 자신은 혼자 외롭지 않았어도 되었다, 그 사실이 마음을 깊게 찢고 들어와 너무나도 괴로웠다.

그래서 아무 말도 하지 못하고 주먹만 꽉 쥐는데 가주가 품에서 흰 봉투 하나를 꺼내어 그에게 내밀었다.

"이게…… 뭡니까?"

"선이 들어온 아가씨의 정보."

하현은 어이가 없는 표정으로 가주를 바라보았다.

이 시점에, 이 상황에 선이라고? 그리고 그것은 본인이 거절한다고 한 게 아니었나?

"전. 선은. 보지. 않습니다."

하현은 일부러 뚝뚝 끊어서 말했다. 볼 마음도 없고, 볼 생각도 없으며, 볼 이유도 없었다. 지금 자신에게는 할 일이 많았으니까. 연화를 지켜야 했고, 연화와 함께해야 했다.

다른 이를 볼 시간과 마음과 여력 따위는 아주 조금도 없었다. 그래서 한 마디 덧붙이려는데 가주가 먼저 말했다.

"잔말 말고 그 아래 적힌 성씨나 읽어 보련?"

내 쪽에서 거절이라는 말은 헛들은 게냐, 라는 핀잔이 이어 들어와 하현은 조금 안심하면서 봉투를 뒤집었다. 그리고 그 아래 반듯하게 적힌 이름을 눈으로 읽었다.

'송…….'

하현은 더 이상 읽지 않고 고개를 번쩍 들었다. 더 이상 읽을 필요도 없었다.

이 시점에, 이 상황에서 나온 성씨를 가진 사람. 바로 떠오르는 생각에 하현의 표정이 험악해졌고, 그의 얼굴을 보며 가주가 천천히 고개를 끄덕여 그의 생각을 굳어지게 해 주었다.

"그래."

하현의 입에서 기어이 와득, 소름 끼치는 소리가 흘러나왔다. 곧바로 비릿한 피가 혀를 축였지만 속에서 올라오는 불이 거세어 아픔은 조금도 느껴지지 않았다.

그리고 하현은 눈빛으로 갈기갈기 찢어 버릴 것처럼 봉투를 노려보았다.

"그 집안의 아가와 너를 맺어 주자는구나."

봉투에 적힌 가지런한 이름 석 자는, '송이원'이라는 이름이었다.

4장
잎새달 上

'이제 곧이야.'

주위에서 말하지 않아도, 사근이지 않아도 온몸이 알려 주고 있었다. 시간이 되어 간다고, 기한이 다가온다고.

'그리고 이제 곧 나를 부를 거야.'

그 생각을 하자마자 가슴 한구석이 몹시 답답해져 결국 한숨이 흘러나오고 말았다. 그리고 고개를 드는 그녀의 움직임에 매끄럽고 긴 검은 머리카락이 탄탄한 어깨를 지나 그 아래로 폭포수처럼 흘러내렸다.

두근. 두근. 두근.

이원은 가만히 손을 들어 심장에 대 보았다.

"……."

미친 듯이 뛰고 있다. 정말 미친 듯이. 너무 빨라서 이러다가 콱 멈추지는 않을까 걱정되기도 하고 사실 그걸 바라기도 하는 이상한 마음이 들 정도로 심장은 빨리 뛰고 있었고, 이원은 그 가쁜 뜀뛰기를 생생히 느끼며 마음속으로 계속해서 중얼거렸다.

진정해. 좀 가라앉아 봐. 괜찮을 거야, 괜찮아.

"……괜찮아."

그녀의 말을 들은 것처럼 긴장은 점점 누그러지고 있었다. 하지만 여전히 나 여기에서 뛰고 있다는 것을 보여 주듯 봉긋한 가슴은 빠르게 오르락내리락하고 있었고, 자신의 마음대로 움직이지 않는 그 모양에 이원은 문득 책상 위에 있는 페이퍼 나이프로 콱 찔러 버리고 싶다는 강한 충동을 느꼈다.

'그럼 붉디붉은 피가 이 사이로 콸콸 흘러내리겠지, 내 생명이 빠져나가겠지, 숨이 다하겠지, 그리고…….'

순간 탁상 위에 올려져 있던 검은 구슬 몇 개가 우웅, 미묘한 소리를 내며 울듯이 진동했고 이원은 핫, 정신을 차리고서 입술을 깨물었다.

'또다, 또다시 자살 생각을 했어. 죽을 생각을 했어.'

이원은 숨을 크게 들이켜고 두 손으로 자신의 얼굴을 소리 나게 짝 치면서 감쌌다. 곧바로 뺨이 발그스레하게 부어올랐지만 조금도 아프지 않았다. 그저 나약하기 짝이 없는 스스로에게 화가 날 뿐이었다.

'정신 차려. 곧 부를 때가 되었다는 것을 모르고 있었던 것도 아니고 어느 정도 예상은 하고 있었잖아. 그리고 '그때'가 다다르고 있다는 것도.'

일자로 다물어져 있던 이원의 입술에 한층 더 힘이 들어갔다. 얼마 전에 '불려 가서' 들었던 말이 아직도 머릿속에 선명했다. 귓가에 쟁쟁했다.

'이제 곧 결혼을 준비할 게다.'

그건 다른 누구의 결혼이 아니었다. 이원은 자신의 결혼이 예정되어 있다는 것을 그렇게 들었다. 모든 것이 정해져 있으니 넌 그대로 따라오기만 하면 된다는 듯, 이 돌을 밟고, 저기 저 가지를 밟고 그렇게 걸어와서 여기 이 자리에 서면 된다는 듯 그렇게.

그리고 이원 또한 반항하지 않았다. 아주 어렸을 적부터 들어온 말, '네가 가문을 살려야 한다' 그 주문 같은 지긋지긋한 말이 그녀를 흠뻑 잠식하고 있었으니까.

'그래, 살려야지.'

이원은 생각했다. 그래, 살려야지. 살린 다음에 죽든지, 죽기 직전에 도망가든지. 아니면 죽이고 살든지. 개중 가장 마음에 드는 것은 마지막이지만.

이원은 자리에서 천천히 일어났다. 마음 같아서는 미루고, 미루고 미뤄서 더 미룰 수 없을 때까지 미루고 싶었다. 그 사람을 만나는 게 너무 싫었다. 하지만 일단 지금이 그 더 미룰 수 없을 때였다. 직접 찾아오는 것보다는 찾아가는 게 그나마 더 나으니까.

'만약 이 방에 그 사람이 찾아온다면…….'

이원은 몸서리를 쳤다. 그럼 이제까지 준비해 왔던 자신의 작은 계획들이 물거품이 되어 버릴지도 몰랐다. 이원은 방 안 곳곳에서 기묘한 소리를 작게 내는 구슬들을 한번 둘러보고는 결심한 듯 방문을 열었다.

'뭐라고 하는지 듣고나 오자.'

일단은, 그래 일단은.

천천히 닫히는 하얀 문 너머의 방 안에서 검은색과 회색으로 빛나는 구슬들이 묘한 빛을 내뿜고 있었다.

사박사박사박—

온통 새하얀 이원의 방 밖의 공기는 서늘했다.

각 방문들과 창문들이 모조리 다 닫혀 있는 실내인데도 불구하고 바람이 부는 듯한 그런 느낌이었다.

'느낌이 아니지, 곳곳에 깃들어 움직이고 있으니. 아니면 잠이라도 자거나.'

이원은 속으로 중얼거리며 각종 그림들과 조각상들이 늘어져 있는 긴 복도를 걸어갔다. 그녀가 걸음을 뗄 때마다 묘한 빛이

벽 틈 사이나 그림과 조각들에서 흘러나왔다. 마치 탐색하는 것처럼, 혹은 '통과'했다는 것처럼.

그러나 이원은 그쪽에는 조금도 시선을 주지 않고 생각에 잠겨 있었다. 눈길을 주어 봤자 귀찮고 골치만 아팠다. 그리고 무엇보다—

'촌스러워.'

오래도록 한자리를 지켜 내려온 고택을 리모델링하여 쓴다는 그 가문을 따라 하는 걸까, 아니면 가업(家業)을 이런 식으로 대놓고 드러내고 싶었을까.

지극히 현대적이던 그녀의 방과는 달리 복도, 아니 그녀의 방문 바로 앞부터는 완연한 한옥의 모양이었다. 지붕을 떠받치고 있는 대들보와 집 안의 자재, 오래 묵은 나무의 냄새와 걸을 때마다 삐걱거리는 소리를 내는 바닥까지 그녀의 방문 하나로 똑 나누어져 있는 세계처럼 몹시 다른 모습이었다. 그것이 새삼스럽게 괴상해 보여 이원은 잠시 발을 멈추고 뒤에 있는 자신의 방문을 바라보았다가 다시 고개를 돌려 걷기 시작했다. 그리고 그녀의 입술이 살짝 비틀어졌다.

되도 않는 것들을 얼기설기 엮어다 붙인 것처럼 괴이해 보였다.

'이것도 저것도 아닌 미적지근한 거지, 조화는 개뿔.'

조화는 무슨, 융합도 엿이나 먹으라고 해.

과거의 유산과 현대의 문물을 가장 합리적으로 융합하여 현대적인 무가를 꿈꾼다고? 이원은 코웃음을 쳤다.

자신의 가문은 정가(家)를 두고 과거의 잔재를 끌어모아 근근이 이어 오는 가문이라며 업신여겼다. 그러나 그 가문을 지금까지 단 한 번이라도 누른 적이 있던가?

오히려 같이 손잡자며 몇 번이나 내민 손을 거절한 것은 그들이었다. 그때마다 번번이 정신 승리한 것은 이쪽이었고.

'쪽팔리지도 않냐고.'

이원은 속으로 중얼거리고선 사방에서 느껴지는 묘한 시선들에는 눈길도 주지 않고 발걸음을 옮겨 복도 제일 안쪽의 미닫이문 앞에서 멈춰 섰다.

그리고 크게 숨을 들이쉬었다. 이제 좀 진정된 것 같던 심장이 다시 미친 듯이 날뛰고 있었다.

"……진정해."

이곳은 잘못한 게 없어도 늘 떨리는 곳이었다.

자신을 야단치지도, 힐난하지도 않았지만 그의 마음과 머릿속에 무엇이 가득 들어 있는지 이원은 아주 잘 알았다.

시대의 흐름에 따른다고? 시대가 달라지는 만큼 우리도 달라져야 한다고? 그래, 그 '우리'라는 것에 나도 들어가 있을까. 나도 포함되어 있을까.

'아니, 아니, 아니.'

이원은 단정했다. 절대로 아니었다. 아직 출가도 하지 않았으나 자신은 이미 외인이었다. 그래서 우스웠고, 그래서 더 무의미

했다. 외인으로 치부할 거면 아예 내치던가.

인정하기는 싫고 이용은 해야겠고, 자신은 딱 그 짝이었다.

'……이도 저도 아닌 건 나도 마찬가지네.'

왜 너일까, 왜 나일까. 아들이 아닌 딸자식이라 그것참 죄송하네요, 마지막으로 뵈었을 때 속으로 계속 되뇌던 말이 다시금 머릿속에 떠올라서 속이 답답했다.

머릿속으로는 떠올려도 입 밖으로 꺼내 놓을 용기까지는 없어 속으로만 수백 번 되뇌었었지.

하지만 그때도, 지금도 도망칠 수 없는 상황이었고 도망칠 생각은 하지도 못한다. 어딜 도망가도 두 다리 묶여서 잡혀 올 게 뻔하니까.

이원은 숨을 한번 크게 들이마신 다음 떨리는 손을 들어 노크했다.

똑또옥—

한 번만 두드릴 생각이었는데 손이 떨려 애매한 소리가 났다. 그리고 잠시 후 들려오는 나직한 소리에 이원은 문고리를 비틀었고, 곧 밀려오는 까만빛 안으로 들어갔다.

커다란 어둠과 까만빛이 가득한 방이 이내 그녀를 머리부터 꿀꺽 삼켰다.

그리고 들려온 말은 아주 간단했지만, 충격적이었다.

"끝났다."

무심한 목소리, 간단한 한 마디, 무표정한 얼굴. 그리고 절대로 이해가 되지 않는 그 말.

이원은 귀를 의심했다. 방금, 내가 뭐를 들은 거지?

"……예?"

'아버지'의 말이 떨어진 지 약간의 시간이 흘렀지만 이원은 미동도 하지 않았다.

방금 전에 들은 말이 무슨 말인지 인지되지 않았다. 내가 무슨 말을 들은 거지?

그래서 이원은 살짝 고개를 저으며 눈을 깜빡였다. 졸려서 잘못 들은 걸까?

"다시…… 말씀해 주시겠어요?"

"그쪽에서 널, 거절했다고 말했다."

하지만 말은 바뀌지 않았고, 그녀는 잘못 들은 것이 아니었다. 오히려 잔인하게 되돌아왔다. 그는 널, 거절했다고 그녀에게 분명히 말한 것이었다.

'잘못 들은 게…… 아니었어.'

이원은 흔들리는 눈동자로 자신의 아버지를 바라보다가 천천히 치맛자락을 두 손 가득히 쥐었다. 베이지색 주름치마가 그녀의 마음처럼 흉하게 구겨졌다.

'그렇게 보지 마. 날, 그렇게 보지 마세요.'

똑딱거리는 시계 초침 소리가 거슬렸다. 시끄러워, 조용히 해. 안 들리니까 입 다물어, 닥쳐!

이원은 파들파들 떨리는 손으로 옷자락을 움켜쥐며 쥐어짜듯 비틀었다. 마른 손마디가 새하얗게 질렸다.

"자세히, 자세히 말씀해 주세요. 이건 저의 이야기예요, 그러니까 그렇게 간단하게 말하지 마세요. 끝이라고 하지 마세요."

흔들리는 건 그녀의 눈동자가 아니었다. 세상이었다.

그녀는 태어났을 때부터 축복받지 못했고, 자라면서 줄곧 들어왔던 말은 가문을 위해 너를 희생하라는 말이었다. 갈고닦고 준비해서 정씨 가문의 아이를 낳아 데리고 오라는 말을 수도 없이 들었다. 이원의 새까만 눈동자가 점점 차오르는 분노로 일렁거렸다.

'희생, 희생. 그래 그놈의 희생 때문에 내가 이 지경이 되었지. 이렇게 붙잡혀 있지. 지금까지도 휘어 잡혀 흔들리고 있지. 그래서 그놈의 희생이라는 거 기껏 해 주겠다고 하는데 왜 일이 또 이렇게 된 건데!'

이원은 입술을 꼭 깨물면서 자신의 아버지를 노려보았다.

평소였다면 엄두도 내지 못했을 행동이었다. 어떻게 감히 그와 눈을 마주치고 고개를 빳빳하게 들까, 생각도 못 했을 일이었다.

하지만 이원은 더 이상 참지 않았다. 아니, 참을 수 없었다. 태어난 이후로 이제까지 오래도록 쌓이고 쌓여 왔던 세계가 지금 사정없이 흔들리고 있었다. 그의 한 마디 때문에, 그 남자의 거절 때문에. 역겨운 남자들. 인간들. 다 싫어, 전부 다 싫어.

"저에겐 알 권리가 있어요."

이원은 강하게 말했다.

땅이 흔들리는 걸까, 내가 흔들리는 걸까. 그도 아니면 둘 다인 걸까.

최대한 감정의 기복 없이 태연한 표정으로 버티고 있었지만 이원은 지금 몹시 혼란스러웠다. 거절이라고. 날, 거절했다고.

"……."

하지만 그녀의 아버지는 아무런 말이 없었고, 이원은 그 표정 없는 얼굴에다가 소리를 질러 버리고 싶은 것을 간신히 참았다.

마치 가면 같은 저 얼굴, 저 표정, 저 눈빛! 이런 상황에서도 나를 평가하는 건가. 수를 계산하는 건가. 나를 이 지경까지 만들었으면서, 아직도!

'이제는 정말 지긋지긋해.'

이원은 주먹을 움켜쥐면서 이를 악물었다.

늘 언제고 항상 한시도 빠짐없이 모든 순간이 다 시험이고 평가였다. 지금 이 순간도 자신의 대응을 가늠해 보고 있는 것이겠지. 짜증 나.

이원의 눈이 새까맣게 빛났다.

"저는 철이 들기 전부터 아버지와 할아버지의 명령에 따라 그 사람의 신부가 되기 위한 준비를 해 왔습니다. 이 송씨 가문의 뿌리를 굳건히 하고 그 사람의 사내아이를 낳아서 그 누구도 범접할 수 없는 후계를 만들어라, 그 명령 하나로 지금까지 지내왔죠. 그런데 지금 그 세계가, 저의 시간, 저라는 인간 자체가 흔들리고 있는 겁니다. 그러니까."

"……."

"처음부터 끝까지, 하나도 빠트리지 말고 전부 다 말해 주세요. 대체 왜 어그러졌는지, 언제부터 틀어졌는지."

이원은 강한 눈빛으로 자신의 아버지를 바라보았고, 두 사람의 잠시간의 대치는 그의 짧은 한숨으로 끝났다.

"길게 말할 것도 없다. 너와 정하현을 맺어 주자고 정가에 연락을 했으나 그쪽에서는 단번에 거절했다. 가주의 뜻인지 정하현이의 뜻인지 모를 정도로 빠른 회신이었지. 그리고 두 번 다시는 이런 연락을 받지 않겠다고 했다. 이보다 더 있을 수 없는 완강한 거절이었지."

이원의 입술이 얼핏 올라갔다.

거절이라는 말을 도대체 몇 번이나 들었을까. 자존심이 무너져도 보통 무너지는 일이 아니었다. 여자 쪽에서 제안한 선이 일언지하에 거절당하고, 두 번 다시 연락받지 않겠다는 말까지 들었다.

그러나 그것은 나중에 곱씹기로 하고 이원은 가장 급한 일부터 들여다보기로 했다.

"그 사람 신변에 무슨 문제라도 있나요?"

"아니."

하기야 아무리 정씨 가문의 후계라고 해도 그렇지, 만약에 신변에 문제가 있다면 아버지가 그런 사람에게 선을 넣을 리가 없었다. 숙이고 들어가도 정도라는 것이 있는 거니까.

"그럼 만나는 여자라도 있다고 하던가요?"
"아니."
여자가 있더라도 상관없었다. 빼앗으면 그만이니까.
스스로 말하긴 조금 뭣해도 이원은 자신의 외모에 만족하는 편이었고, 주위 반응도 꽤 괜찮았다. 빼앗은 적은 많아도 빼앗긴 적은 단 한 번도 없었다. 마지막엔 다 차 버렸지만.
그런데 여자도 없는 남자가 선을 거절했다고? 그것도 송씨 가문의 사람을? 나를?
이원은 어이없는 표정으로 아버지를 바라보다가 멈칫했다. 설마 다른 곳에서 먼저 선수 쳤나?
"설마 다른 가문에서 먼저 선을 넣은 건가요?"
이원은 어중이떠중이 같은 무당은 무가 사람이라고 인정도 하지 않았다. 사실 그녀는 약과였다. 다른 사람들—예를 들면 그녀의 아버지 같은 사람—은 아예 그 사람의 존재 자체를 무시하거나 '청소'할 생각도 했다고 들었으니까.
'과연 생각에서 멈추었을지는 의문이지만.'
이원은 아버지를 바라보았다.
저 사람, 그리고 자신이 인정하는 무가는 단 넷밖에 없었다. 바로 자신의 가문과 정씨 가문, 그리고 다른 가문 둘. 그리고 그 두 가문의 후계도 여자라고 들었다. 그래서 이제까지 정하현과의 선만 연달아 넣었던 것이고.
이원의 눈빛에 분노가 얹혔다. 설마 감히 선수를 친 것일까?

감히 이 송씨 가문 앞을 가로막아?

“어디예요. 민씨? 선우씨?”

이원은 급히 머릿속을 훑었다. 민씨 그 계집애는 지금 외국에 있다고 들었고, 선우씨 그 집 딸은 간신히 젖내만 가신 상태일 것이다.

‘그럼 고작 해 봐야 십 대 중반이니까 설마 띠동갑이 넘는 남자에게 끌어다 붙이지는 않았을 텐데.’

여기까지 생각하던 이원의 입술이 픽 일그러졌다.

붙이지 않았기는 개뿔, 그 같은 부모라면 충분히 가능하고도 남았다. 그럼 그 어린앤가? 그녀의 입매가 묘하게 비틀렸다.

“참 대단하시네요. 아버지께서는 모든 것을 다 할 수 있을 줄 알았는데 설마 정씨 가문도 아닌 집에 밀릴……”

“멍청한 것.”

이원은 입을 다물었다. 이제까지 가만히 그녀를 바라보던 그녀의 아버지가 짓이기듯 말을 씹어 내뱉었기 때문이었다.

“신변에 이상도 없고, 여자도 없고, 너 외에 따로 들어온 선도 없다. 토 달지는 말아라, 뒷조사를 마치고 말한 거니까.”

“…….”

이원의 입매가 바르르 떨렸다. 다른 가문에 밀린 거라고 생각해서 묘하게 속이 후련했는데, 따로 들어온 선이 없다는 말에 오히려 더 꽉 메어 버린 것 같았다.

그래서 이원은 잠시 입술을 깨물고 있다가 화살을 돌렸다. 갈지 않은 뾰족한 목소리가 가감 없이 튀어나왔다.

"그럼 그 정하현이라는 사람 미친 거 아니에요? 어떻게 무가에 속해 있으면서 송씨 가문에 척을 질 생각을 해요?"

"너도 알다시피 그놈은 이쪽에 별로 관심이 없었지. 그래서 나도 이제껏 잠잠히 있었던 것이고."

이원은 흠칫 아버지를 바라보았다. 담담한 말투였지만 오싹한 한기가 느껴졌기 때문이었다. 그리고 곧바로 생각이 난 것은 그래, 그날 밤에 문 뒤에서 엿들었던 이야기였다. 자신의 할아버지와 함께 정하현 그 사람 부모의……

"해서 놈의 씨만 가지고 오면 그만이라고 생각했다."

죽음을 사주했다는 것을, 들었다.

이원의 얼굴은 어느새 하얗게 질려 있었다. 그의 눈빛이 자신을 똑바로 향하고 있었기 때문이었다. 그 눈빛은 이미 다 알고 있다고, 네가 엿들은 것을 내가 모를 줄 알았느냐고 비웃고 있었다. 그래, 이 집안의 모든 영가 그 잡귀들이 다 듣고 보았을 테니 저 사람에게 일러바쳤겠지. 감시꾼 그 짓을 톡톡히 해냈겠지.

그리고 이원의 겁에 질린 표정이 과히 마음에 든다는 듯 미소 짓던 그의 입술이 잔인한 말을 뱉었다.

"한데 일이 이렇게 되어 버렸으니…… 너의 유일한 쓸모가 없어져 버렸구나."

"……."

생각하지도 못한 방향에서 나온 익숙한 말에 이원은 순간적으로 겁에 질렸던 것을 잊고 자신의 아버지를 멍하니 바라보았다. 하지만 그의 입술은 계속해서 잔인한 말을 내뱉고 있었다.

"하등 쓸모없는 것이니 이제 너를 뭐에 쓸까."

"……."

아득해져 오는 정신에 이원은 입술 안쪽을 지그시 깨물었다. 생각보다 세게 깨물었는지 피 맛이 느껴졌지만, 그편이 차라리 나았다.

저 사람은 자신이 한 말이 무슨 말인지나 알고 내뱉은 걸까? 그 말이 한 사람의 영혼과 마음을 아무렇지 않게 짓밟는 말이라는 것을 알기나 하는 걸까. 내가 딸이라는 것을 자각이나 하고 있을까.

하지만 그의 표정은 마치 가면처럼 조금도 흔들림이 없었고, 이원은 그에게 감정을 기대했던 자신이 바보 같다고 생각했다. 아니, 어처구니가 없었다.

'이십 년 훌쩍 넘도록, 거의 삼십 년이 가까워지도록 그렇게 당하고 당했으면서 아직까지도 뭘 기대하는 거니, 난.'

체념한 듯 나무 바닥을 내려다보던 이원의 눈이 점점 새까맣게 빛나기 시작했다.

'더 이상 입 다물고 살지 않겠어. 적어도 당신 아래에 밟혀서 살지는 않아. 죽이려거든 죽이든가. 나를 죽이면 이 집안은 끝이니까.'

그 생각과 함께 이원의 마음속에서 검은 불이 작게 피어올랐다. 그래, 나를 죽이면 이 집안 대는 끊어져.

"……쓸모가 있고 없고를 누가 정하는 거죠?"

이원이 반박했다는 게 놀라웠는지 그녀의 아버지는 눈썹만 살짝 움직이고서 무표정한 얼굴로 그녀를 바라보았고, 이원은 그 시선이 역겨워서 못 견딜 것 같았다.

'맨날 죽은 듯이 고개 처박고 고분고분 순종만 하던 것이 꿈틀하니까 의아하겠지, 놀랍겠지, 신기하겠지.'

이원의 입술에 비웃음이 올라왔다. 옛말 틀린 것 하나 없었다. 지렁이도 밟으면 꿈틀하고, 생쥐도 구석에 몰리면 무는 법이니까. 하지만 그의 저 시선은 정말이지 지긋지긋했다.

'차라리 말을 해, 그렇게 벌레 보는 것처럼 내려다보지 말고!'

여전히 치맛자락을 꽉 말아 쥐고 있던 흰 손이 더듬듯 의자의 나무 팔걸이를 움켜잡았다. 팔걸이를 잡은 손이 부들부들 떨렸다.

두려움 때문일까 아니면 분노 때문일까. 그래, 지금만큼은 무서운 것보다도 화나는 것이 더 컸다. 적어도 지금 이 순간은.

살짝 흔들리던 이원의 두 눈이 똑바로 앞을 바라보았다.

"저는 태어난 이래로 지금까지 줄곧 남의 손에 휘둘려서 살아왔습니다. 그래요, 바로 당신 손에 휘둘렸죠. 주어진 길, 정해진 진로, 원하지 않아도 해야만 했던 수련들 전부 다요. 처음부터 끝까지 그렇게 인형처럼 살아왔으니까 단 하나쯤은 제가 정해도 되는 거 아닌가요?"

그녀를 묘하게 바라보던 남자의 입술이 픽, 비틀렸다. 그리고 그 조소에 이원은 더욱더 기분이 나빠졌다. 방금, 비웃은 건가?

"왜 그렇……"

"그래서."

왜 그렇게 웃느냐고 뾰족하게 나가던 말이 뭉툭하게 끊겼다. 아버지가 그녀의 말을 자르듯 내뱉었기 때문이었다. 그리고 이원은 뒤이어 나온 그의 말에 자리에서 벌떡 일어났다.

"그래서, 네 선택이라는 게 뭐지? 그 정하현이를 쫓아가서 몸이라도 한번 대 보려고 하는 거냐? 씨만 배어 온다면 그것도 괜찮겠구나. 길일로 택일이라도 해 주……"

"아버지!"

이원은 자리를 박차고 일어나서 이를 콱 악물었다. 이러지 않는다면 아버지고 자시고 욕을 퍼부을 것만 같았다. 이 이상으로 참기가 힘들었다. 아무리 그라고 해도 그렇지, 이건 도를 넘은 모욕이고 치욕이었다. 어떻게 아버지라는 사람이, 할 말이 있고 못 할 말이 있는 법인데!

이원은 그를 노려보면서 딱딱하게 끊어 말했다.

"장기 말도 부족해서, 이제는 딸을 대체 무엇으로 보시는 건가요?"

하지만 그는 아주 태연한 표정이었다. 그녀의 고함에도 그의 짙고 반듯한 눈썹은 조금도 미동이 없었다. 마치 귀에도 들어오지 않는다는 듯한 모습이었다.

"네가 한 말을 생각해 보거라. 정하현이 선을 거절했다라고 했더니 네가 움직이겠다고 했잖니. 지금 이 상황에서 네까짓 게 할 수 있는 게 뭐가 있을까. 혼자서는 그 무엇도 못 하는 네가 그 놈을 어떻게 잡겠다고. 고작 해 봐야 몸으로 유혹하는 것밖에 없질 않으냐, 네 어미처럼."

이원의 눈에서 순간 불꽃이 튀었다.

"유혹을 했다손 쳐도 그 유혹에 넘어가신 건 아버지죠, 애는 뭐 여자 혼자 낳나요? 어머니가 동정녀 마리아세요? 그럼 저도 이 집 손이 아니게?"

이원이 그렇게까지 말할 줄은 몰랐는지 남자가 순간 멈칫했고, 그 작은 흔들림을 이원은 놓치지 않았다.

'……역겨운 새끼…….'

이원의 입술이 새하얗게 짓눌렸다. 태어나서 지금까지 '그의 명령으로' 정하현의 신부가 될 준비만 하면서 살았다.

나를 이렇게 만든 게 누구인데, 당신이 나한테 왜 무능하다고 해? 왜 나를 이렇게 짓밟아?

순간 손바닥이 끈적이는 것 같아 아래를 슬쩍 보니 손톱이 파고들어서 생긴 상처에서 붉은 피가 짙게 배어 나오고 있었다.

이원은 대수롭지 않은 듯 다시 손을 말아 쥐고서 아버지라는 남자를 바라보았다. 종아리에 닿는 의자의 다리가 거슬려서 뒤로 확 밀었다.

"처음부터 아들을 바라셨다고 들었어요."

몰랐던 일이 아니었다. 아니, 모르려야 모를 수가 없었다. 이렇게 짓누르고 대놓고 무시하는데 모를 수가 없었다. 내가 귀가 없을까, 눈이 없을까. 병신이 아닌 이상 모를 리가.

그녀의 붉은 입술에서 픽, 빈 웃음이 흘러나왔다.

"그런데 열 달 기껏 기다려 태어난 게 딸이라 그게 서운해서 산후조리원에 단 한 번을 안 오셨다지요. 하지만 그거 아세요? 아이의 성별을 결정지을 때 지대한 영향을 미치는 건 여자가 아닌 남자의 유전자랍니다. 어머니라고 딸인 저를 낳고 싶으셨겠어요?"

아들을 낳았다면 글쎄, 어떤 대우를 받으셨을까. 적어도 지금보다는 훨씬 나았겠지. 나는 이 세상에 없었겠지만.

이원은 고개를 살짝 흔들었다. 그가 그런 그녀를 가만히 바라보았지만 이원은 그가 앉아 있는 쪽으로는 눈길도 주지 않았다.

"가문을 다시 일으켜야 한다, 살려야 한다고요? 그럼."

이원의 새까만 눈동자가 천천히 움직였고 이윽고 자신을 뚫어져라 바라보던, 그녀의 것과 비슷하게 생긴 눈동자와 딱 마주쳤다. 그 순간 독하게 빛났다.

"그놈의 아들을 보시든가요."

"……."

대답이 돌아오지 않는 모양에 이원은 입술을 크게 비틀었다.

잘도 그러겠다, 할 수 있을 리가 없지. 남의 시선을 그토록 신경 쓰는 사람이 혼외자를 낳아 올 수 있을 리가 없었다. 그 혼외자가 딸이면, 글쎄, 자신보다 더 비참한 처지가 되겠지. 그것도 꽤 재미있을 것 같긴 했지만 저 남자가 그럴 일을 하진 않을 것이었다. 차라리 이혼을 하고 재가를 하면 모를까.

재혼이라. 웃음이 났다.

"왜요, 사라져 버린 어머니가 이혼 안 해 주시겠대요? 지금 어디 계시는지는 알고요? 말이 나와서 여쭤보는데 뭐든지 다 아시는 분이 도대체 그분은 왜 못 찾으시는 건가요? 아버지의 힘도 이제 진짜 다해 가나 보죠?"

쌓이고 쌓인 원망과 화에 불이 붙어 있는 대로 타올랐다. 이원 스스로도 그걸 잘 알고 있었다. 자신은 평소보다 훨씬 더 흥분해 있었고, 제어하지 못했고 거르지 못했다.

아니, 하지 않았다. 쓸모없다는 말을 들은 이상 더는 쓸모 있게 행동해야 할 필요성을 느끼지 못했으니까. 그래서 이원은 자신이 한 말을 후회하지 않았다. 다만 이 방 안에 저 사람과 단둘이 있게 된 것을 후회했다.

"……네 말대로."

"……!"

이원은 자신도 모르게 뒤로 몇 걸음 물러났다. 의식해서 한 행동이 아니었다. 그가 일어난 것과 동시에 온몸에 소름이 돋아서 반사적으로 뒷걸음질 친 것이었다.

아무것도 하지 않았지만 무릎이 파들파들 떨릴 정도로 두려움이 엄습했다. 그리고 당연히 그것을 눈치챘을 그녀의 아버지는 느긋한 걸음으로 천천히 그녀에게 걸어왔다.

'제발, 제발 오지 않았으면!'

천장이라도 무너지거나 바닥이라도 꺼지거나 했으면 좋겠다고 이원은 간절히 바랐다. 하지만 그런 기적은 일어나지 않았고, 이원은 자신의 어깨에 닿은 두툼한 손에 흠칫 몸을 떨었다.

"네 말대로 나는 무슨 짓이든 다 한단다."

무슨 짓이든, 이라는 말이 유독 귀에 잘 들렸다. 그리고 겹쳐서 떠오른 것은 아까 했던 그 생각이었다. 살짝 열린 문틈, 그 사이로 비치던 실금 같은 빛과 나직한 대화 소리.

정하현, 정하현, 정하현……. 자신의 어깨가 큰 손에 눌리는 것에 비례하듯 이원의 입술이 새하얗게 짓눌렸다. 경고하고 있는 거야. 나도 조심하라고 하는 거야.

이원은 어느 한 곳에 시선을 두고 그에게 눈길을 돌리지 않으려고 애썼다. 코앞에 다가온 그를 쳐다보는 것이 두려웠다. 하지만 이원은 결국 고개를 돌릴 수밖에 없었다.

그녀의 아버지가 그녀의 턱을 집고서 자신을 똑바로 바라보게끔 했기 때문이었다. 그의 두 손가락에 잡힌 곳이 빠듯하게 아파 왔지만 이원은 내색하지 않았다. 그런 그녀를 내려다보던 그의 시선이 조금 즐거워 보였다. 그것은 가학적인 웃음이었다.

"네가 무슨 짓을 해도, 무슨 생각을 해도 넌 정하현의 아이를 낳기 전에는 결코 이 집안에서 벗어날 수가 없단다. 하지만 다르게 말하면, 그 아이만 있으면 너는 자유라는 거지."

'그러나 그 아이는 내 대신이 되겠죠. 나처럼, 아니 나 대신 고통받겠죠.'

하지만 이원은 차마 입 밖으로 꺼내서 소리 내어 말하지는 못했다. 자신의 말에 고개를 끄덕일 상황이 두려웠다. 그 말이 맞다고 마침표가 찍히게 되면 상상일 뿐이라고 애써 부정하는 것마저도 못 할 테니까, 아직까지는 외면하고 싶었다. 아직 아니야. 아직 일어난 일 아니야.

이원의 필사적인 생각을 알았을까, 여전히 그녀의 턱을 꽉 잡고 있던 손에서 힘이 점점 풀어지더니 이내 그녀를 덮고 있던 그림자가 천천히 사라졌다. 그리고 그림자 대신에 그의 말이 이원의 마음 위로 드리워졌다.

"그러니까 네 계획이라는 것을 성공적으로 잘 해내길 바란다."

"……."

"기대하마."

기어이 핏방울이 나무 마룻바닥 위로 뚝 떨어져서 빨갛게 멍울졌다.

이원의 손바닥에서 흘러나온, 그리고 그녀의 찢긴 마음에서 새어 나온 붉은 눈물이었다.

〈다음 권에 계속〉